꽃의 나라

꽃의 나라

한창훈 장편소설

문학동네

차례

1부

2부

1부

사람들은 모두 조금씩 이상했다

항구에서 출발한 기차는 산간지역과 갈대밭이 있는 마을을 번갈 아 가로지른 다음에야 도시에 들어섰다. 이렇게 먼 거리를 이동한 것은 처음이었다. 나는 역에 내려 앞으로 살게 될 곳을 훑어보았다.

도시는 컸다. 높은 산이 멀리 줄지어 있고 그곳과 이곳 사이에는 건물과 도로와 자동차가 가득했다. 하지만 내가 내린 곳에는 낮은 집과 작은 시장이 있었다. 역 광장은 열 발짝 정도면 끝이 났고 자 그마한 단풍나무 아래 자전거가 쓰러져 있었으며 주변은 빈 박스와 조각난 종이봉지가 흩어져 있었다. 도시의 본 역은 시내 저편에 있 다고 했다.

'방이씀' 전단은 벽에 붙어 있었다. 삐뚤빼뚤 써놓은 글자 아래 로 그 정도 길이의 화살표도 그려져 있었다. 화살표가 가리키는 곳 은 철도 건너편이었다. 그곳으로 가려면 건널목 있는 사거리로 디 귿자를 그리며 돌아야 했다. 나는 다른 사람들이 하는 것처럼 역사

안으로 다시 들어가 철도를 가로질렀다. 철조망은 길게 찢어진 채 좌우로 갈라져 있었다.

'방이쏨'은 교회 옆 전봇대에도 붙어 있었다. 화살표가 가리키는 종착지는 골목과 공터 너머 오래된 슬레이트집이었다. 주인은 늙은 할머니였다. 그녀는 마루에 앉아 마늘장아찌를 앞에 두고 소주를 마시고 있었다. 한 되들이 유리병은 바닥을 드러내고 있었고 그 옆으로 걸레와 주전자가 있었다.

"혼자 살게?"

할머니 입에서는 마늘과 술 냄새가 났다. 나는 두 명이라고 말했다. 인호는 며칠 뒤에 올라올 예정이었다.

"여자랑 살림하게?"

"고등학교 다니려고 왔어요."

"학생이야? 교복을 안 입어노니 알 수가 있어야지. 공부를 잘했구나."

"못하지는 않았어요."

"그나저나 어디서 왔는데?"

나는 저 아래 항구에서 왔다고 대답했다.

"항구는 나도 옛날에 가봤어. 바다는 파랗고 미역은 까맣고 멸치는 노랬지."

그녀는 노래처럼 흥얼거렸다.

"여기서 보면 하늘은 파랗고 기차는 까맣고 구름은 하얘."

할머니는 소주 한 잔을 따라 나에게 주었다. 손은 주름투성이였고 잔은 씻은 지 여러 달 되어 보였다.

"쭉 마셔."

"학생이라니까요."

"학생은 입이 없어, 똥구멍이 없어?"

"이제 열일곱 살이에요."

"열일곱 살이면 우리 영감이 나한테 장가든 나이야."

마루 아래로 슬리퍼와 고무신과 낡은 운동화가 있었지만 모두 작아서 남자의 것처럼 보이는 것은 없었다.

"영감은 뒈졌어."

이 이상한 집에서 살아야 하나 잠깐 동안 나는 생각했다. 하지만 지금까지 만나본 사람 중에 이상하지 않은 이는 없었다. 사람들은 모두 조금씩 이상했다.

"너희 집은 정말 이상해."

인호가 우리 집에 와서 한 말이었다. 그가 이상하다고 가리키는 이는 아버지였다. 아버지는 놀러 온 인호를 볼 때마다 기분 나쁜 표정으로 노려보았다. 인호 때문이 아니었다. 그는 기분좋은 시간을 제외하고는 늘 화가 나 있었다. 우리 가족은 눈뜨는 순간부터 잠이 들 때까지, 어느 때는 꿈속에서도 그의 눈치를 살폈다. 아무리 조심을 해도, 공부를 하다가 존다거나 학교에 도시락을 두고 오는 일이 생겼다. 그럴 때면 그는 오랫동안 노려보았고, 화가 풀릴 때까지 말을 했다. 그럴 때마다 우리는 멍청하고 의지도 없는데다 노력마저 안 하는 인간이 되곤 했다. 누군가를 멸시하고 화를 내기 위해 세상에 태어난 사람이 한 명 있는데, 그 사람이 하필 우리 집에서 살고 있다고 나는 자주 생각했다.

인호네 집에는 아버지가 없었다. 인호 아버지는 외국배 선원이어서 몇 년에 한번씩 집에 왔다. 인호 어머니는 오랜 병을 앓는 사람 같았다. 인사를 해도 스윽 한번 쳐다보고는 넋 나간 사람처럼 앉아만 있었다. 원래 그래, 인호가 말했다. 집에는 먹을 것이 없었다. 어머니는 사흘에 한 번 정도 밥을 한다고 했다. 그래서 인호 집은 귀신이 사는 곳 같았다. 내가 말했다.

"너희 집도 이상해."

영기네 집은 옷가게를 했다. 어머니가 가게를 보고 아버지는 집에 있었다. 우리가 놀러 가면 영기 아버지가 음식을 만들어주었다. 그러면 여동생까지 둥글게 모여앉아 먹었다. 설거지도 아버지가 했다. 공부는 몇등을 하느냐, 가족은 몇명이냐, 신발은 몇밀리를 신느냐를 그는 계속 물었다. 볶음밥을 얻어먹고 나오면서 나와 인호는 말했다.

"너희 집 참 이상하다."

방값은 예상보다 쌌다. 돈을 꺼내려고 할 때 방문이 열리며 젊은 여자가 얼굴을 내밀었다.

"왜 기어나와. 들어가 있어."

할머니는 악을 쓰고 나서 쭈욱, 소주잔을 빨았다. 홀쭉한 입이 더 홀쭉해졌다. 여자는 나를 빤히 쳐다보았다. 뒤로 묶은 머리가 삐져나와 있고 전체적으로 누르스름했으며 콧구멍이 컸다.

"뭐한다고 그렇게 쳐다보냐. 집구석에 남자가 들어오니까 밑구녕이 또 벌렁거리냐."

할머니는 마당 한쪽에 붙어 있는 네모난 방으로 나를 데려갔다. 블록으로 지어올린 것으로, 주인집 세모지붕과는 달리 슬래브 형이었다. 녹슨 철제계단이 옥상으로 연결되어 있고 작고 컴컴한 부엌이 있었다.

"월세가 하루라도 늦으면 안 돼. 연탄은 사다가 때고. 우선 두 장 줄 테니까 돈을 줘."

연탄 두 장 값도 주었다. 돈을 채간 그녀는 불이 붙은 연탄을 화덕에 넣어주었다. 허리가 구부러지자 바짝 마른 엉덩이가 솟구쳤다. 다리가 안짱이라 높지는 않았다.

네모난 방에는 다락이 하나 달려 있었다. 사방 벽에는 굵은 못이 여러 개 박혀 있고 작은 창문이 하나 있었다. 창문은 낡고 먼지가 많았다. 다락문을 열자 곰팡이 냄새도 났다. 짐 보따리를 풀고 있을 때 무언가 울부짖는 소리가 났다.

"왜 이 지랄이여."

방문을 열어보니 조금 전의 그 여자가 할머니를 향해 개처럼 짖어대고 있었다. 내가 그녀의 어딘가를 벌렁거리게 해서 그런 것 같았다.

"얼른 못 들어가?"

할머니는 여자의 머리를 밀었다. 여자는 버티려고 애를 썼지만 머리통이 문틀에 퉁 부딪히며 밀려들어갔다. 여자도 이상했다. 이상하지 않은 사람을 본 적 없는 것처럼 좋은 노인도 본 적이 없었다. 항구에서 본 노인은 다들 고집이 세고 독선적이었다. 주인 할머니도 그래 보였다.

전신전화국은 아주 많은 사거리와 빌딩과 가로수 너머에 있었다. 나는 뒤를 돌아보며 돌아갈 때 표지로 삼을 만한 것들을 외웠다. 주로 재벌 회사들 이름이었다. 첫번째 사거리에는 현대가 있고 다음에는 대한전선, 그다음 사거리는 삼성전자, 하는 식이었다.

전신전화국 안에는 시외전화를 신청해놓고 기다리는 사람들로 북적였다. 나는 사람들이 어떻게 하는지 눈여겨본 다음 신청을 했다. 1번부터 5번까지 작은 부스가 벽에 붙어 있고 호명을 당한 사람들은 그곳으로 들어가 우리나라 이곳저곳과 대화를 했다. 문은 닫혔으나 비명에 가까운 고함소리가 바깥으로 새어나왔다. 누구 목소리가 더 크나 시합을 하는 듯도 하고 어딘가로 구조요청을 하고 있는 것 같기도 했다. 도중에 끊어진 사람은 다시 신청을 하고서 기다렸다.

통화를 마친 사람들의 표정은 다행이나 불안 중 하나였다. 한참을 기다리자 내 이름과 함께 3번 부스로 들어가라는 안내방송이 스피커에서 나왔다. 전화를 받은 사람은 인호 어머니였다. 나는 목소리를 높여 방을 구했다는 것과 주인집 전화번호를 알려주었다. 옆부스의 목소리가 너무 크게 들려 그렇게 하지 않을 수가 없었다. 여직원은 시간을 계산하고 돈을 받았다.

나는 삼성전자 간판을 한동안 바라보다가 반대쪽으로 발걸음을 옮겼다.

항구의 큰 거리는 술집과 선박수리소, 선구점, 마른 어물전 따위가 차지하고 있는 데 반해 이곳은 종류가 다양했다. 의상실, 식당,

학원, 결혼식장, 약국, 병원과 한의원, 커피숍, 심지어 모조 신체부위, 이를테면 목발과 가짜 손가락 같은 것을 파는 곳도 있었다. 버스와 택시도 많았다.

그것은 항구 사람들이 필요로 하는 것과 큰 도시 사람들이 필요로 하는 것의 차이처럼 느껴졌다. 어떤 것을 생각하고 사는가의 차이로도 보였다. 사람들은 대체로 세련되면서 평화로운 모습이었다. 도청은 항구의 시청보다 컸고 그 앞의 도로도 훨씬 넓었다. 터미널을 지나 한참 걸어가자 중앙 역이 나왔다. 그곳도 남쪽 역보다 넓었고 더 많은 사람들이 있었다.

새로운 곳을 돌아다니는 것은 낯선 사람의 사진을 들여다보는 것보다 더 흥분되는 일이었다. 먼 곳으로 가게 되면 한없이 싸돌아다니고 싶다는 충동을 나는 가지고 있었다. 집을 떠날 수만 있다면 지뢰밭이라도 갈 수 있다고 날마다 생각했기에 지난밤은 잠을 거의 못 잤을 정도였다. 나는 문서가 불타버린 노비처럼 자꾸 기분이 좋아져서 지그재그 걸어다녔다. 살다보면 좋은 날 있을 거라는 말을 사람들이 간혹 했는데 나의 경우가 그랬다. 몇 시간 만에 나는 이 도시를 사랑하게 되었다.

우리 가족이 지속적인 긴장과 불편함 속에서 살아야 했던 것은 아버지의 기분을 종잡을 수 없을뿐더러 의례적인 외출 외에는 그가 늘 집에 있다는 것 때문이었다. 졸거나 도시락을 두고 오는 사소한 실수 외에도 그가 지적하는 것은 많았다. 이를테면 신발 뒤축을 꺾어 신으면 불같이 화를 냈기 때문에 모든 신발은 앞뒤가 공평하게 닳았다. 슬리퍼를 신을 때마다 느낌이 허전했던 이유도 그 때문이었다.

그는 또 음식을 먹을 때 쩝쩝대는 소리를 용서하지 않았다. 덕분에 나는 다른 집에서 밥을 먹을 때마다 조용히 먹는다고 칭찬을 받곤 했다. 하지만 신발의 경우와는 달리, 정작 그는 쩝쩝대는 소리를 자주 냈다. 자기가 내는 소리를 자신은 듣지 못한다는 것을 그때 알았다. 늦은 귀가도 허용되지 않았다. 아버지는 학교가 끝난 시간과 집까지 걸리는 시간을 계산하고 있었기 때문에 조금의 해찰도 시도할 수 없었다.

눈치를 보다보면 두려움 때문에 거짓말을 하게 된다. 술 담배를 전혀 하지 않는 아버지는 대신 풍성한 밥상을 좋아했다. 특히 저녁 식사 자리를 중요하게 여겼다. 그 시간이면 우리는 그가 즐거워할 만한 것만 골라서 이야기했다.

이를테면 운동화 한 짝을 잃어버려 왼발에는 장화를 신고 등교한 같은 반 아이나 방문판매원에게 속아 가짜 흑염소육골즙을 산 과학교사, 그리고 출발해버린 버스를 지팡이 휘두르며 한없이 쫓아가던 영감 같은 것들 말이다. 그게 사실인지 아닌지는 상관없었다.

그리고 담임에게 받았던 사소한 칭찬 같은 것은 부풀리곤 했는데 이 경우엔 조심해야 했다. 말을 부풀리다보면 생각지도 못한 게 튀어나오곤 했는데 그는 날카롭게 그것을 지적해냈다. 그러니까, 내가 어려운 문제의 답을 맞히자 담임이 응용력이 뛰어나다고 칭찬을 한 적이 있었다. 그 말을 하면서 공을 던지고 받을 때도 센스가 있더라는 칭찬도 했다고 덧붙였는데 흡족하게 듣고 있던 그는 공놀이를 했단 말이냐, 버럭 화를 냈다. 그날 오전에 있었던, 국제 배구시합 승패를 무심코 물어도 그랬다. 학생이 어떻게 그런 것에 관심을 가지느냐. 그는 화를 내며 노려보았다. 그러면 저녁 밥상은 엉망이 되어버렸다.

그래서 우리는 꼭 말을 해야 할 때는 웃기거나 적당히 둘러대거나 거짓말을 했고 나머지는 침묵했다. 그는 거짓의 성곽 위에서 편하게 잠들었다. 그러면 비로소 하루가 마감되곤 했는데 그렇다고 긴장이 끝나는 것은 아니었다. 집안이 평안하면 공연히 불안했다. 파란이 잠재된 평온. 파탄이 보장되어 있는 일상 같은 기분이었다.

그를 기분 상하게 하는 것들은 수도 없이 많았기에 언제 다시 지적을 하고 화를 낼지 아무도 몰랐다. 자신도 모르는 듯했다. 기분 나쁜 일이 벌어진다는 것은 분명한데 그게 언제일지 모른다는 것은 괴로운 일이었다. 변덕이 심해 구타도 충동적으로 이루어졌다. 나는 종종 얻어맞았다. 한번은 머리를 책상에 연신 부딪히는 바람에 기절을 한 적도 있었다. 그렇게 얻어터지는 게 나았다. 끝은 분명히 있으니까.

밥을 빨리 먹는 버릇이 생긴 것도 아버지 때문이었다. 여차하면 밥상머리가 불편하게 변하곤 해서 차라리 안 먹으면 좋겠는데 그러자니 배가 고팠고 안 먹는 이유 만들기도 어려웠다. 내가 발견한 방법은 얼른 삼키고 자리를 뜨는 거였다. 뜨거운 밥도 일 분 안에 먹어치울 수 있을 정도였다.

또하나 방법은 정반대의 형태였다. 제사 때나 손님들이 찾아온 경우처럼 오랫동안 앉아 있을 수밖에 없을 때는 천천히 많이 먹었다. 고개를 들고 있으면 아버지와 눈을 마주쳐야 했다. 고개를 숙이고 있으면 음식이 보였고 아무것도 안 하고 그러고 있는 것도 우스

왔기에 하나씩 집어먹었다. 그러다보니 많이 먹게 되었다. 그러면 조근조근 참 잘 먹는다고 어른들이 말하곤 했다.

우리 가족의 소망은 아버지가 흡연과 음주를 하는 거였다. 다방 마담 같은 여자와 바람피우는 모습을 그려보기도 했다. 하지만 그는 외출을 해도 금방 돌아왔고 그나마 기분이 상해 있곤 했다. 인호가 부러운 것은 아버지가 아예 집에 없다는 거였다. 항구의 고등학교로 가게 되었다면 아마도 나는 지금쯤 죽어버릴 생각을 하고 있을지 몰랐다.

너무 멀리 걸어가버린 탓에 돌아올 때는 남쪽 역 위치를 네 번이나 물어야 했다. 그때마다 사람들은 친절하게 가르쳐주었다.

항구에서는 해가 바다 너머로 졌는데 이곳은 방직공장이 줄지어 있는 곳으로 졌다. 해는 공장 굴뚝 너머로 떨어지면서 붉고 노란 기운을 만들어냈다. 그 빛깔은 찢어진 철조망도 물들이고 있었다.

그리고 해방감의 이면에 무엇이 준비되어 있는가를 알게 된 곳은 교회 뒤편 공터였다. 공터에는 밟힌 민들레 몇 포기와 연탄재 무더기, 오래된 벤치가 있었고 몇 명의 젊은 사내가 서 있었다. 불편하게 잔 것처럼 고개를 좌우로 흔들고 있던 사내가 나를 불렀다. 나는 못 들은 척 걸음을 옮겼다. 그가 내 앞을 막아섰다. 몸집이 좋고 앞니 사이가 벌어져 있었다.

"사람 말이 말 같잖니?"

나는 못 들었을 뿐이라고 대답했다. 사내는 나를 빤히 들여다보다가 볼을 툭툭 쳤다. 나는 반사적으로 고개를 돌렸다.

"어쭈, 피해?"

"이러지 마요."

"이러지 마요, 이러지 마요?"

그는 과한 동작으로 나를 흉내냈다. 곧이어 짧은 머리 사내 하나가 다가오는 듯싶더니 번쩍, 강력한 것이 관자놀이에서 터졌다. 나는 휘청거리다가 간신히 중심을 잡았지만, 다시 충격을 받고 몸을 구부렸다.

"아 씨발, 왜 때려."

나도 모르게 나온 말이었지만 그 말이 그들을 더욱 부추기고 말았다. 나는 조금 뒤 잡아먹힐 개처럼 두들겨맞았다. 앞뒤 분간할 수 없이 얻어맞았다. 번쩍, 노랗고 커다란, 꼭짓점 다섯 개 별 모양이 순간 보이기도 했다. 누군가 뒤통수를 발로 찬 것이다. 우리가 바라보는 밤하늘의 별은 반짝거리기는 하지만 꼭짓점이 있는 것은 아니다. 맨 처음 오각형 별을 그렸던 사람은 분명 뒤통수를 사정없이 차인 적이 있었을 것이다. 핑 돌면서 나는 쓰러졌다.

"쇼하지 말고 일어서, 이 새끼야."

물론 쇼를 할 생각도, 능력도 없었다. 어느 정도 시간이 지났을 때 나는 시체처럼 누워 있었다. 늙은 여자 하나가 혀를 차면서 지나갔다. 그들도 한 걸음씩 뒤로 물러났다. 이빨 벌어진 사내가 내 목덜미를 잡고 추켜올렸다.

"못 보던 얼굴인데 몇살이냐?"

나는 입 냄새를 맡으면서 열일곱이라고 대답했다.

"형이 부르면 네, 하고 달려와야지. 말 안 듣고 깝죽거리니까 이렇게 맞잖아, 인마."

그는 머리를 두어 번 툭툭 치더니 담배에 불을 붙여 내 입에 물려주었다.

"한 대 빨아라."

피와 침 냄새가 담배연기와 뒤섞였다. 그사이 주위는 어둑해져 있었다. 나는 비틀거리며 걸어갔다. 욕지기가 올라왔고 입에서는 피가 흘러내렸다.

교회 담에 기대어 섰을 때는 눈물이 나오려고 했다. 그러나 울면 안 되는 거였다. 울면 지는 것이다. 이미 진 다음이라 더이상 지고 말고 할 것이 없는데도 그랬다. 우리는 그렇게 배웠다. 사나이가 우는 경우는 딱 세 번이다. 태어났을 때, 나라가 망했을 때, 부모가 죽었을 때. 그 말에 따르면 나에게 지금까지 울 기회는 단 한 번만 허락된 것이고 십육 년 전 이미 사용해버린 다음이었다.

플랫폼 가로등 불빛 아래로 기차가 지나가고 있었다. 항구 쪽으로 가는 화물열차였다. 객차의 고유번호들이 나타났다가 사라졌다. 그것은 그동안 레일을 타고 다녔던 횟수처럼 보였다. 항구와, 그곳에 있는 집이 떠오르자 나는 들고 있던 담배를 충동적으로 손목에 눌렀다. 살 타는 냄새가 났다. 철커덕철커덕, 마지막 객차가 어둠 속으로 멀어지고 나서 가로등 불빛만 삼각형으로 남았을 때 담뱃불은 꺼져 있었다. 객차는 스물한 개였다.

영기

밤은 통증과 불편한 꿈으로 지나갔다. 기억나지는 않지만 정상적이지 못한 것으로만 가득 찬 꿈을 꾸었다. 아침에 일어나니 온몸이 쑤시고 뒤통수는 깨질 듯했다. 담뱃불 지진 자국은 시뻘겋게 부풀어올랐다. 눌러보니 딴딴하고 아팠다. 물집은 몸속을 돌아다니는 자그마한 소방차 같았다.

세상에서 가장 괴로운 아침은 구타를 당한 다음날이다. 나는 아무것도 못 하고 누워만 있었다. 주먹과 발길질을 헤아려보니 스물을 넘어갔다. 기억 못 하는 것도 더 있을 것이다. 이렇게 처참하게 당한 이유는 뭘까. 부르는 소리를 못 들은 척해서? 제기랄, 그게 맞을 이유라면 내가 태어나기도 전에 인류는 멸종해버렸을 것이다. 안 들리는 척하면서 사는 사람들이 얼마나 많은데.

오라는 대로 얌전히 갔어도 때렸을 것이다. 내가 맞은 이유는 단 하나. 멀고 낯선 곳이기 때문이다. 군대처럼.

항구의 중학교 교사들은 군대 이야기를 자주 했다. 군대의 시작은 얻어맞는 거였다. 그들은 얼마나 더 많이 맞았는가를 막대그래프 그리듯 말하곤 했다. 교사들만 그러는 게 아니었다. 어른 사내들이라면 모두 자신들이 당한 구타를 되풀이해서 떠들었다. 퇴역 군인의 유일한 훈장처럼 들렸다.

심지어 내 친척 중에는 구타의 증언을 듣다못해 겁을 먹고 손가락을 부러뜨린 사람도 있었다. 그는 술을 마신 뒤 책상 모서리에 검지를 대고 힘껏 밟아달라고 부탁했다고 한다. 한 번에 끝내야 했기에, 그 일을 자청한 사람은 휴가 나온 친구였고 그는 군화를 신고 있었다. 친척은 그것으로 면제를 받았다면서 잘려 없어진 손가락을 들어 보였다. 구타보다 더 끔찍한 경우였다.

그중 독보적인 이는 수학교사였다.

그는 굵은 대나무뿌리로 만든 매를 가지고 다녔다. 아이들을 보호하기 위해서였다. 매가 없으면 주먹으로 때려야 하는데 그의 주먹은 소도 때려잡을 정도였다. 근육 위로 솟아나온 두꺼운 힘줄을 바라보며 저기를 칼로 자르면 피가 나올까, 기름이 나올까, 나는 생각하곤 했다.

그는 수업시간에 커다랗게 여자의 알몸을 그렸다. WxY를 그려넣고 나서 칠판을 주먹으로 두드렸다. 칠판이 부서질 것처럼 흔들렸다.

"이런 것을 그리고 싶으면 교무실 칠판에다 한번 그려봐라. 사내자식들이 배짱이 있어야지 고작 화장실 문짝에다가 그리고 있냐. 차라리 똥통 속에 빠져 죽어버려, 이 새끼들아."

그의 말대로 변소 문짝과 벽에는 여자 그림이 가득했고, 친구 누나는 가랑이를 벌린 채 자고 있었다. 따위의 문구도 적혀 있었다. 그중에는 자신의 똥으로 그려놓은 것도 있었다. 아이들은 기가 죽은 상태에서 실실 웃었다. 수학교사는 반마다 빠짐없이 알몸 여자를 그리고 다녔다. 그 덕분에 여자 그림은 한동안 더 늘어나지 않았다.

그런 그도 맞은 적이 있었다.

군대에서 고향이 다른 고참들에게 '오 파운드 곡괭이'로 일주일을 맞았다. 곡괭이 자루가 분질러져야 그날의 체벌이 끝났기에 모두 일곱 자루가 소모되었다. 엉덩이와 허벅지 살이 뜯겨나간 곳에 파리가 쉬를 슬어 날마다 구더기를 수십 마리씩 잡아내야 했으며 제대할 때쯤에야 새살이 들어찼단다. 우리들은 입을 벌리고 감탄을 했고 그는 약간 피곤하다는 투로 으쓱거렸다.

누군가 매를 들면 우리는 어른들의 군대 경험을 떠올렸다. 그들의 증언 속에 항거했다는 말이 없듯이, 우리도 굳건하게 매질을 견뎌내야 했다. 아프고 억울했지만 때리는 이유는 묻지 않는 게 원칙이었다. 매질을 잘 견뎌낸 아이는 강한 인내력을 인정받았다. 참을성은 우리가 배우고 익혀야 할 최고의 덕목이었다.

그러니 단 한 대에 몸을 뒤틀면 놀림감이 되었다. 잘못했다고 손바닥을 비빈 아이는 졸업할 때까지 다른 아이가 자신을 흉내내는 것을 지켜봐야 했다. 울기라도 하면 여자 중학교에서 잘못 전학온 아이로 쳤다.

교사 중의 압권이 수학교사였다면 우리들 중의 대표는 영기였다.

'매타작을 한바탕 하고 나야 밥맛이 좋다'고 말하고 다니던 사람은 사회교사였다. 군대에서 특공훈련을 할 때 목이 너무 말라 자신의 오줌을 철모에 받아 마셨다는 그는 점심을 많이 먹기 위해 매를 자주 들었다.

어느 날 점심시간이었다. 멀리에서 우우, 함성소리가 들렸다. 그 소리는 점점 다가와 곧 옆반으로까지 이어졌다. 우리는 고개를 내밀었다. 어떤 여자가 복도와 교실을 가르고 있는 창문을 들여다보며 걸어오고 있었다. 걸음을 옮길 때마다 큰 가슴이 출렁거렸다. 그녀는 붉게 상기된 얼굴로 우리 교실도 들여다보았다. 우우. 우리도 함성을 질렀다.

"누구 찾으세요?"

"김성식 선생님 여기 오셨니?"

"아니요, 왜요?"

여자는 대답 대신 좌우를 살폈다. 찾는 사람이 없어서라기보다는 우리 반이 맨 끝이라 바깥으로 나갈 수도 없고 되돌아갈 수도 없기 때문이었다. 맨발이었고 그녀가 걸어온 복도 저편에는 따라온 아이들로 북적였다.

"김성식 마누라다."

한 아이가 속삭였다.

"저번에 교무실로 쳐들어온 거 봤어. 사회선생님이 외박을 했다고 하더라."

그녀는 우리 쪽으로 다시 눈길을 주었다. 약간의 부끄러움과 이

왕 이리 되었으니 끝장을 보고 말겠다는 결심 같은 것이 뒤섞여 있었다. 누군가 말했다.

"수위실 가보세요. 사회선생님, 수위 아저씨랑 친해요."

"수위실 안에 방이 있어요."

여자는 신발장에서 아무거나 주워신고 뛰는 듯 달려나갔다. 아이들은 사회교사가 멱살 잡히는 꼴을 보고 싶어서 우르르 따라나갔으나 수학교사가 매를 들고 쫓아왔기에 곧바로 포기해야 했다. 먼저 나간 애들은 등짝을 얻어맞고 문이 부서져라 쫓겨들어왔다. 그애들은 등을 주무르기 위해 한동안 몸을 활처럼 휘어야 했다.

그날 사회교사와 그의 마누라가 맞닥뜨리는 현장을 본 사람은 없다. 돌아다니는 말에 의하면 되풀이되는 외박에 화가 난 마누라가 또 학교로 쫓아왔으며 그 모습을 본 그가 화단을 빙 돌아 수위실로 도망을 쳤다고 했다. 우리의 추측이 맞았던 것이다.

며칠 뒤 사회교사는 교문을 지키고 있었다. 그는 오리걸음으로 운동장을 돌기 시작하는 지각생 중에서 우리 반 아이들만 따로 불러모았다.

"니들은 교직원 화장실 청소다. 밥알을 주워먹어도 될 정도로 깨끗하게 청소해라. 이따가 점심시간에 검사하겠다."

오리걸음에서 제외된 아이들은 야릇한 공포감을 느낄 수밖에 없었다. 그들은 쉬는 시간마다 달려가 물청소를 했다. 하나같이 바짓가랑이가 젖고 똥 냄새가 났다. 점심시간이 되자 그는 아이들을 데리고 변소로 갔다. 우리는 따라갔다. 문이 하나씩 열고 닫힐 때마다 아이들은 마른침을 삼켰다. 네모난 구멍 아래로 똥이 탑처럼 쌓여 있긴 했지만 청소는 깨끗하게 되어 있었다. 변소 청소와 똥을 푸는 것은 별개였다. 아무 말 없던 사회교사는 자신이 가지고 온 밥알을 변소통 옆에 떨어뜨렸다.

"내가 말했지?"

"......"

"먹으면 깨끗하게 한 걸로 인정하겠다."

아이들 얼굴에 낭패감이 서렸다. 아무도 먹지 못하자 그는 아이들을 화장실 벽에 세워놓고 엉덩이를 때리기 시작했다. 영기가 첫번째였다. 보통 아이였다면 서너 대 맞고 쓰러졌을 것이다. 영기는 그렇지 않았다. 그는 열 대를 참아냈다. 사회교사는 열한번째로 넘어갔다. 그렇다면 최소한 스무 대는 때리겠다는 소리였다. 매질하는 어른들이 왜 십진법을 고집하는지 모르지만 스무 대에서도 매질은 끝나지 않았다.

스무 대가 넘자 영기 엉덩이가 앞으로 휘어졌다. 서른 대가 넘어갔다. 날아가는 새 한 마리 없이, 가을 한낮 햇살 아래 엉덩이 때리는 소리만 들렸다. 오십 대가 되자 영기의 아랫배가 벽에 닿을 것처럼 휘어졌다.

"자세 똑바로 잡아, 새끼야."

사회교사는 자존심이 상해갔다. 이마에는 땀방울도 맺혔다. 영기는 비틀거리며 다시 자세를 잡았다. 칠십 대가 넘자 교사의 어깨가 흔들렸다. 영기는 아예 이마를 벽에 박고 있었다.

"싸가지 없는 새끼…… 싸가지 없는 새끼."

팔십 대가 넘자 영기는 온몸을 떨었다. 벽을 짚은 손도, 두 발도 확연하게 후들거렸다. 그러나 쓰러지지 않았다. 오히려 뒷순번 아이들이 사색이 되어서 쓰러지려고 했다. 마침내 백 대가 채워졌다. 교사는 몽둥이를 내렸다. 그도 속으로 숫자를 센 것이다. 영기는 잔뜩 휘어진 채 자세를 유지하고 있었다.

오후 내내 영기는 책상에 머리를 묻고 있었다. 수학교사가 들어와 고개를 들게 했다. 그때까지 아무도 그를 건들지 않았다. 사회교사에게 백 대를 맞았노라고 뒷순번이었던 아이들이 말했다. 그들은 한 대도 맞지 않고 풀려났다. 수학교사는 혀를 찼다. 어떻게 학생을 백 대씩이나 때릴 수 있는가, 또는 매가 얼마나 약했기에 중학생이 백 대를 견뎌냈다는 말인가, 두 가지 중 어떤 이유로 혀를 차는지는 알 수 없었다.

그날 저녁 쉬는 시간에 우리는 영기를 데리고 튀김집으로 갔다. 그곳에서 인내력을 칭송하며 영기의 승리를 선언했다. 그는 이렇게 말했다.

"목숨을 걸고 참았다. 왜? 난 장교가 될 거거든."

우리는 그 자리에서 사회교사 앞에 늘 붙였던 '좆같은'을 '좆도 아닌'으로 바꾸었다.

부풀어오른 상처를 만지다보니 담배를 피우고 싶어졌다. 위안을 받을 수 있다는 게 담배의 묘미라는 것쯤은 안 피워도 알 수 있다.

사람들이 슬프거나 괴로울 때 맹렬하게 빨아들이는 모습을 봐도 그렇고 지난밤에 벌어진 이빨이 나에게 그것을 건네는 것으로 봐도 그랬다. 하지만 담배는 없었다. 담배를 물어본 것은 지난밤이 처음이었다.

매를 맞고 나면 몇몇 아이들은 화장실로 달려가 담배를 피웠다. 교사들은 때리고 나서 교무실에서 피웠다. 나에게도 몇 번 담배가 왔지만 피우지 않았다. 사람들이 담배를 피우기 시작하는 것은 맞았기 때문일 것이다. 자꾸 이렇게 된다면 나도 머잖아 담배를 피우게 될 것이다.

영기는 참아냄으로써 자존심 싸움에서 이겼지만 나는 여럿에게 사로잡혀 일방적으로 얻어터지기만 했다. 복수를 하고 싶은 맹렬한 욕구가 나를 감쌌다. 우리는 '항구의 곤조'라는 말을 들으며 자랐다. '항구의 곤조'는 폭행을 당하면 꼭 보복하는 것을 뜻했다.

내가 꼭 그렇게 살아왔다는 것은 아니다. 그냥 있자니 자존심이 상하는 것이다. 이사를 가지 않는 한 다시 마주칠 것이고 그때마다 그들은 때렸던 기억을 떠올릴 것이다. 나는 맞았던 기억을 떠올릴 것이다. 그것은 생각만 해도 괴로웠다.

나는 몇 가지를 떠올려보았다.

당장으로는 이빨 벌어진 놈을 죽이고 싶었다. 방법은 칼을 쓰는 것이다. 세계대전 전까지 사람은 사람을 칼로 찔러 죽였다. 지금도 총이 없는 사람은 그 방법을 쓴다. 나도 총이 없다. 그러니 칼을 써야 한다.

하지만 칼이 없다. 주방기구를 사지 못했기에 식칼도 없다. 칼은 인호에게 있다. 짧고 두툼한 그 칼은 인호 아버지가 지구 반대편 항구에서 사온 것이다. 인디언들이 들소 가죽을 벗길 때 쓰던 거라고 했다. 조금만 들이밀어도 노트가 섬벅 베어졌다. 칼을 가지고 다녔던 아이들이 변소 문짝에 꽂는 시합을 했을 때도 그 칼이 가장 깊게 박혔다.

자율학습을 끝내고 늦은 밤 하교하다가 청년들에게 기습적인 몸수색을 당한 적이 있었다. 몇 푼의 돈과 함께 인호의 칼이 나왔다. 인호는 칼은 줄 수 없다고 말했다. 피똥 쌀 만큼만 맞을래? 왼쪽 뺨에 흉터가 있던 청년이 물었다. 그는 맞기를 자청했다. 피똥을 싸지는 않았지만 가슴이 온통 시퍼렇게 변한 다음에야 그들은 칼을 되돌려주었다.

아까운 생각이 가시지 않았는지 그들은 나도 반듯이 세워놓고 때렸다. 그리고 훈계를 길게 했다. 밤늦게 돌아다니지 말고 일찍 귀가하라는 것. 자율학습이 지금 끝났다고 말해서 나는 더 맞았다. 아무튼 이 새끼야, 일찍일찍 다니란 말이야. 사람들은 여차하면 교사나 부모가 되려고 했다. 그 일 때문에 귀가시간이 늦어버린 나는 아버지에게 시달렸다. 아픈 친구를 데려다주고 오느라 늦었다고 거짓말을 했다. 이름이 뭐고 어디가 아프냐고 물어와서 거짓말을 더 해야 했다.

아무튼 그 칼이면 충분할 것이다. 이빨 벌어진 놈만 죽여서는 안 된다. 재보복을 안 당하려면 모두 죽여야 했다. 어제 나를 둘러싼 사내는 예닐곱 명 정도였다. 그중에는 내 몸에 손을 안 댄 이도 있을 것이지만 그것은 중요하지 않다. 올무에 걸려 숨이 넘어가는 멧

돼지의 원한은 나무꼭대기에서 천연덕스럽게 구경하고 있는 까마귀에게도 있는 법이니까.

생각해보니 그들을 죽인다고 해서 끝나는 게 아니다. 이 동네에 가족이 있을 것이다. 부모는 물론 누나나 형, 동생, 그리고 또다른 친구들도 있을 것이다.

그들은 달려들어 나를 포박할 것이고, 신고할 것이고, 비탄에 잠겨 얼른 사형당하길 바랄 것이다. 그 생각에 이르자 좀 슬퍼졌다. 그들까지 죽여버릴 작정을 한 것은 그 이유 때문이었다. 그러자 뒤늦게 죽을 이들의 친구와 친척 들도 걸렸다. 어쩔 수 없이 그들에게도 손을 써야 한다……

이렇게 나가다보니 죽여야 할 사람이 인류의 반 정도가 되었다. 나는 고개를 흔들었다. 일본 천황도, 히틀러도 그렇게 많이 죽이지는 못했다. 지구에는 너무 많은 사람이 살고 있었다. 나는 포기했다. 포기를 하자 내가 죽어버리고 싶은 마음이 생겼다. 자살하는 사람은 차마 남을 죽이지 못한 이들일 것이다.

나는 처음으로 돌아왔다.

남은 것은 때려주는 방법이다. 저쪽은 여럿이고 나이도 몇 살 위로 보였다. 나는 혼자였다. 혼자서 주먹으로 그들을 이겨낼 수는 없다. 인호가 올라온다 해도 두 명이다. 그래도 싸움의 경력은 인호가 나보다 많다. 그가 살았던 구항(舊港)은 늘 싸움이 있어서 그게 몸에 배어 있었다.

돈을 넣었던 주머니는 비어 있었다. 공터는 이른 봄 차가운 햇살만 가득했다. 그곳에는 내가 흘렸던 피의 흔적만 있고 돈은 없었다. 길바닥에서 내가 흘린 피를 발견한다는 것은 죽어버린 자신을 보는 것과 비슷했다.

시장에는 양품점과 약국과 어물전과 야채전이 있었다. 그릇가게는 약국 옆에 있었다. 남아 있는 돈으로는 원하는 것을 다 살 수 없었다. 나는 시장을 돌아다니며 그릇가게가 번잡해지기를 기다렸다.

세 바퀴째 돌았을 때 그릇가게에 손님 서넛이 들어 있었다. 입구에는 함지박과 세숫대야와 찜통 같은 것들이 쌓여 있고 작은 것들은 가게 안에 있었다. 나는 물건을 고르는 척하면서 소리가 나지 않을 것들을 하나씩 찜통 속에 넣어두었다. 비누받침대를 바닥에 깔고 그 위에 플라스틱컵과 김치그릇을 얹고 밥공기 같은 것을 넣어두는 식이었다. 찜통 속을 채운 다음 수저 두 벌과 스텐냄비를 들고 가서 계산을 했다. 그리고 밖으로 나와 있다가 주인이 다른 손님 물건 찾아주는 틈에 다시 들어가 큰 소리로 말했다.

"찜통은 얼마예요?"

주인은 사천원이라고 답했다. 나는 사천원을 계산대 위에 두고 찜통을 들고 나왔다. 텅 비었던 부엌에 새로운 물건들이 자리를 잡았다. 찜통에 물을 가득 떠온 다음 냄비를 꺼내들고 바닥에 얼굴을 비춰보았다. 관자놀이가 부어 있었다. 연탄불은 꺼져 있었다.

인호 올라오다

인호가 올라왔다. 나는 사흘 전에 있었던 사건과 복수의 계획을 말했다.

"우선 눈빛에서 지면 안 돼."

인호가 말했다.

"눈빛에서 이기면 아무도 못 달려들어."

인호가 구항에서 본 바로는, 어떤 사내 하나를 여럿이서 에워쌌는데 그는 전혀 겁먹지 않은 눈빛으로 상대방을 날카롭게 노려보았단다. 둘러싼 이들은 일행 중 누군가가 선제공격하기를 원했지만 자신은 그러지 못했다. 그러니 아무도 덤벼들지 못했다. 한동안 그 상태가 지속된 다음에 그 사내는 아무 일 없다는 듯이 걸어갔다.

내가 어렸을 때 본 방법도 있었다.

골목 안에서 어른들이 술 취한 사내 하나를 가운데 세워두고 있었다. 욕설이 오고갔다. 죽여버리겠다, 죽여봐라, 그런 소리도 나왔다. 한 명이 취한 사내 뺨을 찰싹 쳤다. 그러자 그는 갑자기 바지를 내리고 반원을 그리며 오줌을 쌌다. 양이 아주 많아서 수돗물을 틀어놓은 것 같았다. 팔짝 뛰어 물러났던 남자들이 다시 다가왔다. 이번에는 그중 한 명을 껴안다시피 하고서 구역질을 했다. 안겼던 사람은 화들짝 놀라며 그를 밀어냈다. 사내가 자꾸 전진하며 토하려고 하자 그들은 침을 뱉으며 도망치듯 멀어졌다. 사내도 반대편으로 비틀거리며 사라졌다.

그런데 그 방법엔 몇 가지 문제가 있었다. 우선 추접스러운데다가 그 순간 아주 많은 오줌이 준비되어 있어야 했다. 그리고 상대가 싸울 욕구보다 더러운 것을 싫어하는 마음이 더 커야 했다. 만약에 오줌 누고 있을 때 거기를 걷어차버리기라도 하면 어떡한단 말인가.

나는 인호의 경우 쪽으로 고개를 끄덕였다. 추접스러운 것보다는 매서운 눈빛이 멋지다는 것은 조금도 고민할 필요가 없었다. 맹수를 만났을 때는 노려보며 가만히 있으면 된다고 책에서 읽은 기억이 났다. 눈은 마음의 창이라는 말도 떠올랐다. 우리는 당장 연습을 시작했다. 맨 처음에는 벽을 노려보기 시작했다. 하지만 밋밋하기 짝이 없어 싸움을 하고 있다는 기분이 나지 않았다.

이번에는 진 사람이 밥을 하기로 하고 상대방 눈동자를 노려보기 시작했다. 이것은 쉽지 않았다. 진짜 싸움이 될 것 같았다. 인호의 눈동자는 생각보다 훨씬 매서웠다. 눈알이 쓰리고 머리가 어지러운 것을 참으며 나는 눈빛을 공격적으로 바꿔보기 시작했다. 나를 때렸던 이들을 떠올리자 당장 살인이라도 할 것 같은 기분이 들었다. 그러자 인호의 눈동자가 흔들렸다.

머잖아 그의 눈빛도 그렇게 변했다. 이번에는 내가 흠칫했다. 잡아 죽일 듯이 노려보아서 내가 혹시 애한테 무슨 실수라도 하지 않았나, 생각이 들 정도였다. 그렇게 우리는 공격욕구를 더 키워갔다. 오래지 않아 눈동자고 뭐고 하나의 시커먼 덩어리 같은 것으로만 보였다. 호흡이 가빠지고 얼굴과 벽이 구분되지 않을 정도가 되었을 때 우리는 동시에 쓰러졌다.

다음은 싸움연습이었다.

인호는 권투도장을 몇 달 다닌 적이 있어서 스트레이트 뻗는 법이나 주먹 피하는 기술들을 알고 있었다. 인호의 시범을 본 다음, 움츠렸다가 상대를 향해 주먹을 내뻗고 옆으로 숙여 피하기를 되풀이했다. 이를테면 원투 스트레이트를 친 다음 고개를 숙였다가 좌우 훅을 연달아 치는 연결동작 같은 거였다. 한 사람이 공격을 하면 남은 사람은 수비를 연습했다.

연결동작은 점점 빨라졌다. 템포가 맞지 않을 때는 주먹에 얼굴을 맞기도 했다. 한 시간을 하자 땀이 났다. 권투를 마치고는 팔굽혀펴기를 하고 스트레칭을 했다. 그러고 나서 땀을 씻으러 수돗가로 갔다. 신체 단련에 도움이 될 것 같아 찬물로 등목도 했다.

"날도 추운데 뭔 놈의 등목이여."

주인 할머니는 문을 벌컥 열며 말했다. 그녀는 소주를 마시고 있었다. 되들이 병에는 소주가 반 정도 들어 있었다. 내가 준 돈으로 샀을 것이다.

"공부를 열심히 해서 그래요."

"공부하다가 땀 난단 소리는 처음 듣는다."

할머니 뒤에서 여자 얼굴이 튀어나왔다. 그녀는 망아지 울음소리 같은 것을 냈다.

"젊은 사내 둘이서 옷 벗고 있으니까 또 벌렁거리냐, 이년아!"

여자는 망아지 소리를 계속 내며 수건으로 몸을 닦고 있는 나와 인호를 바라보았다. 나는 여자를 더 벌렁거리게 해주고 싶은 욕구를 느꼈다. 방으로 돌아와서도 주먹으로 벽을 오십 번씩 쳤다. 욕구를 가라앉히는 데에도 도움이 되었다.

학교에 가다

철도는 방직공장에서 세웠다는 3교대 여자상업학교 앞으로 나 있었다. 그곳을 지나 커다란 병원 앞에서 꺾어 돌자 평지가 언덕으로 변했다. 언덕 옆으로는 파묻지 않은 하수구 파이프와 판자조각이 엇갈린 채 누워 있었다. 산은 야트막했는데 플라타너스가 울창해서 하나의 커다란 화원 같았다. 학교는 그 사이에 있었다. 나무가 가린 탓에 흰 꼭대기 부분만 보였다. 고등학교라기보다는 뭔가 비밀스러운 것을 만들어내는 연구소 같았다.

그리고, 대도시의 학교는 항구의 그것보다 크고 넓을 거라는 생각은 여지없이 무시되었다. 도착해서 보니 그저 오래되고 빽빽하고 음침했다. 전체적으로 좁은데다 건물 유리창도 군데군데 깨지거나 금이 가 있었다. 연구소는커녕 용도 폐기된 감옥 같았다. 몇 개의 평행봉과 철봉만이 여기가 운동장이랍니다, 하고 있었다. 긴 머리의 남자를 여자라고 착각했던 것과 비슷했다.

교장도 그동안 보아온 이들과 다를 게 없었다. 작고 뚱뚱하고 머리가 벗어졌으며 연설을 길게 했다. 여교사는 한 명도 없었다. 항구를 떠나기 며칠 전, 이 학교의 오랜 전통에 대해 들은 적이 있었다. 그 사람이 말하는 전통은 폭력사건이었다. 폭력의 횟수와 강도가 전국 3순위 안에 든다고 말했다. 다른 곳에서 제적당한 애들을 모두 받아주었기에 학교에는 바보 아니면 깡패, 또는 바보이면서 깡패인 애들로만 바글거린다는 것이다.

옆에 있던 사람이 대꾸했다.

"그건 옛날이고. 지금이야 뺑뺑이 돌려 가는데 그러겠어?"

"한번 그런 곳이 되어버리면 어떤 놈들이 들어가도 마찬가지야. 똥통에 빠진 참외 같은 거지."

교장은 내가 들었던 것과는 터무니없이 엇나간 전통에 대하여 말했다. 어떤 회사 사장이나 교수, 직급이 높은 장교 따위에 대해 말하는 동안 이학년들은 다리를 떨었고 삼학년들은 침을 뱉었다. 여교사가 한 명도 없는 이유라든지 저 많은 유리창이 왜 깨진 채 방치되어 있는지에 대해서는 함구했다. 알고 있는 것에 대해 함구하고 있다는 점에서 교장은 정치인을 닮았다. 연설을 듣고 난 우리는 수용소의 죄수처럼 줄지어 교실로 들어갔다.

담임은 지리과 담당이었다. 그는 우리를 무시하는 태도를 취했다. 서류뭉치 같은 것을 펴놓고 거기에만 열중했다. 뭔가를 옮겨적고는, 적은 것을 다시 확인하곤 했다. 아이들은 무엇을 해야 할지 몰라 가만히 있었다. 처음 본 얼굴들. 처음 앉아본 의자. 이곳도 낯설고 먼 곳이었다.

"우리 뭐해요?"

얼굴이 길쭉하게 생긴 아이가 우스꽝스런 목소리로 담임에게 말했다. 아이들은 기다렸다는 듯이 어색하게 웃었다. 그 아이 팔목에는 담배빵이 세 개 있었다. 그는 그게 잘 보이도록 소매를 걷어올리고 있었다. 많은 아이들이 그것을 보았고 그리고 못 본 척했다. 나는 소매를 걷을 수 없었다. 물집을 터뜨리자 염증이 생겼고 고름이 고이기 시작한 것이다. 담임이 고개를 들었다.

"너 이름 뭐야."

"영춘인데요. 김영춘."

"어디서 왔냐."

"바로 저 아래 중학교 나왔어요."

"그래, 그럼 너 교무실 가서 교과서 좀 수령해와라."

"누구 데리고 가도 돼요?"

"당연하지. 혼자서 그 책을 어떻게 다 들고 오냐."

영춘이 옆에 앉아 있던 두 명이 일어섰다. 그들은 우리가 지루해져서 몸을 비틀 때쯤 되어서야 돌아왔다. 비로소 번호를 하나씩 받고 자리를 재배정한 다음 책을 받았다. 담임이 말했다.

"단 하나만 말하겠다. 나는 공사 구분을 분명히 하는 사람이다. 다시 말해 공적인 것과 사적인 것을 구분 못 하는 사람을 매국노보다 더 싫어한다. 이 점, 분명히 알아듣도록."

그는 영춘이를 임시반장으로 뽑고 나서 교실을 나갔다. 고등학교 최초의 쉬는 시간이 되자 영춘이는 책가방에서 담배를 꺼내 불을 붙이고 연기를 뿜어냈다. 교과서를 뒤적이던 아이들이 소리없이 그

쪽을 바라보았다. 다들 눈이 빛났다. 그의 이력과 전투력을 짐작해 보고 있는 것이다. 저 정도면 어느 정도 일까, 혹시 소년원 출신일까, 싸움능력은 어느 정도 일까, 권투를 했을까, 태권도를 했을까, 따위 같은 것. 그는 그 눈초리를 즐기는 듯, 흡족한 표정으로 담배를 넘겼고 함께 나갔던 애가 받아서 피웠다.

"담배 피우는 것 첨 보냐? 책이나 봐."

담배를 받아든 아이가 바닥에 침을 갈기며 말했다. 작달막한데다 뚱뚱한 편인 그는 심하게 팔자걸음을 걸었다. 교과서 나눠줄 때 본 그의 이름은 민성이었다. 몇몇 아이들이 눈을 돌렸다.

"책이나 보라고."

민성이의 눈과 내 눈이 만났다. 나는 교실에서 담배 피우다 걸리면 그게 공적인 문제일까 사적인 문제일까, 를 생각하고 있었다. 민성이는 얼굴이 딱딱해지며 몸을 일으켰다. 문제를 일으키고 싶지는 않았다. 민성이가 아무 말 안 했으면 고개를 돌렸을 것이다. 담배 피우는 것은 구경할 만한 것이 아니었다. 하지만 그는 잠깐의 사이를 기다리지 못했고, 나는 고개 돌릴 타이밍을 놓치고 말았다. 사람을 기분좋게 만드는 데에는 최소한 십 분 이상이 걸리지만 기분이 상하는 데에는 십분의 일 초면 충분했다.

민성이는 기가 차다는 얼굴로 슬슬 걸어왔다. 그 자세는 이빨 벌어진 사내와 비슷했다. 아이들은 재미있겠다는 표정을 했다. 나를 바라보는 그들의 눈빛도 영춘이를 바라보던 그것과 같았다. 하지만 나는 특별한 이력이 없어 스스로의 실력이 어느 정도인지도 모르고 있었다. 항구에서 몇 번 싸워본 게 전부였다. 반 정도는 이겼고 나머지는 그러지 못했다. 그리고 며칠 전 린치를 당한 것.

민성이는 바짝 얼굴을 들이댔다.

"씨발, 말 안 들리냐?"

침이 튀었고 입 냄새가 났다. 나는 선빵을 날려버리고 싶은 충동을 느꼈다. 이 정도 거리면 한 방에 나가떨어질 것이다. 하지만 민성이의 이런 저돌적이면서도 무방비적인 태도는 선빵을 날렸을 경우, 그 뒤가 이미 준비되었다는 것을 보여주고 있었다. 무엇이 어떻게 준비되어 있는지는 알 수 없지만, 알 수 없어서 그것은 더 크고 깊어 보였다. 이곳은 먼 곳이었고 나는 혼자였다. 영춘이가 피곤하다는 투로 끼어들었다.

"민성아, 그만해라. 쪽팔리다."

민성이는 입을 거둬가면서 씨익 웃었다. 나도 그러고 싶었지만 웃음이 나오지 않았다.

"이따가 좀 보자."

하교 시간에 영춘이 패거리와 나는 교문 밖 플라타너스 아래에서 만났다. 셋은 배꼽바지를 추켜올린 채 팔자걸음으로 걸어왔다. 부채꼴 모양이 만들어졌을 때 나는 눈싸움을 시작했다. 그동안 익힌 바에 의하면 눈싸움은 도중에 고개를 돌려서는 안 되는 것이다. 민성이를 노려보다가 영춘이가 옆에서 움직이면 그 자세 그대로 눈동자만 돌려야 한다. 그것은 너희 모두와 싸울 준비가 완벽하게 되어 있다는 것을 보여주는 거였다. 연습의 효과는 있었다. 그들은 멈칫했다.

"이 새끼들, 집에 안 가고 거기서 뭐하냐. 니들 신입생이지?"

교사 하나가 자전거를 세우고 우리를 가리켰다.

"친구랑 잠깐 이야기하고 있습니다."

"진짜야?"

"진짜라니까요."

교사는 계속 이쪽을 바라보고 있었다. 영춘이가 물었다.

"어디에서 왔냐?"

항구라는 대답을 들은 그는 내 발 앞에 침을 뱉고 나서 슥슥 문질렀다.

"여기는 거기랑 다르다. 암튼 잘 지내자. 조심은 하고."

"뭘 조심해야 되는데?"

"알 텐데."

"모르겠다."

"그렇다면 차차 알게 될 것이다."

그래놓고 그들은 돌아섰다. 멈춰 있던 교사도 멀어졌다. 나는 그들이 멀어지는 모습을 바라보다가 플라타너스 아래를 벗어났다. 어디선가 같은 반 아이가 나타났다.

"별일 없이 끝났네."

나는 걸으며 숨을 골랐다.

"너 무슨 운동했니? 유도나 합기도 같은 거."

"아니."

"그런데도 한번 붙을 작정이었어?"

"붙었으면 맞았겠지. 세 명을 어떻게 이겨."

"하긴 그러겠지. 그런데 걔들이 너한테 왜 그런 거야?"

"알아서 숙이라는 거겠지."

"그냥 그래버리면 되잖아. 노는 애들 같던데."

"그러자니 너무 슬퍼."

말을 마치고 나자 몹시 피곤해졌다.

우리의 연습은 계속되었다. 저녁밥 먹기 전까지 눈싸움과 복싱을 하고 정권단련을 했다. 저녁을 먹고 나서는 조금 쉬었다가 공부를 했다. 인호는 공부를 못하는 편이었다. 이 도시의 학교로 오는데도 간신히 시험에 붙었다. 그는 그것으로 만족하는 눈치였지만 내가 그냥 두지 않았다. 항해사가 되려면 해양대학이나 해양전문학교를 가야 했다. 그도 그것 때문에 억지로 책상 앞에 앉곤 했다.

장래희망

 담임이 종이를 나눠주었다. 거기에는 부모의 학력과 직업, 재산 정도, 전화기나 오디오, 자동차 소유 유무 따위를 적는 칸이 있었다. 나는 마지막 칸에서 손을 멈췄다. 장래희망을 적는 곳이었다. 장래희망은 그동안 적을 때마다 달랐다. 천문학자, 장대높이뛰기 선수, 기차운전사, 영화감독.

 영기에겐 확실한 목표가 있었다. 사관학교에 가서 장교가 되는 거였다. 그는 이미 장교가 된 것처럼 말수가 적고 단정했다. 백 대의 매질을 견뎌내는 것은 아무나 할 수 있는 것이 아니었다. 영기가 멋진 제복에 반짝이는 계급장을 단 모습은 쉽게 상상이 되었다. 멋있는 일이다. 진숙이는 장교의 아내가 될 것이다. 진숙이는 우리도 잘 알고 있는 영기의 여자친구이다.

 인호의 장래희망은 아버지와 같은 항해사였다. 사진을 본 적이 있었는데, 그의 아버지는 넓고 푸른 바다나 야자수를 배경으로 선

글라스를 쓰고 있었다. 갈색 머리를 한 외국 여자와 찍은 사진도 있었다. 항구에서 생선이나 잡으러 들락거리는 어부와는 달랐다. 어부는 늘 젖어 있고 비린내를 풍겼으며 쉬지 않고 욕을 했다.

인호에게는 선장 마크가 달려 있는 모자도 있었다. 영기가 장교가 되어 있을 땐, 인호도 항해사 제복을 입고 큰 배를 몰며 아버지처럼 바다를 항해할 것이다. 그것도 멋진 일이다. 나만 그렇지 못했다.

중학교 때 담임이 볼펜을 탁탁 치며 물은 적이 있었다.

"너는 어째 맨날 바뀌냐."

두 해째 담임을 맡고 있던 그는, 굳이 지적하고 싶다기보다는 남은 시간을 때우기 위해 말을 이어갔다.

"법관이면 법관, 교수면 교수, 이렇게 하나를 딱 정해서 밀어붙여야지. 사내놈의 자식이 초지일관이 없어."

"……"

"천문학자는 이해가 된다. 운동부도 아니면서 장대높이뛰기 선수는 어떻게 하려고. 뜬금없이 기차운전사나 영화감독은 또 뭐야. 전혀 공통점도 없고."

"있습니다."

"뭐가 있어."

"어른이라는 겁니다."

"어른? 그거라면 밥 처먹고 가만히 있으면 돼."

어른이 되는 것은 생각보다 쉬웠다. 하지만 거르지 않고 밥을 처먹고 한참을 가만히 있어도 늘 그 나이였다. 사실 무엇을 적어넣는가는 중요하지 않았다. 적는 대로 되는 것도 아니고 학교가 그 직업을 주는 것도 아니었다.

아이들은 종종 장래희망 때문에 매를 더 맞곤 했다. 과학자가 되겠다는 놈이 이것을 점수라고 받냐? 너는 천상 저 굴다리 밑에서 뽑기나 만들어 팔면 딱이다. 너는 자식아, 판사가 목표란 놈이 별것도 아닌 것 갖고 친구랑 싸워? 네가 판사 되면 나라 꼴 잘되겠다. 뒷골목에서 개싸움이나 안 붙이면 다행이다.

가장 심한 놀림을 받은 이는 대통령이라고 써낸 아이였다. 이 새끼, 대통령 되겠다는 놈이 점수를 35점 받아? 낯바닥 맷국물 꼬라지 좀 봐라, 엎드려뻗쳐. 네가 대통령이면 우리나라 국민은 모두 옥황상제다.

교사들은 모두 장래희망이 교사였을까. 그들은 무엇이 되고 싶었기에 교사가 되었을까.

일교시가 끝나자 이학년 하나가 교실로 찾아왔다. 그는 내 이름을 부르고는 손가락을 까딱거렸다. 그가 나를 데리고 간 곳은 학교 뒤 예비군 참모진지 같은 곳이었다. 그곳에는 큰 덩치에 배꼽바지를 입은 학생들이 열댓 명 모여 있었다. 구레나룻이 검실거리는 이도 있었다. 학교에서 가장 세력이 크다는 '형제파' 일원이었다.

"얘냐?"

호의라고는 전혀 없는 눈동자가 내게로 쏠렸고 교복 상의를 거의 벗다시피 한 이학년이 신발을 끌며 다가왔다. 그의 이름표에는 '박표길'이라고 적혀 있었다.

"똑바로 서."

나는 그렇게 했다.

"니가 왜 여기 왔는지 알고 있나?"

"모르겠습니다."

그는 돌아보며 일행과 함께 웃었다.

"일단 좀 맞아야겠다. 맞으면 저절로 알게 된다. 가슴에 힘줘."

그는 가슴팍을 때리기 시작했고, 나는 비틀거렸다. 눈싸움도 여기서는 시작할 수 없었다. 만약 그랬다간 일 분 뒤가 장담이 안 되었다. 종이 칠 때까지 얻어맞았고, 그 짓은 쉬는 시간마다 되풀이되었다. 수업이 끝날 때마다 데리러 왔고, 말없이 맞다가 돌아오면 민성이가 맛이 어떠냐는 표정을 했다. 달려들고 싶은 충동이 일었으나 그러지 못했다. 점심시간에 나는 신음을 내며 말했다.

"잘못했습니다."

표길이는 주먹질을 멈추고 내 머리를 툭툭 쳤다.

"조심히 살아라."

오후에는 날이 흐렸다. 플라타너스 이파리도 바람에 흔들리기 시작했고 햇살과 그림자의 경계가 허물어져 운동장이고 언덕이고 모두 한 가지 색으로 모아졌다. 내 마음과 비슷했다. 나 때문에 날씨가 변한 듯했다.

나는 노래를 부르며 돌아왔다. '믿어도 되나요 당신의 마음을, 흘러가는 구름은 아니겠지요.' 인호에게 배운 거였다. 고음 부분에서는 가슴 근육이 떨리며 통증이 생겼다. 노래 한 곡이 끝나자 철길이 나타났다. '못 믿겠어 떠난다는 그 말을, 안 듣겠어 안녕이란 그 말을.' 또 한 곡이 끝나자 3교대 여상이 나왔다.

등교하고 하교하는 학생들로 교문 앞이 뒤엉켰고, 나는 잠시 노래를 멈추었다. 여학생들은 대개 피곤한 얼굴들이었고 재잘대는 소리도 높지 않았다. 그들은 등교도 하교도 모두 쫓기듯이 했다.

주인집 마룻장이 내려앉아 있었다. 할머니는 바닥에 돌맹이를 깔고 작달막한 나무토막들을 괴고 있었고 벙어리 여자는 서서 그것을 바라보고 있었다.

"저년이 밥만 처먹더니 결국 이렇게 되어버렸지 뭐야."

할머니는 변명처럼 말했다. 여자가 뭐라고 소리를 질렀다.

"택도 없는 소리 지껄이지 마, 이년아. 니 궁뎅이가 얼마나 무거운지 알아?"

"나무가 썩었잖아요."

나는 부러진 각목을 들어보며 말했다.

"그래도 지금까지 아무런 문제없었어. 저년이 느닷없이 쿵쿵 뛰어대는 바람에."

할머니가 맞추려고 하는 돌맹이는 반듯하지가 않았다.

"그렇게 하면 미끄러져 또 내려앉아요."

나는 공터 벤치에서 삐져나온 나무판을 빼왔다. 노끈으로 높이를 재고 나무를 잘랐다. 가슴이 아프고 톱도 녹이 슨 탓에 한참 걸렸다. 이번에는 할머니가 여자 옆에 서서 나를 바라보았다. 그러자 표길이한테 얻어맞은 게 한참이나 지난 옛날 일처럼 생각되었다. 세상은 하나의 극장 안에서 전혀 다른 연극이 각각 상연되고 있는 것과 같았다.

"그런데 저 아줌마는 할머니 딸이에요?"

나는 못을 찾으며 물었다. 마당 구석에 녹슨 못이 몇 개 굴러다녔다.

"딸처럼 데리고 사는데 아주 성가셔 죽겠어."

다리 두 개를 맞추고 못질을 하자 마루가 튼튼하게 변했다. 주인 할머니는 탕탕 손바닥으로 때려보고는 선언을 하듯 말했다.

"남자 손이 좋긴 좋군."

나는 기분이 좋아졌다.

"소주 한잔 마셔."

"고등학생이 무슨 술을 마셔요."

"우리 영감은 니 나이 때 장가왔다니까."

"열일곱 살에 결혼을 하고 그러니까 돌아가시죠."

"지랄. 우리 친정아버지는 열세 살에 장가들었는데 구십까지 살았어."

여자가 손 씻을 물을 떠주었다. 할머니가 수돗가까지 따라왔다.

"연탄을 두 장 줄까?"

"연탄 있는데요, 뭐."

"그러면 뭘 좀 해줄까?"

"국 좀 끓여줘요."

"국?"

"국이 먹고 싶어요."

한참 뒤 그녀는 냄비를 들고 우리 방문을 열었다.

"콩나물국이다."

"어떤 콩나물국인데요?"

"어떤 콩나물국이라니, 그냥 콩나물국이지."

"돼지고기 넣었어요?"

"고기는 먹고 죽을래도 없다. 미원은 많이 넣었다."

콩나물국에서는 미원 맛이 심하게 났다. 인호가 말했다.

"콜라에다가 미원을 타면 흥분제가 된대."

세상에는 아직 못 해본 게 너무 많았다. 우리는 콜라에다가 미원을 타서 벙어리 여자에게 언제 먹여보기로 했다.

영기와 진숙이가 찾아오다

　일요일 오전에 영기와 진숙이가 찾아왔다. 방을 얻고 나서 첫번째 손님이었으나 이불을 털고 걸레질하는 것 외에는 할 게 없었다. 우리는 남쪽 역 광장을 지나 시장 옆으로 나 있는 하천을 걸었다. 오래도록 비가 오지 않아 썩은 물이 흘러가고 있었고, 썩은 냄새도 올라왔다. 그 옆으로는 빗줄로 묶어놓은 포장마차가 줄지어 있었다.

　하천이 다른 하천과 만나는 곳에 공원이 있었다. 철조망 따라 활짝 피었던 개나리는 지기 시작했고 비탈 쪽으로는 벚꽃이 흐드러져 있었다. 꽃 색깔의 옷을 입은 사람들까지 모여들어, 공원 전체가 움직이는 커다란 꽃다발 같았다. 세상에는 꽃이 있고, 사람들은 그것을 찾아왔다. 우리의 오래된 조상이 꽃이었단 소리 같았다.

　항구의 공원은 이렇지 않았다. 바람이 불면 선창가에서 비린내가 올라왔다. 그곳은 바람이 불지 않는 날이 없어서 사람들은 그 냄새를 맡으며 술을 마셨다. 구운 생선을 안주로 먹는 탓에 입에서도 비린내가 났다. 그 냄새 때문에 서둘러 마시고 서둘러 취하는 것 같았다. 그것은 사람이 동물이라는 증거 같았다. 우리의 오랜 조상이 바닷속에서 살았다는 소리 같기도 했다.

공원 입구에서 영기는 진숙이에게 솜사탕을 사주었다. 이 도시 여고생이 된 진숙이는 성숙한 티가 났다. 키가 더 커지고 가슴도 봉긋해졌다. 항구에서 보았을 때와는 달랐다.

영기와 진숙이는 초등학교 삼학년 때 짝이었다. 열 살에 이미 운명적으로 만난 것이다. 그때 영기는 등교를 하다가 참지 못하고 등나무 아래에서 오줌을 눈 적이 있었다. 다음날 진숙이가 말했다.

"우리 아빠가 그러는데, 난 너에게 시집간대."

"왜?"

"오줌 누고 있는 니 고추를 봤다고 말했거든."

"근데 나도 네 것을 봐야 결혼하는 것 아니야?"

진숙이가 대답했다.

"내 것은 저 속에 있어서 잘 안 보여."

그 말을 들었을 때 나와 인호는 책상을 때리며 웃었다.

너무 일찍 까졌다고 놀리는 사람도 있었지만 열 살에 연애를 시작한 게 문제된다면 한 살이나 두 살에 죽어버린 아이들은 어떻게 설명할 수 있겠는가. 어떤 만남도 일러서 문제되는 경우는 없었다. 둘은 그 이래로 지금까지 잘 사귀어왔다. 그러자니 우리와도 저절로 어울리게 되었다.

영기가 부러운 것은, 평생의 반려자를 교실에서 손쉽게 만났다는 것이다. 내가 만났던 여자 짝은 새침데기이거나 잘난 척하는 아이들뿐이었다. 부자 부모를 둔 아이는 콧대가 높았고 그렇지 않은 아이는 성격이 괴팍했다.

사학년 때 짝이었던 대한라사 딸은 종일 무슨 냄새가 난다고 인상을 썼다. 한 아이가 지나가면 꽃게 비린내가 난다고 손을 저었고 또다른 아이가 지나가면 지린내가 난다며 코를 쥐었다. 그 아이는 냄새를 맡으러 학교에 오는 것 같았다. 나도 이런저런 꼬투리를 잡힌 적이 있었다. 그런 날이면 그 아이는 최대한 멀리 떨어져 앉았다. 아직 여자를 때려본 적은 없지만 단 한 번만이라도 때릴 기회가 생긴다면 그 양복점 딸을 찾아내 코피를 내놓을 생각이다.

나는 영기가 오면 복수를 의논하려고 했었다. 그러나 두 사람은 한시도 떨어지지 않았다. 진숙이가 화장실에 가면 영기는 입구에서 반듯하게 서서 기다렸다. 인호가 말했다.

"둘이 잤을까?"

"모르지."

"물어볼까?"

"싫어할걸. 작년에 누가 그런 것 물어봤는데 엄청 화를 냈잖아."

그런 적이 있었다.

점심시간에 영기는 진숙이에게 편지를 쓰고 있었다. 한 아이가 물었다.

"너 그 여자애랑 연애해봤냐?"

몇몇은 웃었고 다른 아이가 대꾸했다.

"지금 사귀고 있으니까 연애는 하고 있는 거잖아."

"그것 말고. 옷 벗고 하는 거."

"멍청한 새끼. 그것이 왜 연애냐."

묻고 대꾸하던 둘은 일없이 다투기 시작했다.

"남자하고 여자하고 하는 것을 연애라고 하지 뭐라고 해?"

"웃기고 있네. 연애는 사귀는 것을 말해."

"그럼 뭐라고 하는데?"

듣고 있던 우리도 대답이 쉽지 않았다. 그것을 연애라고 생각하고 있었던 것이다. 그렇다고 씹이나 오입 같은 상스러운 말을 대신할 단어는 알지 못했다. 섹스라는 단어도 모르고 있었다. 대꾸하던 아이가 뒤를 달았다.

"성관계라고 하는 거야, 이 쪼다야."

그때 영기가 벌떡 일어서서 그 아이 멱살을 잡았다. 아이는 당황해서 손사래를 쳤고, 영기는 상기된 얼굴로 한동안 노려보다가 획 교실 밖으로 나가버렸다.

"하긴 괜히 그런 것 물어보면 이상해지겠다."

여자친구가 있는 애는 영기뿐이었다. 우리는 궁금한 게 많았다. 키스는 했을까, 키스를 할 때 입술은 어떤 느낌일까, 침이 섞일 텐데 이상하지 않을까, 가슴은 만져보았을까, 여자의 가슴을 직접 만져보면 풍선처럼 탱탱할까, 그냥 말랑말랑할까.

"알 방법이 없을까?"

"그것을 하면 여자 허벅지 사이가 벌어진대."

"그래?"

"남자가 올라가면 여자가 다리를 벌려야 돼. 주인집 할머니를 봐. 다리가 이렇게 벌어진 채 굳어버렸잖아."

남편이 열일곱 살부터 눌렀기 때문에 주인 할머니는 안짱다리가 되어버렸을 것이다. 너무 오래 그래왔기 때문에 영감이 죽어버렸는데도 본모습으로 되돌아오지 않은 것이다. 전망대로 올라가는 계단이 나왔다. 진숙이는 치마를 입고 있었다. 우리는 조금 뒤에 처져 올려다보았다. 허벅지 윤곽이 언뜻 보이는 것 같기는 했지만 그 정도 가지고는 알 수 없었다.

"자꾸 어디를 봐."

진숙이가 소리를 질렀고, 인호와 나는 어깨를 으쓱거리며 웃었다.

공원을 지나 자그마한 산을 넘어온 우리는 라면을 끓여먹었다. 진숙이는 치마를 종아리 사이에 접어넣고는 쪼그려앉아 그릇을 씻기 시작했다. 펌프질을 하던 나는 어른이 되어가는 기분이 들었다.

어른이 된다는 건 기분좋은 일이었다. 오래지 않아 진숙이는 장교 남편의 퇴근을 기다리며 이렇게 그릇을 씻고 밥을 할 것이다. 영기는 졸병을 때리고 와서 밥을 먹을 것이다. 그때가 되면 인호도 일등 항해사가 되어 선원들을 때리고 있을지도 모른다. 나는 무엇이 되어서 누구를 때리고 있을까.

나는 고개를 흔들었다. 내가 어른이 되고 싶은 건 누구를 때리고 싶어서가 아니었다. 이제는 맞지 않아도 된다는 게 중요하다. 내가 본 어른들은 모두 하기 싫은 것은 하지 않았다. 대신 주변 사람들이 하지 말아달라고 부탁하는 것은 거리낌없이 했다. 그러면서도 맞지는 않았다.

군대 이야기에서 때렸다는 얘기는 거의 듣지 못했다. 얻어맞기만 한 사람들이 내 주위에 몰려 있는 것은 아닐 것이다. 사람들은 때린 것보다는 맞은 것을 오래 기억했다. 그래서 교사들은 우리를 그렇게 때리는 것이다. 많이 맞은 사람이 많이 때린다고 했다. 그렇다면 누군가가 그 되풀이를 끊어야 하는 게 아닌가. 나는 맞기만 하고 때리지는 않는 첫번째 사람이 될 것이다. 최소한 자식을 때리지는 않을 것이다.

"다 씻었어."

진숙이가 그릇통을 들며 말했다. 나는 생각을 멈췄다.

우리는 방에 앉아 잡담을 했다. 주로 중학교 때 이야기였다. 듣다 말고 진숙이는 스르르 눈을 감았다. 베개를 가져다주자 영기와 벽 사이에 몸을 눕혔다. 여자는 눈을 감고 있으면 훨씬 더 예뻐 보인다. 입술은 촉촉하게 붉고 목덜미는 갸름하고 젖가슴은 셔츠 위로 솟아오르고 손은 깨끗했다. 진숙이 손을 뻗어오자 영기가 감쌌다.

"부럽다."

그는 바라보는 나와 인호를 향해 웃었다.

"니들도 여자친구 사귀어."

"생각은 있는데 잘 안 돼."

"손 감촉이 어때?"

"만져봐."

"만져봐도 돼?"

들고 있던 진숙이가 손을 빼서 우리에게 내밀었다. 우리는 만졌다. 손가락 마디는 가늘고 손등은 부드러웠으며 손바닥은 따뜻했다.

"너는 좋겠다. 맨날 만질 수 있어서."

손은 조금 뒤 원래 있던 자리로 돌아갔다. 나는 진숙이가 잠이 든 것을 확인하고는 미뤄두었던 이야기를 꺼냈다. 입을 한일자로 다문 채 앉아 있던 영기가 말했다.

"미안하지만 나는 빠지겠다."

"진숙이 때문이지?"

"아냐. 내 판단이야. 공부에 매달릴 생각이야. 사관학교는 커트라인이 아주 높아."

나는 부끄러워졌다. 영기가 공부에 집중하기 위해 한적한 산 아래 하숙집을 구했다는 것도 알고 있었다. 학교도 우리 학교와 달리 착한 곳이라고 소문이 난 곳이었다.

"미안하다. 대신 사관학교에 꼭 가고, 진숙이랑 결혼도 꼭 해."

영기는 잠든 진숙이를 내려다보며 싱긋 웃었다. 그는 확실히 어른스러운 데가 있었다. 백 대의 매질을 견뎌낸 것처럼 영기는 많은 것들을 충분히 견뎌낼 것이다.

"니들 누구랑 싸울 생각이지?"

진숙이가 신발을 신으며 물었다.

"아니야."

"잠결에 들었어. 객지에서 괜히 싸우지 말고 그 시간에 공부해."

그녀는 누나처럼 우리에게 말했다.

"아니라니까 자꾸. 니 걱정이나 해."

우리는 오빠처럼 대답했다. 벙어리 여자는 대문 밖을 나서는 우리를 바라보며 당나귀 신음소리 같은 걸 냈다. 할머니와 같이 있을 때 그녀는 몹시 젊어 보였는데 진숙이 때문에 급하게 늙어 보였다.

"저 여자 좀 이상하지 않아?"

"세상에 안 이상한 사람은 없어."

영기는 시장으로 가서 닭 한 마리와 마늘을 사주었다. 그리고 진숙이가 다른 곳을 보고 있을 때 작은 목소리로 말했다.

"거절해서 미안하다. 대신 이것 먹고 힘내."

둘은 버스에 오르며 손을 흔들었다. 집으로 돌아온 인호와 나는 싸움연습을 하지 않았다. 방에서 진숙이 냄새가 났기 때문이었다. 우리는 닭을 삶아 먹고 불을 끄고 나란히 누워 진숙이의 촉감이 남아 있는 손으로 자위를 했다.

생물교사

"인간이 동물과 다른 점은 직립보행을 한다는 것이다."

생물교사는 칠판에 '직립보행'이라고 썼다.

"오리."

한 아이가 외쳤다. 아이들이 웃었다.

"척추가 반듯해야 돼. 오리는 척추가 누웠잖아."

"뱀이요. 뒷산에서 이만한 뱀이 꼿꼿이 서 있는 거 봤어요."

그는 '보행' 아래에 밑줄을 그었다.

"서 있는 것으로만 친다면 뱀보다 저 플라타너스가 더 사람에 가깝겠다."

"캥거루요."

"캥거루는 꼬리로 받쳐야 설 수 있어."

"곰."

"늘 서 있는 거냐, 그것이?"

아이들은 대답할 만한 것을 떠올리려고 애를 썼다.

"펭귄."

한 아이가 또 외치고 아이들도 다시 웃었다. 이런 대답에 혼을 내지 않는 교사가 처음이었던 것이다.

"자, 그만. 사실 직립보행 하나만으로는 비교가 너무 단순하다. 조금 전 학생 말대로 두 다리로만 걸을 수 있게 개를 연습시켜서 사람이라고 우기는 놈도 나올 거야. 세상에는 늘 쓸데없는 짓을 하는 놈들이 있으니까. 그런 것 말고 사람이 동물과 어떻게 다른지 진지하게 대답해봐. 예를 들면 아버지가 있다, 같은 것이다."

아버지가 있다는 게 사람의 특징이라면, 나는 개로 변해버리는 게 훨씬 좋을 일이었다. 장수하늘소나 갈매기 같은 것도 괜찮았다. 지렁이 같은 것만 아니면 되었다.

내가 처음 개로 변하고 싶었던 건 일곱 살 때였다. 골목을 걸어가고 있는데 갑자기 아랫배가 부풀어오르면서 아파왔다. 집을 향해 되돌아섰지만 몇 발자국 못 가 걸을 수 없는 지경에 이르고 말았다. 나는 똥구멍을 막으며 쩔쩔매다가 시멘트 벽과 전봇대 사이에서 급하게 바지를 내리고 설사를 하기 시작했다.

부끄러운 짓이란 건 알고 있었지만, 급하면 아무 소용이 없다는 걸 처음 알게 된 날이기도 했다. 그때 아버지가 저편에서 나타났다. 외출했다가 돌아오는 중이었다.

곤경에 처한 내 입장에서는 반갑기까지 했는데 그는 눈초리를 추켜올리며 화를 냈다. 이게 지금 뭐하는 짓이냐, 당장 못 일어나느냐, 그런 말이 골목을 울렸다. 누가 보고 있어서 일부러 그렇게 한 것일 수도 있었지만, 골목에는 우리 둘 외에는 아무도 없었다. 그저 강아지 한 마리만 아직도 똥이 나오고 있는 내 엉덩이와 소리를 질러대는 아버지를 번갈아 바라보고 있었다. 나는 몹시도 그 개가 되고 싶었다. 개가 되어버리면 얼마나 좋을까. 속옷도 못 올린 채 손목 잡혀 끌려갈 때도, 집에 가서 무릎을 꿇고 벌을 서는 동안에도 그 생각뿐이었다.

누군가 대답했다.

"말하는 거요."

"동물들도 대화를 한다. 고래는 약 이백 개의 단어를 사용한다고 추측되고 있다."

"딸딸이."

오리를 외쳤던 아이가 말했다. 생물교사는 씨익 웃고 아이들은 와르르 웃었다.

"자위는 원숭이나 사슴도 한다고 학계에 보고된 예가 있다. 다른 것은?"

우리는 오호, 하는 표정을 지었다.

"눈물을 흘린다는 것입니다."

"동물도 운다. 시골에서 온 학생들은 소가 우는 것을 보았을 것이다. 그게 눈물이 아니라 할지라도 동물도 슬픔의 정서를 가지고 있다."

"그렇다면 웃는 것은요?"

"오케이. 인간의 특징 중 하나는 웃음이 있다는 것이다."

아이들은 사람답게 다시 웃었다. 나는 그가 좋아졌다.

"사람이 동물과 어떻게 다른지 궁금해서 내가 생물교사가 되었다고 봐도 무방하다. 그 답은 끝이 없다. 지금도 찾고 있는 중이다."

그는 학생들을 천천히 둘러보았다.

"이 학교에 대한 소문은 들어봤을 것이다. 어제도 폭행사건이 두 건이나 있었고 앰뷸런스도 한 번 왔다. 전통이란 한번 세워지면 바꾸기가 이렇게 어려운 법이다. 예전에는 후기모집에, 사고 치고 잘린 아이들이 모인 곳이라 그렇다 치더라도 지금은 연합고사를 치르고 추첨으로 들어온 학생들인데도 말이다."

아이들은 이번엔 침을 삼켰다. 이렇게 말하는 교사 또한 한 번도 보지 못했던 것이다. 그는 잠시 침묵하더니 자신의 양복 상의를 벗고 셔츠를 들어올렸다. 옆구리와 등이 만나는 곳에 깊어 보이는 흉터가 있었다.

"칠 년 전 너희들의 선배 되는 아이한테서 얻은 것이다."

아이들은 더 깊이 침을 삼켰다. 학생에게 칼을 맞았다면 괴롭힘이 심한 교사였을 텐데 그는 그렇게 보이지 않았다. 학교에는 거친 교사들이 많았고, 그중에는 학교 폭력서클 선배도 있었다. 이를테면 '죠스'라는 체육교사는 영춘이가 가담되어 있는 형제파의 창단멤버였다는 소문이 있었다. 우리 학교를 졸업하고 대학에서 유도를 전공했다는 그는 몸집도 크고 얼굴도 컸는데 그것보다 더 크게 두드러진 것이 입이었고, 두 개의 금이빨이 번쩍거려서 붙은 별명이었다.

"같은 종족에게 치명적인 상처를 입히는 짓은 동물세계에선 없다. 대부분의 동물들은 우위만 확인되면 더이상 싸우지 않는다. 물론 환경이 아주 척박한 경우나, 상처 감염으로 죽기는 하지만 말이다."

그는 서울로 가출한 아이를 찾아갔다가 칼을 맞았다며 말을 이었다.

"사람만이 먹이나 환경과는 상관없이 같은 종족에게 이런 상처를 남긴다."

이제는 아이들 침 삼키는 소리도 들릴 것 같았다.

"하지만 그것을 사람의 특징으로 삼는다면 너무 비참하지 않겠니? 그러니 사람이라면 절대 해서는 안 되는 게 있다. 그것은 죽을 때까지 사라지지 않는 상처를 다른 사람에게 주는 것이다."

그는 덧붙이고, 우리는 들었다.

"너희들이 왜 짐승이 아니고 사람인지를 생각해보기 바란다."

"……"

"생각을 한다는 것도 사람의 특징이다. 그러니 아무 생각 없이 멍청하게 앉아 있지 마라. 허무맹랑한 생각이라도 해라. 머리를 정지시키고 있는 것은 죄악이다."

그러다가 무언가를 발견한 사람처럼 뛰어가서 창문을 열었다. 창문 너머에서는 아주머니가 걸어가고 있었다.

"라면 하나 끓여줘요. 매운 고추 세 개만 넣어서."

철조망 너머에는 열 가구 정도의 작은 마을이 있었고 우리는 그곳을 '민속촌'이라고 불렀다. 학교가 세워지기 전부터 있었던 마을로 그곳에는 학생들이 담배를 사러 가는 집이 있었다. 그 집은 주점도 겸하고 있었는데, 아주머니가 그곳 주인이었다.

"김선생님 또 약주 자셨구만요."

주점 안주인이 말했다. 생물교사는 볼의 주름이 깊이 파이도록
웃었다. 나는 그가 더 좋아졌다.

복수

여섯시가 되면 도시 서편 공단 쪽으로 노을이 졌다. 녹슨 철제계단을 타고 옥상에 올라가면 잘 보였다. 노을은 천천히 시작하여 잠깐 동안 불타올랐다가 방직공장 너머로 급하게 사위어갔다. 3교대 여자상업고등학교 학생들이 천을 짜고 있는 곳이다.

그들은 공장과 교실과 기숙사에서 하루의 삼분의 일씩을 보낸다고 했다. 이 시간에도 그 학교 학생의 삼분의 일은 생산라인에, 삼분의 일은 교실 책상 앞에, 또다른 삼분의 일은 이불 속에 있을 것이다. 컨베이어벨트처럼 위치를 바꾸기에 누구도 동료들 얼굴을 보지 못한 채 살고 있다. 동료가 남긴 흔적만 보는 것이다. 얼굴도 모르는 친구가 쓰다가 간 책상에서 필기를 하고, 얼굴도 모르는 친구가 오줌을 눴던 곳에서 오줌을 누고, 얼굴도 모르는 친구가 짜다 만천을 뒤이어 짜고 있는 것이다.

방직공장에 가본 적은 없었지만 항구에서 쥐치포 붙이는 여학생들은 본 적이 있다. 어부들이 그물로 잡아온 쥐치는 구항 처리장마다 가득 쌓여 있었다. 그러면 아주머니들이 자그마한 칼로 껍질을 벗기고 내장을 따고 포를 떴다. 양념물에 담갔다가 한 삽씩 퍼내면 야간 상업학교 여학생들이 야외에서 사십오 도 각도로 서 있는 발에 그것을 이어붙였다.

여학생들 옆에는 목욕탕 바가지가 하나씩 있었고, 거기에는 따뜻한 물이 들어 있었다. 손이 얼면 잠시 담갔다가 일을 계속했다. 어떤 집은 아버지가 쥐치잡이 어선을 타고 어머니와 딸이 쥐치 처리장에 나가기도 했다. 하지만 어느 수산회사 사장만 이번에 얼마나 벌었다, 라는 말이 들려올 뿐이었다. 그 장면을 생각하면 배가 고팠고, 연애가 하고 싶어졌다.

본 역에서 출발한 여섯시 사십오분 완행열차가 쇠 갈리는 소리를 내며 멈춰 섰다. 차장이 내 또래로 보이는 아이의 허리띠를 움켜쥔 채 내리고 있었다. 무임승차했다가 걸린 것이다. 역무실 입구에서 차장은 아이의 뒤통수를 몇 대 때렸다. 그애는 철도 공안으로 넘겨져 좀더 얻어맞은 다음 역사 사무실에 한동안 서 있어야 할 것이다.

그 기차는 인호가 항구에 갈 때 자주 타던 것이다. 남쪽 역에는 보통급행과 완행이 섰다. 완행열차는 도착도, 출발도 느렸다. 기차가 움직이기 시작할 때 철조망 사이로 뛰어올라가면 충분히 탈 수 있었다. 인호는 동작이 빨라 한 번도 걸리지 않았다. 인호가 다녀오면 김치와 멸치볶음 같은 게 생겼다. 그의 어머니는 아들이 내려오는 날에는 부엌에 들어갔다.

나는 내려갈 마음이 생기지 않았다. 꿈을 몇 번 꾸기는 했다. 꿈

속에서 항구의 고등학교엘 다니고 있었다. 그러면 죽고 싶어졌다. 바닷가를 서성이다가 낭떠러지에서 몸을 던지면 꿈에서 깨어났다. 발에 쥐가 나고 식은땀도 났다. 유리창 밖 어둠은 가늠할 수 없을 정도로 짙고 바퀴벌레 기어다니는 소리도 들렸지만, 이곳이 항구가 아니라는 것에 마음이 안정되곤 했다.

담배빵 만들던 날처럼 나는 출발하는 기차의 객차 수를 세었다. 긴 게 어딘가로 가고 있으면 3교대 여학생을 떠올릴 때처럼 마음이 울적해졌다. 배가 더 고파지고 다시 연애가 하고 싶어졌다. 마주 본 채 아무 말 없이 창가에 앉아 있는 사람들이 철커덕철커덕 멀어지는 장면도 그랬다.

그런 생각을 하다보면 시간 자체가 지나가는 것 같기도 했다. 완행열차가 내려가고 난 다음에는 보급열차가 올라왔고 그리고 화물열차가 뒤를 이었다. 그럴 때마다 삼십 분이나 사십 분이 지나갔다. 째깍째깍 일 초씩 시간이 가는 게 아니라 몇십 분씩 뭉텅이로 흘러가는 것 같았다.

급행은 서지 않고 지나갔다. 그럴 때면 집이 흔들렸고 사거리 건널목 차임벨 소리도 숨 가빴다. 어둠이 찾아오고 불빛이 생겨나고 기차가 여러 대 지나갈 때까지 인호는 돌아오지 않았다. 그는 '아마존'에 들어간 뒤로 귀가시간이 점점 늦어졌다. 아마존은 인호네 학교의 서클이었다.

그동안 주인 할머니는 밥상을 들여갔고 조금 있다가 벙어리 여자가 들고 나와 설거지를 했다. 설거지를 마친 그녀는 공터와 교회 앞을 서성이다가 돌아왔다. 라면을 사기 위해 옥상을 내려온 것은 깜

깜해진 뒤였다. 짧은 머리 혼자 공터에서 담배를 피우고 있었다. 예전에 린치당할 때 나에게 선빵을 날린 이였다. 인기척을 느낀 그는 나를 불렀다.

"너 오랜만에 본다. 이리 와봐."

그는 여유가 있었고 그만큼 방심하고 있었다. 나는 다가갔다. 어디에 무엇 하러 가느냐 물어왔고 가게에 라면 사러 간다고 대답했다.

"밀가루 너무 많이 먹으면 안 좋다. 뼈 삭어."

"……"

"담배 하나 줄까?"

그는 한 개비 건네주며 빤히 내 얼굴을 쳐다보았다.

"새끼, 그래 지낼 만하니?"

나는 고개를 끄덕였다.

"딴생각하지 말고 착실히 공부해라. 나처럼 잘리지 말고."

"……"

"공부도 때가 있어."

"……"

"그리고 새끼야, 형들 보면 인사 잘해. 못 본 척 지나치지 말고. 알았냐? 한번 더 맞아야 싸가지를 좀 배우겠다."

그는 자신의 말이 마음에 들었는지 담배연기를 내뿜으며 웃었다. 나는 반쯤 남은 담배를 엄지와 중지 사이에 끼워두었다가 힘껏 튕겼다. 담뱃불이 직선으로 날아가 얼굴에 부딪쳤고, 그는 당황하며 불똥을 털어냈다. 기회를 놓치지 않고 발길질을 하자 몸뚱이가 서

너 발 뒤로 밀려났다. 나는 재차 뛰어가 아랫배를 한번 더 걷어찼고 그는 넘어졌다. 나는 굶주린 개처럼 올라탔다.

'내가 링에서 그렇게 많은 주먹을 내뻗었던 것은 공포 때문이었다.'

권투선수 알리가 했다는 말이다. 이 말을 해준 이가 누구였는지는 기억나지 않는다. 어떤 잡지에서 읽었을지도 모르지만 그런 것은 상관없다. 알리의 말이 맞다는 게 중요하다. 때릴 때의 공포라는 게 있었다. 오로지 공격의 기회를 주지 않겠다는 생각 하나. 손을 멈추는 순간 찾아올 상대의 반격.
나는 쫓기듯 주먹질을 했다. 누군가가 보았다면 때리기 위해 미쳐버린 사람 하나를 발견했다고 말했을 것이다. 그것은 오래 끓은 주전자 같은 거였다. 침묵의 시간을 보낸 폭탄이 한순간에 폭발하듯 말이다. 기운이 소진되기 전까지는 멈출 수 없다는 점에서 싸움은 교장 연설의 축소판이었다. 나는 석 달은 쓸 수 있는 기력을 단오 분 만에 쏟아부었고, 급격하게 지쳐버렸다.
피를 흘리며 널브러져 있는 사람 하나가 앞에 있었다. 어떤 여자가 공터 쪽에 나타났다가 비명을 지르며 되돌아갔다. 녀석은 내가 그랬던 것처럼 몸을 뒤틀며 신음했다. 피칠 된 얼굴 가운데에서 눈동자만이 나를 올려다보고 있었다. 충격이나 허탈, 그런 게 들어 있었다. 그들처럼 뭔가 그럴싸한 말을 내뱉고 싶었으나 너무 떨려 그러지를 못했다. 나는 가쁜 숨을 몰아쉬며 돌아섰다.

시장 골목을 세 바퀴나 돌았지만 심장은 진정되지 않았다. 욕지기가 올라와 몇 번 헛구역질을 하기도 했다. 무언가 대단한 일을 처리한 듯도 하고 돌아나갈 수 없는 미로 속으로 들어와버린 것 같기도 해서 맥이 풀렸다. 맞는 것도, 때리는 것도 사람을 우울하게 만들었다.

나는 포장마차가 보이는 강변 너머에서 오랫동안 앉아 있어야 했다. 강물에 어리는 불빛이 항구의 그것과 닮아 있었고, 천변의 가로수에는 푸른 잎이 무성하게 올라와 있었다. 포장마차는 예전에 영기와 진숙이가 왔을 때 본 것이다. 밧줄에 묶여 있던 그때와는 달리 생생하게 살아나 있었다. 여인네 치마처럼 폭을 넓혀놓았고 은은한 불빛이 새어나오고 있었던 것이다.

그곳으로 사람들이 들어가고 나왔다. 번듯하게 들어갔던 사람들은 자세가 풀어져서 나왔지만 울적한 내 심정은 쉽사리 풀어지지 않았다. 견디다 못한 나는 손님 없는 포장마차로 들어가서 소주를 시켰다.

"안주는 뭐 줄까?"

주인 사내가 물었다.

"돈 있어?"

"오백원밖에 없어요. 그냥 소주만 한 병 마시면 안 될까요?"

내 말은 힘이 없었다. 그는 나를 물끄러미 바라보았다. 얼굴도 보고 피가 묻어 있는 주먹도 보았다.

"외상으로 하나 줄 테니까, 꼭 갚아."

"비싼 것은 안 돼요."

"백원짜리다."

주인 사내는 소주병을 따고 국물을 떠준 다음 무언가를 하나 들어올렸다. 닭발을 망치로 두드려 넓게 편 거였다.

"이것을 씹어."

"생것이잖아요."

"맞아. 너같이 가난한 녀석들에게는 최고의 안주지."

한 잔 마시고 그것을 씹자 비린 맛이 돌았다.

"간혹 소금을 먹어."

나는 그렇게 했다. 소주는 생각보다 쉽게 넘어갔다. 독하다는 것이 독한 줄도 모르겠고 쓴맛도 느껴지지 않았다. 짧은 시간 안에 소주 한 병이 비워졌다. 내가 이렇게 술을 잘 마실 줄은 몰랐다. 이 정도면 하루에 몇 병이라도 먹을 것 같았다.

그러는 사이 가슴은 진정이 되었다. 나는 손가락으로 잔 바닥에 남은 소주를 묻혀 주먹의 피를 닦았다. 단련 덕에 굳은살이 생기고 있었지만 주먹은 아팠고 상처는 쓰렸고 핏물은 묽게 변하며 흘러내렸다. 사람의 두개골이나 광대뼈는 생각보다 단단했다. 하지만 아무리 생각해봐도 주먹만 마구 휘둘렀던 기억밖에 없었다. 인호에게 배웠던 스트레이트 같은 것은 잊어버리고 있었던 것이다.

항구에서 또래와 하던 싸움은 이렇지 않았다. 시비가 붙으면 서로 붙들어안고 빙빙 돌다가 넘어지거나 한두 대 가격으로 제풀에 끝나곤 했었다. 코피가 나면 더 빨리 끝났다. 그것은 싸움이라기보다는 정기적으로 되풀이되는 서열의 확인 같은 거였다. 중학교에서 내 싸움 서열은 반에서 대략 십 위권 정도였는데, 모두 싸워보지 않왔기에 정확하지는 않았다.

중학생은 아직 아이였다. 싸우는 것보다 싸움을 피하는 방법을 더 먼저 배우게 되는 때였다. 그게 일종의 질서였다. 큰 울타리 속에서 별 무리 없는 존재가 되는 게 더 중요했다. 하지만 이곳은 아니었다. 스스로를 지켜내지 않으면 안 되는 곳이었다. 몇 달 사이 나는 변해가고 있었다. 이런 것도 성장이라면, 성장하고 있는 중이었다.

"어때, 씹을 만하지?"

주인이 물었다. 힘줄과 질긴 살은 아무리 씹어도 풀어지지 않았다. 나는 뼛조각을 하나 뱉어내면서 그렇다고 답했다.

"그래도 고기잖아."

"맞아요."

"싸움은 중독성이 있다."

그는 교사처럼 말을 이어갔다. 나는 소금을 한번 더 찍어먹었다.

"한 번 이기면 터무니없는 자신감이 생기지."

"……"

"술도 그렇고 외상도 그래."

"술 처음 마셔요."

"무어라도 시작은 처음이야."

"……"

"넌 아마 싸움도 처음 했을 거야. 많이 해본 놈들은 그렇게 멍청하게 앉아 있지 않지."

나는 오백원짜리를 냈다.

"외상값, 꼭 갚아."

그는 웃었다. 왜 웃는지는 알 수 없었다.

세상은 술 마시기 전과 마신 다음, 그렇게 두 가지가 있었다. 긴장과 허탈이 사라지고 느슨한 기운이 온몸을 감쌌다. 눈에 보이는 풍경도 그래 보였다. 가로수는 축 늘어져 잠든 것 같고 지나가는 자동차도 쉴 곳을 향하여 미끄러지는 것 같았다. 이렇게 세상이 평화로워 보인다면, 마시는 것쯤은 일도 아니었다. 모든 게 비현실적으로 바뀌고 공터에서의 복수도 간밤의 꿈 같았다. 잠깐 사이에 또 이렇게 변해 있었다.

항구에서 어떤 소녀를 본 적이 있었다. 소녀는 또래들과 잔교 위에서 놀고 있었다. 잔교는 여객선이 닿고 뜨는 선착장이다. 친구와 낚시를 하고 있던 나는 까르르, 소녀의 웃음소리가 터질 때마다 뒤를 돌아보았다. 고무줄로 묶어놓은 머리채가 뛸 때마다 파도처럼 출렁거렸다. 소녀를 바라보느라 입질을 놓치곤 했다. 미끼로 쓰던 새우는 금방 없어져버렸다.

우리는 다시 시장으로 찾아갔다. 새우는 어쩌다 한 마리씩 바닥에 떨어져 있었다. 새우상자를 들고 가는 아주머니들이 흘린 것이다. 낚시를 할 정도로 모으려면 시장통을 몇 바퀴고 돌아야 했다. 소녀의 웃음소리가 거기까지 들리는 것 같아 나는 자꾸 선착장 쪽을 바라보았다.

그리고 다시 잔교로 돌아왔을 때 사람들이 모여 있었다. 소녀는 젖은 채 누워 있고 나이든 여자 하나가 울고 있었다. 소녀의 이름이 현숙이라는 것을 알게 되었지만 이름 따위는 아무런 소용이 없어져 버린 뒤였다. 시장에 다녀온 사이에 죽어 있었던 것이다. 여자는 통곡을 하며 소녀의 옷을 벗겼다. 누구라도 바다에 빠지면 옷이 답답할 거라고 나도 생각했다.

소녀의 뒷머리채에서 흘러내린 바닷물은 잔교 바닥으로 떨어졌고 여자의 눈물은 소녀의 아랫배에 떨어졌다. 그리고 소녀의 아랫도리가 드러났다. 분홍빛 틈이 거기에 있었다. 강렬한 유혹과 보아서는 안 되는 것을 자꾸 보고 있다는 죄의식이 뒤엉켰다.

공터와 골목에 아무도 없다는 것을 확인한 나는 비틀거리기 시작했다. 변화가 너무 심했던 것이다. 속이 불편해지고 어지러웠다. 그때까지 씹고 있던 닭발을 뱉고 나자 비위가 뒤틀렸다. 나는 토했다. 벙어리 여자가 벽에 기댄 채 나를 바라보고 있다는 것을 알게 된 것은 그다음이었다.

행복한 사람

담임이 나를 불렀다. 학교는 비슷한 크기였는데 교무실은 중학교
보다 넓었다.

"너 이게 뭐야."

담임이 가리키는 곳은 저번에 제출한 학생생활보고서의 장래희
망 칸이었다. 나는 거기에 '행복한 사람'이라고 썼다.

"이게 장난칠 것으로 보이냐?"

"장난 아닌데요."

"장난이 아닌데 이렇게 적어?"

"이게 정말 제 장래희망이에요."

"행복이 뭔지 니가 알아?"

"잘 모릅니다. 한 번도 경험해보지 못했으니까요."

담임의 입가에 비웃음 같은 것이 지나갔다.

"그러니까 법관이나 의사나 뭐 그런 것을 적으라는 거야, 인마.

얼른 써."

내가 머뭇거리자 그는 '행복한 사람'에 줄 두 개를 긋고 나서 '판사'라고 썼다. 나는 판사를 목표로 하는 학생이 되었다. 내 희망이 판사로 바뀐 게 공적인 것일까, 사적인 것일까를 잠깐 동안 생각했다.

"별것도 아닌 것 갖고 사람 귀찮게 만들어, 자식이."

보고서를 한쪽으로 치우면서 담임은 출석부 모서리로 머리통을 때렸다. 나는 손으로 뒤통수를 감쌌다.

"가, 인마."

하지만 나는 돌아가지 못했다. 학생과장이 다가와 관자놀이께의 머리카락을 엄지와 검지로 집어올린 것이다. 그는 만화영화에 나오는, '헬박사'라는 별명을 가지고 있었다. 나는 비명을 지르며 끌려올라갔다.

"이 새끼 봐라. 일학년짜리가 담배빵을 했어?"

손목의 흉터를 본 것이다. 고름이 멎고 나자 반투명한 흉터가 만들어져 있었다. 나는 아니라고 대답했다.

"담배빵 아니면 뭔데?"

"용접 불꽃이 튀어서 그랬습니다."

"용접? 니네 집 뭐 하는데?"

"철공소 합니다."

항구의 해안가에 늘어서 있는 수많은 선박수리소와 철공소를 떠올려낸 것이다. 그곳을 지나가면 셋 중 두 군데에서는 용접을 하고 있었다. 노란 불꽃이 분수처럼 솟구치는 장면은 아름다웠다. 개미

나라에서 불꽃놀이를 한다면 저런 모습이 될 것이다.

"그래? 용접 종류에 대해서 말해봐."

학생과장은 가소롭다는 표정으로 웃었고, 나는 대답하지 못했다. 헬박사는 화학교사였다.

"이 새끼가 어디서 까불고 있어. 이리 따라와."

그는 머리카락을 잡은 채 나를 끌고 갔다. 학생과는 다른 동 이층에 별도로 있었다. 그곳에는 이미 두 명의 학생이 발을 벽에 붙인 채 원산폭격을 하며 끙끙 앓고 있고, 옆에는 죠스가 몽둥이를 들고 서 있었다. 한 명이 쓰러지자 그는 들고 있는 몽둥이로 내리쳤다.

얻어맞은 이는 소리를 지르며 나동그라지더니 꾸물꾸물 기어서 제자리로 돌아갔다. 그의 발은 벽에 구멍이라도 낼 것처럼 후들거렸다. 비명을 지를 줄 아는 벌레를 벌겋게 달군 꼬챙이로 찌른다면 아마도 저런 모습이 나올 것이다. 나는 위축되었다. 헬박사는 죠스에게서 몽둥이를 건네받았다.

"좆만한 새끼가 까져가지고. 엎드려."

나는 영기를 떠올리며 엎드렸다.

"어째, 연합고사를 보고 들어온 놈들도 이러냐."

한 대 한 대가 살을 파고들어 뼈를 바스러뜨릴 것 같았다. 몸이 휘어지고 신음이 새어나왔다. 몇 대 만에 혼이 빠져나가려고 했다. 나는 열 대 만에 쓰러졌고, 열다섯 대 그리고 스무 대에서 다시 쓰러졌다. 항구에서 들었던 말대로 똥통에 빠진 참외라면, 그것은 똥통 탓일까, 참외 탓일까. 그는 몽둥이를 자신의 의자 옆에 세웠다.

"너 똑바로 해. 한번 더 걸리면 진짜 죽을 줄 알아. 알았어?"

똑바로 하라는 말은 착실하게 공부를 열심히 하라는 말일 것이다. 그런데 그렇게 해도 담배빵 흉터는 없어지지 않는다는 것을 그는 모르고 있었다. 이학년 둘은 여전히 땀을 흘리며 끙끙 앓고 있었다.

오후에 인호가 아마존파 아이들을 데리고 왔다.

모두 거칠고 단단한 얼굴들이었다. 이력도 각자 달랐다. 소년원 출신도 있고 밴드를 하는 아이도 있고 합기도나 유도 유단자도 있었다. 우리는 인사를 나눈 다음 공터로 갔다. 그곳에서 담배를 피우고 침을 뱉고 낄낄거렸다. 그것은 인호의 생각이었다. 재보복에 대비한, 남역 패거리들에게 내보이는 실력행사였다. 지난 며칠간 나는 그들의 기습을 대비해 신경을 곤두세우고 있었던 것이다.

합기도를 하는 아이는 하단차기나 뒤돌려차기 같은 것을 시범 보이기도 했다. 짧은 머리는 보이지 않았지만 두어 명 정도가 힐끗거리며 지나가기도 했다. 아마존파 아이들은 밤늦게 돌아갔다. 우리는 버스정류장까지 배웅을 갔다가 돌아오면서 안티푸라민을 샀다.

내 허벅지는 검붉게 변해 있었다. 생물시간에 배운 붉은털원숭이 같았다. 그때까지 가지고 있는 약이라곤 빨간약이 전부였다. 편두통이나 장염 따위에 쓸 약은 가져볼 생각도 못 했다. 산다는 것은 필요한 약이 하나씩 늘어간다는 소리였다.

"핏줄이 많이 터진 모양이다."

약을 발라주며 인호가 말했다. 왜 맞았는지, 담배빵은 왜 했는지 따위는 묻지 않았다. 그것은 나도 마찬가지였다. 물어볼 만한 상황이 생겼다는 것은 딱 그만큼 말하기 싫은 것이 생겼다는 것과 같았다. 어떤 변화가 생기면 생기는 데서 우리의 말은 시작되었다.

"냉찜질을 먼저 좀 할걸 그랬나."

"괜찮아."

나는 신음소릴 내뱉으며 답했다.

"그래도 멍이 굉장히 깊어. 여러 날 가겠는데?"

"영기 맞은 것에 비하면 이 정도쯤이야, 뭘."

"영기 그 자식은 정말 독한 데가 있어."

우리는 두런거렸다. 그러다가 인호가 내 옆구리를 툭 쳤다. 그가 가리키는 곳은 창문이었다. 벙어리 여자가 밖에서 우리 방을 들여다보고 있었다. 너무 깊숙이 들여다보아 마치 그곳을 통해 들어오려고 하는 것 같았다. 창문을 통해 바깥을 내다보는 것과 누군가가 들여다보는 것은 느낌이 달랐다. 누군가가 내 총을 빼앗아 나를 쏘는 것과 같은 기분이었다.

"왜요?"

여자는 말이 우는 소리를 냈다.

"왜 그래요? 들어오려면 방문으로 들어와요."

그녀는 해독이 안 되는 소리를 몇 마디 더 내뱉었다. 왜 다쳤느냐는 소리 같기는 했다. 그 여자의 말을 알아듣는 사람은 주인 할머니뿐이었다. 그때까지 알기로는, 언어장애가 있으면 듣기도 불가능하다는 거였다. 그녀가 소리를 들을 수 있는지 어떤지는 알 수 없었다.

장마

며칠째 비가 내렸다. 습기 때문에 장판에 발자국이 또렷이 남았다. 우산을 쓰고도 3교대 여상까지도 채 못 가 바지가 다 젖었다. 곳곳에 웅덩이가 생겼고 택시가 함부로 지나갔다. 비를 피하는 것보다 흙탕물을 피하는 게 더 어려웠다.

비가 와서 교련은 실내수업이었다.

교련교사는 운동장에서처럼 지휘봉을 들고 장교용 부츠를 신은 채 들어왔다. 실내수업 하게 된 것을 좋아하는 눈치였다. 그는 늘 눈동자가 번들거렸는데 실내에서도 마찬가지였다. 최전방 근무할 때 산삼을 캐 먹어서 그렇다고 했다. 그는 먹어보고 우리가 아직 못 먹어본 게 산삼뿐만이 아니었다. 백 년 된 더덕은 껌 대신 씹고 다녔고 멧돼지나 노루 따위는 간식으로 잡아먹었다고 했다.

그에게서는 얻어맞은 이야기를 듣지 못했다. 그러고 보니 그동안 들었던 것은 모두 사병들의 경험이었다. 사병은 얻어맞고 장교는 특이한 것을 먹었다. 영기에게서 그런 것들을 얻어먹을 수 있겠구나 나는 생각했다.

교련교사는 안 먹어본 게 없는 만큼 안 가본 곳도 없었다. 간첩이 출몰한 현장마다 있었으며 베트남전에도 참전했다. 베트남에서 그가 죽인 적군의 수는 어마어마했다. 그의 말만 듣자면 총을 쏘기도 귀찮아서 그냥 총알을 던져 죽인 듯했다. 그가 가장 재미있어하며 설명했던 장면은 그러니까, 이런 거였다.

전투기를 몰고 DMZ를 살짝 넘어가면 산골짜기 아래에서 똥 누는 북한군을 발견할 수 있다. 그러면 엔진을 끄고 활강을 하여 골짜기 아래로 내려간다. 쪼그려앉아 있는 북한군은 아무런 낌새를 못 느낀다. 북한군 머리 위에서 갑자기 엔진을 살리며 솟아오른다. 니들은 모르겠지만 전투기 엔진 소리는 폭탄 터지는 것보다도 더 크다. 화들짝 놀란 북한군은 철퍼덕 주저앉았다가 바지도 다 못 올리고 뒹굴면서 도망을 친다. DMZ에 오래 있어서는 안 되기에 금방 넘어오지만 심심하면 그렇게 가서 놀려주곤 했다.

그는 그 말을 하며 크게 웃었다. 아이들도 따라 웃었다. 우리는 아직 병과 구분을 하지 못했기에 전차를 타던 사람이 왜 갑자기 전투기를 몰게 되었는가는 물어보지 않았다. 장교는 그 모든 게 가능한 줄 알았다.

수업시간 십 분을 남겨두고서야 무용담을 마무리지은 그는 칠판에 '군사부일체'라고 크게 썼다.

"군사부일체란 무어냐. 누구 대답해볼 사람."

"김군하고 사부님이 몸을 포갠다는 소리 아닙니까."

"너 이리 나와."

교사가 만들어놓은 유쾌한 분위기를 믿고서 익살을 부렸던 아이는 불려나가 허벅지를 열 대 맞고 자리로 돌아왔다.

"내가 자세히 알려주겠다. 군은 임금, 그러니까 지금은 대통령 각하, 즉 그러니까 국가다. 사는 나처럼 교사, 그러니까 즉 선생님이다. 부는 그러니까 집안의 가장, 즉 아버지라는 소리다. 그러니까 군사부일체는 국가와 스승과 부모님은 하나이다, 이 말이다."

"……"

"국가에는 충성, 선생님께는 존경, 부모님께는 효도해야 된다는 말이다."

"……"

"수업 끝."

교련시간이 끝나도 비는 내렸다.

형제파 아이들은 쉬는 시간만 되면 서로 찾아다녔다. 찾아와 떠들고 침을 뱉고 욕을 했다. 영춘이를 찾아온 어떤 아이는 교탁에 올라가 종아리근육을 보여주며 어느 고등학교 아이들과 어떻게 싸웠으며 어떤 여고생과 어떤 여관에서 어떻게 그짓을 했는지 말하곤 했다. 아이들은 흐물흐물 웃었다.

점심시간에 영춘이와 민성이가 다른 반에서 도색잡지를 빼앗아가지고 왔다. 오교시가 끝난 뒤 한 아이가 찾아왔다.

"돌려줘."

"뭘."

"잡지 말이야."

"야 인마, 누가 이런 것을 학교에 가져오라고 했어."

"아무튼 줘. 니 건 아니잖아."

그 아이는 물러서지 않았다. 그의 명찰에는 '김범'이라고 적혀 있었다. 영춘이 얼굴이 굳어지기 시작했다. 이런 경우는 드물었다. 형제파가 누구누구라는 것은 전교생이 알고 있었다. 영춘이는 잡지를 꺼내며 싸늘하게 입을 열었다.

"이따가 좀 보자."

"좋다."

범이는 대답하고 돌아섰다.

비는 계속 내리고 있었다. 내가 그랬던 것처럼 그들은 물방울이 뚝뚝 떨어지는 플라타너스 아래에 서 있었다. 범이는 혼자였고 영춘이 패거리와 몇몇이 그를 둘러싸고 있었다. 그들은 형제파 일학년들이었다. 나 외에도 많은 학생들이 구경을 하고 있었다. 교사들은 보이지 않았다.

뭐라고 말을 주고받더니 민성이가 범이의 가슴을 탁탁 쳤다. 순간 주먹이 민성이의 턱을 가격했다. 민성이가 나자빠졌다. 선빵을 날린 범이가 뒤돌아 튀었고 형제파는 일제히 쫓아갔다. 가방 때문에 멀리 도망치지 못한 범이는 등에 발길질을 당해 그대로 고꾸라지는가 싶더니 돌멩이를 하나 집어들었다. 쫓아가던 다섯 명의 아이들이 일제히 뒤로 돌아 튀었다. 전진과 퇴각이 한순간이었다. 범이는 영춘이를 노리고 달려들었다. 영춘이는 도망치기가 여의치 않자 돌아서서 맞부딪혔다. 돌멩이는 영춘이 머리 위로 날아갔고, 둘은 엉켰다. 도망치던 아이들이 재차 달려들었다.

범이는 얼굴을 얻어맞고 고개가 돌아갔다. 아랫배에 발길질이 들어왔을 때는 바람 만난 대나무처럼 몸이 휘어졌고 오래지 않아 쓰러졌다. 그의 가방도 저만치에서 주인처럼 옆으로 누워 있었다. 형제파는 옷을 털고 팔자걸음으로 멀어졌다. 내가 다가갔을 때 그는 코피를 흘리며 하늘을 바라보고 있었다. 빗물이 이마와 눈썹에서 작은 물보라를 튕기고 있었다. 빗물과 코피가 잘 어울렸다. 뒤통수와 교복은 흙투성이였다.

모자를 줍고 나서 잡아 일으켰으나 범이는 힘주어 손을 뺐다. 그 상태로 더 있고 싶다는 뜻이었다. 돌아가기도 뭐해서 나도 그대로 있었다. 빗속에서 하나는 누워 있고 하나는 서 있는 장면이 한동안 계속되었다. 내 모자챙에서도 빗물이 주렴처럼 떨어질 때 누군가가 범이의 가방을 들고 왔다. 가방도 한쪽이 흙탕이었다.

"괜찮으면 일어나라."

본 적이 있는 이학년이었다. 헬박사에게 끌려갔을 때 벌레처럼 바닥을 기던 이였다. 그의 뒤에는 낯선 얼굴의 일학년이 두 명 더 서 있었다.

"아까부터 보고 있었다. 고생했다."

범이는 일어섰다. 흙을 털어내주려고 손을 대자 신음을 내며 인상을 썼다. 이학년은 우리를 플라타너스숲 너머로 데리고 갔다. 여자고등학교가 있었고 문구점과 빵가게 사이로 골목이 있었다. 골목 끝은 시장과 이어져 있었는데 거기에 이어진 또다른 골목 안에 뚱뚱한 여자가 하는 분식집이 있었다. 그리고 분식집 뒷마당이 있었다.

뒷마당에는 자그마한 화단이 있고 나무의자가 예닐곱 개 흩어져 있었다. 비는 간이지붕 모양대로 사각형으로 내렸다. 의자 두 개에는 두 명의 여고생이 앉아서 담배를 피우고 있었다. 이학년은 우리를 앉게 한 뒤 담배를 하나씩 돌렸다. 범이가 먼저 한 대 깊게 빨아들였다.

"얘는 왜 이리 깨졌어?"

여고생 하나가 물었다. 그녀는 약간 긴 단발에 갸름한 얼굴을 하고 있었다. 눈초리가 올라간 게 신경질적으로 보였다.

"알 거 없어."

이학년은 답하고 나서 짧게 자기소개를 했다. 그는 '유피파'였다. 유피파는 학교에 있는 서클 중 하나로 형제파보다는 세력도, 사람 수도 적은 곳이었다. 이야기는 들어 알고 있었다. 나는 유피가 무슨 뜻인가를 물었다. 그는 기다렸다는 듯 답했다.

"유나이티드 파워. 즉 단결력이다."

"맨날 얻어터지면서 무슨 유나이티드 파워야."

"얻어터지니까 최소한 똘똘 뭉치자는 소리지. 같이 맞으면 덜 아프니까."

두 여고생은 담배연기를 뿜으며 말을 주고받았다. 이학년은 그녀들을 째려보았다.

"야, 박정화, 너 자꾸 이럴래?"

"착한 애들 자꾸 물들이지 말고 공부나 하게 냅둬."

"애는 깡다구가 얼마나 좋은데. 조금 전에 다섯 명하고 맞짱을 떴어."

"다섯 명이라면 좀 많은데?"

"다섯 놈이라도 간단해. 먼저 앞엣놈 눈깔을 찌르고 왼쪽 오른쪽 놈을 번갈아 이렇게 물건을 차버리고."

정화는 앉은 자세 그대로 발차기 흉내를 냈다. 치마가 올라가며 허벅지가 보였다. 그리고 꽁초를 신발로 비비고 나서 찍, 침을 뱉었다. 침 뱉는 것이 예쁠 수도 있다는 것을 나는 처음 알았다.

"아 씨발. 자꾸 그럴래…… 아무튼 김범, 너는 내가 눈여겨보았다. 너도 애 쓰러졌을 때 가장 먼저 부축하러 간 장면이 아주 죽였다."

그는 두루 돌아본 다음 마지막으로 나를 지목했다.

"우리도 잘나가는 애들 많고 형들도 많다. 앞으로 친하게 지내자."

그 말이 신호인 것처럼 삼학년 하나가 나타났다. 모인 이들이 인사를 했고 나와 범이도 고개를 숙였다. 경박스러워 보이는 이학년과는 달리 삼학년은 다부지고 무게가 있어 보였다. 각진 얼굴형에 이목구비도 두툼하고 또렷해서 이른바 보스의 기운이 풍겼다. 그는 인사를 받고 이학년이 비워준 자리에 앉았다. 아주머니가 짜장면을 들고 왔다.

"우선 먹자."

목소리도 외모처럼 굵고 낮았다.

"오빠, 우리도."

정화가 졸랐고 그는 웃으며 고개를 끄덕였다. 우리는 잠깐 동안에 그릇을 다 비웠다. 단무지 그릇도 깨끗하게 변했다. 삼학년이 입을 열었다.

"형제파 애들은 어중이떠중이 다 모여 있다. 우리는 형제파와는 다르다. 공부 못하고 뒤처진 아이들은 받지 않는다."

"……"

"폭력서클이 아닌 순수 교류를 목적으로 하고 있다. 물론 필요하면 싸움도 한다."

"……"

"진한 우정, 참된 진리, 강한 정신력, 이게 우리 유피파를 만든 1기 형님들부터 내려오는 전통이다. 니들이 이런 전통 안에서 우리랑 함께 교류할 것으로 믿는다. 물론 일학년들이 너희 말고도 여럿이 더 있다. 다들 키도 크고 공부도 수준급이다. 너희들도 그래 보인다. 너부터 대답해봐."

범이는 그렇게 하겠다고 대답했다. 나는 동의하지 못했다.

"나중에 답을 하면 안 되겠습니까?"

고개 돌려 손바닥으로 입을 가린 채 담배를 피우던 이학년이 나를 노려보았다.

"다른 뜻이 있어서 그러는 건 아닙니다. 개인적으로는 형제파 아이들 하는 짓거리에 아주 기분이 상해 있는 중입니다. 이학년에게 오전 내내 맞기도 했고요."

"아, 표길이한테 맞았다는 애가 너냐?"

보스는 도중에 끼어든 자신의 후배를 제지했다.

"단지 생각 좀 해보고 싶습니다."

보스는 결론처럼 마지막 말을 하고 일어섰다.

"너 알아서 해라. 단지 독고다이는 먼 옛날 시라소니 형님으로 끝났다는 것은 알아둬라."

두 사람이 나가자 우리 일학년들은 일어서서 인사를 했다. 짜장면을 먹고 있던 정화의 눈이 짧은 순간 내 눈과 마주쳤다.

비는 계속 내렸다. 우리는 그냥 앉은 채 그들이 주고 간 담배를 피워댔다. 범이는 담배를 잘 피웠다. 중학교 이학년 때부터 피웠다고 했다. 그러니까 제법 까졌던 아이였다. 그는 기차를 타고 오다가 보았던, 갈대가 많은 마을 출신이었다. 예전부터 주먹으로 유명한 곳이었다. 확실히 깡다구가 있어 보였다. 그러니 기가 죽지 않고 싸웠을 것이다.

이미 유피파에 들어갔다는 두 아이도 잘 피웠다. 그중 한 아이는 책가방에서 쌍절곤을 꺼내 돌렸다. 검은색 테이프가 총총 감긴 것이었다. 나는 쌍절곤을 받아 잠시 만져보았다. 아이들이 이소룡 흉내내면서 흔히 가지고 다니는 것과는 달리 쇠파이프를 잘라 만든 거였다. 무게도 제법 나갔다. 이런 것을 가지고 다닐 정도면 어떤 수준에 올라온 것일까. 그 아이는 이학년이 제지를 하는 바람에 자신이 끼어들지 못했다고 말했다.

"참느라고 기분 좆같았다. 씨발, 언제 한번 걸리기만 하면 몽땅 쓸어버리려고 무기를 가지고 다녔는데, 니미 선배만 아니었으면 그 새끼들 다 죽었어."

그는 짧은 시간에 아주 많은 싸움 경력을 말했다. 그애 말대로 형제파를 상대하는 데 혼자서도 충분할 것 같았다. 그가 그러는 게 두 여학생 때문인 것 같기도 했다. 그애가 자꾸 권해서 나도 담배를 하나 물었다. 기침이 나오려고 했지만 그럭저럭 피워졌다. 몇몇 아이들이 뒷마당으로 들어오려다가 되돌아서 나가곤 했다. 그 모습을 보자 기분이 묘했다.

범이는 자신을 돌봐준 것에 대해 감사를 나타냈다. 그가 쓰러져 있고 내가 내려다보고 있는 장면이 영화의 한 장면 같았다고 쌍절곤이 말했다. 두 여학생은 또 담배를 피웠다. 정화는 입술을 동그랗게 말아 도넛을 만들면서 순식간에 내게 윙크를 했다. 두 여학생이 나가자 우리는 범이에게 말했다.

"그 잡지 좀 보여줘."

잡지에서 보았던 서양 여자의 알몸과 침을 뱉고 담배를 빨던 정화의 입술과 짧은 순간 깜박였던 찢어진 눈매가 저녁 내내 떠올랐다.

여름방학

어떻게든 항구를 떠나고 싶었기에 나는 공부를 열심히 했었다. 공부를 못하고 싶지도 않았다. 그런데 고등학교 첫 기말고사 때 반에서 중간 정도의 성적을 받았다. 중학교 때까지 우등생 자리를 놓친 적이 없었기에 자존심이 상했다. 그동안 공부를 제대로 하지 않은 것이다.

여름방학이 되었을 때 나는 항구로 돌아가지 않았다. 집은 더웠지만 인호가 내려가자 방을 혼자 쓸 수 있었다. 영기와 진숙이, 다른 친구들은 모두 항구로 내려갔고 바깥도 더웠기에 나돌아다닐 필요가 없었다. 집도 덥고 바깥도 덥다면 집 안이 나았다.

사실 바깥으로 나가는 것이 신경쓰이기도 했다. 부채가 남아 있는 존재가 집 주변에 있다는 것은 불편한 일이었다. 줄 풀린 개나 뱀이 집 주위를 돌아다니고 있는 것과 비슷했다. 머리 짧은 사내가 나에게 당했듯이 언제 어느 곳에서 내가 당할지 모를 일이었다.

나는 각목과 커다란 주전자 뚜껑을 준비해두었다. 각목은 대문 안쪽에, 그리고 주전자 뚜껑은 방 가운데에 놔두었다. 골목에서 공격을 당한다면 마당으로 뛰어들어와 각목을 집어들 계획이었다. 주전자 뚜껑은 아마존 패거리들이 왔을 때 소년원 출신 아이한테서 들은 것이다. 그의 소년원 동기 중에는 주전자 뚜껑으로 상대의 코를 통째로 날려버린 이가 있었다. 뚜껑 꼭지를 검지와 중지 사이에 끼우고 동그랗게 말아쥐는 방식이었다.

아침에 일어나서는 수학을 공부했다. 로그 부분을 집중적으로 했다. 그리고 팔굽혀펴기를 하고 아침밥을 먹고 다음에는 영어를 하고 국어를 했다. 점심 먹고는 암기과목을 외우고 잠시 쉬었다가 저녁에 복싱연습과 정권단련을 했다.

문제는 땀이었다. 가만히 앉아만 있어도 땀이 나니 운동을 하고 나면 속옷이 젖을 정도였다. 부엌에는 수도가 없어서 책받침을 부치며 밤이 되기를 기다렸다가 주인집 수돗가에 보자기를 걸어놓고 목욕을 했다.

한번 시작하자 공부는 어렵지 않게 진행되었다. 막혔던 수학문제도 풀리기 시작했다. 공부도 싸움처럼 한번 머리를 들이밀면 중독성이 생겼다. 그러고 보면 사람이 하는 모든 행위에는 중독성이 있었다. 무엇에 중독되느냐의 문제였다. 이 상태로 여름을 보낸다면 다시 우등생이 될 것 같았다.

일주일 정도 지났을 때였다. 수돗가에 이미 보자기가 드리워져 있었고 그 너머로 사람의 움직임이 있었다. 그곳에서 물 끼얹는 소리가 한동안 들리더니 보자기 한쪽이 접히며 마른 몸이 나타났다.

벙어리 여자였다. 그녀가 빨랫줄에 걸쳐 있는 수건을 집었다. 손을 뻗었을 때 약간 처진 젖가슴과 아랫도리 털이 나타났다가 곧바로 사라졌다. 주먹으로 한 대 얻어맞은 것처럼 숨이 막혔다. 이런 풍경의 특징은 느닷없다는 것에 있었다.

그녀는 몸을 돌린 상태에서 고개 숙여 머리를 닦기 시작했다. 반듯하게 몸을 가로지르며 내려오던 등뼈는 엉덩이가 시작되는 곳에서 스며들고 있었다. 엉덩이는 가슴처럼 살이 없었으나 가로등 불빛을 받아 은은하게 윤기가 났다. 브래지어를 차고 팬티를 입고 원피스를 걸치기까지는 그리 오래 걸리지 않았다. 여러 가지 것들이 사라졌고 찰랑거리던 머리카락마저도 둥글게 만 수건 속으로 숨어버렸다. 그녀는 보자기를 한쪽으로 밀어놓고 슬리퍼를 끌며 안방으로 들어갔다.

그날 밤은 아무것도 할 수 없었다. 여자의 몸이 자꾸 아른거렸고 발기된 것은 아무리 꼬집어도 죽지 않았다. 다음날도 비슷했다. 오전은 그럭저럭 공부에 매달릴 수가 있었다. 하지만 저녁이 되면 무언가가 기대가 되면서 집중력이 떨어졌다. 세숫대야에 발이 걸리는 소리가 나도, 신발 끄는 소리만 들려도 문구멍에 눈을 갖다댔다. 밤 깊을 때까지 목욕도 하지 못했다. 씻지도 못하고 끙끙대고 있는 자신이 우스꽝스러웠으나 그러지 않기가 너무 어려웠다. 그것도 중독과 같았다.

이틀 뒤 또 꽃무늬 보자기 너머에서 물 끼얹는 소리가 났다. 나는 즐거우면서 괴로웠다. 의지는 책을 봐야 한다고 하지만 그것을 제외한 모든 것들은 똘똘 뭉쳐 수돗가 쪽으로 나아갔다. 여인이 목욕

하는 장면은 열일곱 살짜리 남자애가 담담하게 볼 수 있는 게 못 되었다.

조금 있으면 보자기가 열리면서 아름다운 젖가슴이 드러날 것이다. 가지런한 등줄기도 보일 것이다. 운이 좋다면 그때처럼 아랫도리도 구경할 수 있을 것이다. 하지만 목욕은 쉽게 끝나지 않았다. 비누칠하고 밀고 닦고 물 끼얹는 소리가 계속 이어졌다. 저 소리라면 지금쯤 어디를 닦고 있을 것이라는 상상은 더욱 확대되고 분명해지고 강렬해졌다.

나는 급기야 견뎌내지 못하고 자위를 했다. 그러자 벙어리 여자와 내가 무언가 비밀스러운 짓을 하는 것 같았다. 친숙하게 맞붙어, 서로가 서로를 탐하며, 서로가 서로에게 빨려들어가는 것만 같았다. 미원 탄 콜라를 그녀에게 먹여보기도 전에 내가 먼저 마셔버린 것 같았다. 몸으로 사랑을 한다면 이런 기분이리라. 나는 괴로우면서 즐거웠다. 그러다 저 속의 것이 폭발되었고 가쁘게 숨을 몰아쉬고 있을 때 보자기를 걷으며 주인 할머니가 걸어나왔다.

다시 공부에 집중할 수 있었던 것은 주인 할머니 덕분이었다. 수돗가에서 어떤 소리가 나도 쳐다보고 싶은 마음이 생기지 않았다. 심지어는 야한 생각이 들다가도 할머니를 떠올리면 곧바로 차분해졌다.

여름방학 중에 가장 놀란 일은 벌어진 이빨이 나를 찾아온 것이다. 국토지리 내용을 외우다가 어떤 느낌이 와서 고개를 들었는데 벌어진 이빨이 문을 반쯤 열고 서 있었다. 나는 깜짝 놀라 몸을 일으켜세웠다. 주전자 뚜껑을 잡아쥐었을 때 그가 말했다.

"아아, 너랑 싸우려고 온 거 아니다. 그냥 잠깐 들린 거다."

"……"

"진짜라니까. 여기 벙어리 여자 있지? 거기가 내 거시기거든."

헤벌쭉 웃어 보이며 방으로 들어서는 그를 나는 노려보았다.

"네가 여기 살고 있다는 것은 알고 있었다. 좀 앉자."

"……"

"이 방, 예전에는 내가 살았다. 여기서 저 여자랑 이것 많이 했지."

그는 털썩 주저앉으며 엄지손가락을 중지와 검지 사이로 밀어넣었다. 내 손가락에도 뚜껑 꼭지가 끼워져 있었지만 그 동작으로 인해 경계심은 조금 풀어졌다.

"건들거리고 돌아다니는 줄 알았더니 생각보다 공부를 열심히 하네?"

나는 주전자 뚜껑을 놓지 않은 채 그의 앞에 앉았다.

"왜, 그걸로 나를 치게?"

"……"

"치워라. 그거, 생각보다 무서운 무기다. 함부로 드는 게 아니야."

치우라고 했기 때문에 나는 치우지 못했다.

"새끼. 곤조통이 있구만. 하긴 영식이 팼다고 했을 때 알아봤다."

"……"

"내가 어디 좀 갔다가 며칠 전에 왔는데 영식이가 당했다고 하더라. 이빨은 안 나갔는데 암튼 제법 깨졌더라."

"나도 얼마나 많이 맞았는데요."

"아 그래, 사내 새끼들이 맞기도 하고 때리기도 하고 그런 거다."

그는 몇 년 만에 객지에서 돌아온 큰형처럼 말하고 있었다. 사내 새끼들이 맞기도 하고 때리기도 하고 그런 거. 이 말 한마디면 폭력이 친근한 행위가 되곤 한다. 그것은 국가 간에 전쟁도 하고 화평도 맺고 그런 거지 뭐, 라고 말하는 것과 같았다. 살다보면 살인도 하고 참회도 하고 그런 거지 뭐, 같기도 했다.

"영식이가 보복한다는 것을 내가 말렸다."

그것은 사실이 아닐 수도 있었다. 그들이 인호 패거리를 보지 않았다면 이미 손을 써왔을 거라는 게 내 짐작이었다.

"다 털자."

그는 또다시 웃었다. 이빨이 더 벌어진 것 같았다.

"뭘 털어요."

"한동네 사람 아니냐. 너도 다구리 당했고 영식이도 너한테 당했으니 쌤쌤 하자."

그는 악수를 청했다. 나는 얼떨결에 주전자 뚜껑을 놓고 손을 잡았다. 때리는 것도 느닷없었지만 화해도 느닷없었다. 그는 자신에 대해 말하기 시작했다. '진구'가 그의 이름이었다. 중학교만 졸업하고 검정고시학원 몇 달 다니다가 때려치운, 홀어머니와 사는 전형적인 변두리 건달이었다. 그는 담배 두 대를 연신 피우더니 느닷없는 부탁을 해왔다.

"형이 방 한번만 쓰자. 응?"

"왜 내 방을 써요."

"사정이라는 게 있잖아, 인마. 처음으로 부탁 좀 하자."

　밤 열한시에 나는 바깥벽에 기대어 밤하늘을 올려다보고 있었다. 구름 사이로 희미한 별이 몇 개 아른거렸다. 내 이불 속에서 진구형이 벙어리 여자랑 그짓을 하기 시작했고 병든 암말 소리가 났다. 무언가 소중한 것을 잃어버리고 있다는 기분이 들었고 그러자 침을 뱉고 담배를 빨던 정화의 입술이 생각났다. 그 입술과 키스하고 싶었다.

인호 아버지

어떤 사내가 방에 들어앉아 있었다. 정확히는 중년의 사내가 주인 할머니와 우리 방에서 참외를 깎아놓고 소주를 마시고 있었다. 벙어리 여자는 마당에서 서성이고 있었다. 사내는 짧은 머리에 굵은 팔뚝을 가진 다부진 몸매였다. 할머니는 흥흥, 웃으며 뭐라고 구시렁거리기도 하고 탁, 무릎을 치기도 했다.

내가 들어서자 사내는 소리내어 잔을 내려놓았다.

"오, 네가 우리 인호랑 같이 산다는 애구나."

그는 인호 아버지였다. 외국 배를 타는 탓에 몇 년째 오지 않는다는 사람이 돌아온 것이다. 사진으로 보던 모습보다는 약간 늙어 보였다. 나는 인사를 했다.

인호도 돌아왔다. 인호는 잠깐 멍하니 아버지를 바라보다가, 고개를 숙였다. 마당으로 내려선 인호 아버지는 어깨를 툭툭 치며 여기저기 들여다본 다음 학교는 잘 다니느냐, 공부는 열심히 하느냐,

좋은 친구들은 사귀었느냐, 물었고 인호는 모두 그렇다고 짧게 대답했다.

주인 할머니와 여자는 불고기를 만들었다. 우리는 할머니 방으로 옮겨왔다. 안방에 들어와본 것은 처음이었다. 강파르게 마른 할아버지가 사진 속에 들어 있었고 그 옆으로 장롱과 흑백텔레비전과 칠이 벗겨진 자개장과 이불과 옷이 있었다.

"이 양반이 돈을 주어서 고기를 했으니까 많이 먹어라."

자그마한 밥상은 고기 볶은 프라이팬 하나로도 꽉 차는 듯했다. 우리는 거의 머리가 닿을 정도로 앉았다. 할머니와 인호 아버지는 소주를 마시고 인호와 난 묵묵히 고기를 먹었다.

벙어리 여자와 이렇게 가까이 앉아본 것도 처음이었다. 그녀는 통이 넓은 치마를 입고 있었는데 한쪽 발을 세우고 있어 발목이 드러나 있었다. 한쪽이 까맣게 죽어 있는 발톱도 보였다. 그녀는 고기를 씹으며 나와 인호를 바라보았다. 하악골이 움직일 때마다 정면으로 돌출된 콧구멍이 덩달아 꼬물거렸다. 고기를 씹고 있지 않다면 진구형과 그짓을 하며 내던 병든 암말 소리가 나올 것 같았다. 나는 조용히 흉내냈다. 여자는 젓가락으로 탁, 소리나게 밥상을 치며 노려보다가 입속의 것을 꿀꺽 삼켰고 다시 고기를 집어 씹기 시작했다.

"아이들이 공부를 아주 열심히 하지 뭐요."

할머니가 말하면 인호 아버지가 대답했다.

"그래야죠. 학생이 똑똑해야죠."

"운동도 열심히 해. 서로 주먹질도 하고."

"그래야죠. 학생이 튼튼해야죠."

"이 마룻장을 고쳐주기도 했지요."

"아무렴요. 사내란 그런 것도 할 줄 알아야죠."

이번에는 인호 아버지가 말하고 할머니가 대답했다.

"넓은 바다를 항해하다보면 말이죠, 아주 외로워서 미칠 지경이죠."

"땅에서 살아도 외로운데 바다에 있으면 더 그러지 않겠수?"

"우리 동료 중 한 명은 진짜로 바다에 몸을 던져 죽어버렸습니다. 워낙 넓은 바다라 그러면 끝이죠. 찾을 수도 없어요."

"우리 영감은 이 좁은 방구석에서도 뒈져버렸지 뭐요."

"그래도 처자식 생각하며 굳건히 버텼습니다."

"그래야죠. 아비가 그래야죠."

고기그릇이 다 비었을 때 술병도 비었다.

"바다는 파랗고 머리는 하얗고…… 야 이년아, 다 처먹었으면 설거지 좀 해라, 가만히 있지 말고."

할머니는 비틀거렸다. 벙어리 여자가 설거지를 시작하자 우리는 방으로 돌아왔다. 인호 아버지는 비스듬히 누워 벽에 걸린 옷가지를 빤히 쳐다보고 국어책을 빼서 몇 페이지 넘겨보다가 담배를 피웠다. 나는 간장그릇을 재떨이로 내놓았다.

"어디 술집 없나 모르겠다."

주변이 컴컴해졌을 때 그가 말했다. 나는 포장마차가 저만치에 있다고 말했다. 셋은 철도를 가로지른 다음 시장과 천변을 지나 포장마차로 갔다. 주인 사내는 나를 보고 고개를 끄덕거렸다. 인호 아버지는 참새와 닭발과 소주와 잔 세 개를 달라고 했다.

"사내란 술도 한잔씩 마실 줄 알아야 한다."

주인이 참새와 닭발을 연탄 화덕 위에 올려놓자 연기가 났다.

"하지만 술은 제대로 배워야 하지. 아버지한테 배우면 된다. 그렇지 않으면 개차반 되기 십상이야."

"예."

"자 한잔씩 마셔라."

우리는 술을 단숨에 털어넣었다.

"이놈들 봐라. 제법 마실 줄 아는구나."

인호 아버지가 웃자 우리도 어색하게 따라 웃었다.

"배를 오래 타면 말이다. 이런 음식이 먹고 싶단다."

그는 닭발을 씹고 나서 참새를 통째로 입에 넣고 오물거렸다. 씹는 소리가 고스란히 들렸다.

"물론 상선은 먹을 게 많지. 외로움을 달래기 위해서 오로지 먹는 것만 밝히니까. 바비큐를 하면 고기가 남아돈단다. 참치 같은 것도 낚아 먹고. 하지만 세상 어느 항구를 가도 참새와 닭발은 없어."

그는 닭발과 참새를 한번 더 주문했다. 참새와 닭발을 맛있게 먹기 위해서 일부러 배를 타는 사람 같았다. 그는 접시와 술 두 병을 깨끗이 비워냈다. 잔 옆에 백원짜리를 얹어놓은 나는 인호와 함께 취한 아버지를 부축해서 돌아왔다. 집에 도착했을 때 통행금지 사이렌이 울렸고 그는 밤새 코를 골았다.

인호 아버지는 나흘이나 더 머물렀다. 저녁 끼니때마다 김치와 오뎅볶음을 앞에 두고 그는 입맛을 다셨다. 그러면 계란프라이를 하고 소주를 사와야 했고 그는 날마다 세 병씩을 마시고 잤다. 나는 코 고는 어른도 되지 않겠다고 결심했다. 주인 할머니는 두어 번 인호 아버지 술 상대를 해주었으나 돈이 떨어졌다는 것을 알고는 더 이상 알은척을 하지 않았다.

인호 아버지가 인호랑 터미널로 가던 날 진구형이 나를 불렀다. 그는 나와 영식을 화해시켰다. 우리는 어색하게 손을 잡았다.

박정화

이 도시에 도착한 날처럼 오후 내내 지그재그 걸어다닌 적이 있었다. 가로수는 단풍이 물들기 시작했지만 왼쪽으로 가도, 오른쪽으로 가도 박정화는 없었다. 전신전화국이 지나가고 터미널도 지나가고 본 역도 스쳐 지나갔다. 전신전화국에서는 여전히 많은 사람들이 우리나라 이곳저곳과 통화를 하고 있고 터미널과 역에서도 아주 많은 사람들이 어딘가로 가거나 돌아오고 있었다. 박정화만 없었다.

3교대 여자상업학교는 가을햇살을 덩그러니 받고 있었다. 늙은 개 한 마리가 지붕 기울어지고 계단 아래 문이 있는 문방구 앞에 앉아 있었다. 그 많던 여학생들마저도 정화처럼 어디로 사라져버린 것 같았다.

지극하게 원하면 이루어진다는 걸 나는 경험을 통해 알고 있었다. 아버지 때문에 집안의 긴장이 너무 높아지면 외할머니가 와주기를 간절히 기다리곤 했다. 하루 종일 그 생각을 하면 거짓말처럼 멀리서 외할머니가 왔다. '지성이면 감천'이라는 말은 한문시험에 종종 나오는 거였는데 학교에서 배운 게 실생활에 적용되는 경우가 또 있는지는 알지 못했다.

문제는 할머니가 와 있는 모습이 자신도 모르게 그려져야 한다는 것이다. 이러면 올 것이다, 를 먼저 생각하고 하면 실패확률이 높았다. 방에 앉아 있는 외할머니를 보고서야 맞아! 종일 할머니 생각을 했었지, 이래야 된다. 그것은 숙제를 안 해갔을 때 숙제검사를 해다오, 해다오, 일부러 주문하면 그냥 넘어갈 확률이 높아지는 것과 반대로 비슷했다.

그저 멍청하게, 박정화 만나는 장면만 생각하고 있다는 것을 깨달은 것은 3교대 여자상업학교 앞에서 개를 바라볼 때였다. 늙은 등가죽과 힘없이 흔들리는 꼬리를 보고 있자니 외할머니가 떠올랐던 것이다.

나는 곧장 시장골목의 뚱뚱한 아주머니가 하는 분식집으로 걸어갔다. 정화는 없었다. 내가 할 수 있는 건, 개를 보지 않았으면 무의식적으로 그녀를 생각하는 시간의 양이 더 많아졌을 것이라고 중얼거리는 것과 분식집 앞을 왔다갔다하는 것뿐이었다. 시장입구에서 감을 쌓아놓고 파는 중늙은이는 세번째부터는 사라는 말을 하지 않았다.

무엇을 하거나, 무엇을 전혀 하지 않거나, 또 무엇을 하다 말다 해도 똑같이 배는 똑같이 고파지는 법이다. 나는 분식집 문을 열고 들어갔다. 그리고 짜장면을 막 두 젓가락째 집어넣었을 때 거짓말처럼 누군가 내 앞에 털썩 앉았다. 정화였다. 청바지에 줄무늬 셔츠를 입고 있었다.

"나 한 입 만."

나는 그릇을 밀었다.

"네가 먹여줘."

젓가락으로 면을 집어올리자 정화는 고개를 내밀고 받아먹었다. 면발이 차근차근 입속으로 들어갔고 작고 붉은 혀가 쑥 나와 입 주변을 핥았다. 나는 발끝이 떨렸고 그녀는 씨익 웃었다.

"일요일인데 무슨 일이야? 여기까지." ·

"그냥, 지나가다 배가 고파서."

"그래? 그렇다면 얼른 먹어. 우리 담배 피우러 가자."

나는 남은 짜장면을 단번에 먹어치웠고 구멍가게에서 담배를 샀고 "소주하고 쥐포도 사" 소리에 그것도 샀다. 사람들이 소리치는 정화를 바라보며 지나갔다.

산 위에는 대학교가 있었고 내가 다니는 남고와 그녀가 다니는 여고는 좌우로 나뉘어 있으며 그 가운데에는 아주 큰 운동장이 있었다. 그 주변으로 커다란 플라타너스가 박혀 있었다. 우리는 삼학년들이 체육시간에 흡연장소로 사용하는, 철조망과 장미넝쿨이 뒤엉킨 곳에서 담배를 피우고 나서 플라타너스 아래를 천천히 걸었다. 저녁운동 하는 사람 몇몇이 트랙을 따라 뛰고 있었다.

그곳에서 나는, 몇 시간 동안 도시를 빙빙 돌아다녔으나 갈 곳이 없었으며, 찾아갈 곳을 하나 생각해낸 곳이 분식집이었고 그곳에서 만날 사람 하나 생각해낸 게 너라고 그녀에게 말했다. 정화는 내가 들고 있던 소주병을 가져가 한 모금 마시고는 인상을 쓴 다음 쥐포를 찢어 씹었다. 그사이 주변은 점점 어두워졌다.

"기분은 좋다."

저쪽에서 달려온 중년 사내가 탁탁탁, 소리를 내며 저만큼 멀어졌을 때 그녀는 다시 입을 열었다.

"저 아저씨, 우리 학교 입구에서 복사집 하는 사람이야. 배가 너무 나왔지? 예전에는 고시공부를 했었대."

"……"

"넌 장래희망이 뭐야?"

"빨리 어른이 되는 거."

"어른, 왜?"

"하기 싫은 것은 안 해도 되니까."

"어른들도 하기 싫은 것 해야 돼."

고작 일 년 선배이면서 그녀는 나이 많은 사람처럼 굴었다.

"하기 싫다는 말이라도 할 수 있잖아."

이번에는 내가 병을 들어 한 모금 마셨다. 병 입구에서 침 냄새 같은 것이 났다.

"넌 나랑 비슷한가봐."

"……"

"하고 싶은 것도 있을 것 아니야. 어른이 되면 가장 먼저 무엇을 할 건데?"

"키스."

정화는 입술 끝을 비틀며 웃었다.

"아직 한 번도 못 해봤어?"

나는 고개를 끄덕이며 그럼 너는 해보았느냐고 물었고 그렇다는 대답을 들었다.

"누구야?"

"말 안 할 거니까 물어보지 마."

"혹시 삼학년 그 형?"

정화가 이번에는 크게 웃었다. 찢어진 눈초리가 더 심하게 올라 갔다. 그녀는 욕을 하거나 담배를 피울 때보다 웃을 때가 더 까진 아이처럼 보였다.

"그 오빠가 공부도 잘하고 싸움도 잘하고 우리한테 잘해주지만, 아니야."

나는 묘한 안도감과 정체 모를 질투심을 동시에 느꼈다. 저 멀리 언덕배기 중턱에 있는 종합병원에서 응급차가 내려와 시내 쪽으로 사라졌다. 나는 침을 삼키고 나서, 늘 보고 싶었고 사실 분식집에 오기 훨씬 전부터 너를 생각하고 있었다고 고백했다. 정화는 담배 를 피우면서 들었다. 고백은 일 분 채우기가 쉽지 않았다. 그리움, 사랑, 꿈, 따위를 몇 마디 하고 나자 더이상 할 말이 없었다. 생각과 말은 이렇게 양이 달랐다. 그녀는 꽁초를 튕기며 대답했다.

"그러지 말고 착실히 공부나 해."

나는 나도 모르게, 제압하고 싶어하는 수컷의 본능이 작용해서 기습적으로 입술을 갖다댔다. 하지만 그녀는 재빠르게 고개를 숙여 피했고 그리고 주먹으로 내 배를 갈겼다.

"내 입술은 딱 한 사람만을 위해 있어."

아랫배를 붙들고 끙끙대는 나에게 정화는 말했다.

"넌 아니야."

인호, 맞고 오다

2학기 첫 시험에서는 나쁘지 않은 성적이 나왔다. 그럭저럭 상위
쪽이었다. 담임은 1학기 마지막 시험에 비해 떨어진 등수만큼 아이
들을 때렸다. 많게는 스무 대가 넘게 맞는 아이도 있었다. 매질은
한 시간 동안 계속되었다. 시작을 엉망으로 한 게 다행이었다.

담임의 입장에서 보면 성적이 떨어진 것은 나쁜 경우였다. 매질
은 열심히 공부하라는 메시지를 담고 있다. 그러나 65명이 시험을
치는 이상 1등부터 65등까지 나올 수밖에 없다는 사실을 그는 모르
고 있는 것 같았다. 등수가 오른 학생 수만큼 떨어지는 학생이 생겨
나니 어떤 경우라도 매질은 하게 된다. 모두가 매를 맞지 않는 방법
은 딱 하나. 65명이 모두 만점을 맞는 것이다. 그것은 65명이 모두
빵점을 받는 것보다 더 어려운 일이었다.

나는 맞지 않고 돌아왔지만, 등수를 너무 많이 올려놓아버렸기에
우울했다.

인호는 늦도록 집에 돌아오지 않았다. 평소에도 간혹 다른 친구 집에서 자고 오기도 했다. 나는 밥을 해서 마가린과 간장에 비벼 먹고 건성으로 책을 보다가 잠이 들었다. 잠결에 대문 여는 소리가 났고 인호가 비틀거리며 방문을 열고 들어오더니 곧바로 바닥에 고꾸라졌다. 새벽 한시였다. 처음엔 그가 술에 취해 그러는 줄 알았다. 하지만 윗옷을 벗기자 가슴과 옆구리에 붕대를 감고 있었으며 그곳에서 피가 흘러나오고 있었다. 넓게 감긴 붕대 위로 피가 배어나오고 있었다.

"병원에서 도망쳤다."

그는 그 말만 해놓고 혼절하듯 눈을 감았다. 붕대는 계속해서 핏물에 젖어들고 있었다. 통행금지 위반자를 찾아다니는 방범대원을 피해 용케 집에까지 온 모양인데, 주먹은 피부가 다 벗겨져 있었고 손목과 어깨에도 파란 멍이 들어 있었다. 나는 물수건으로 피를 닦아내고 각각의 상처 부위에 빨간약과 안티푸라민을 발랐다. 인호는 식은땀을 흘리며 신음했다.

무엇 때문에 이렇게 됐을까. 무엇을 잘못해서 이렇게 되지는 않았을 것이다. 지금까지 우리가 얻어맞은 것은 자신의 이해관계와 아무 상관이 없었다. 늘 다른 사람의 뜻에 의해 폭력 속으로 내던져졌다. 태어나보니 부모가 있는 것처럼 말이다. 나이가 차서 학교에 가는 것처럼 말이다. 인호도 그럴 것이다.

옆구리에서 피가 멎지를 않아 이불에 흥건히 밸 정도였다. 붕대를 풀자 유선형의 상처가 드러났다. 살이 찢어졌고 그것을 꿰맨 자국이 좌우로 나 있어 커다란 지네가 몸속으로 들어가고 있는 것 같왔다. 수건으로 닦아내자 피가 구슬처럼 솟아나왔다. 붕대는 빨아 이불 밑에 넣어 말리면 되었지만 피를 닦아낸 수건은 몇 번이고 더 빨아야 했다.

항구에서 올라온 화물열차가 지나가는 소리가 들렸다. 기차가 멀어지고 나자 세상은 다시 극도로 조용해져서 공터의 풀벌레 소리가 차임벨 소리보다 더 크게 들렸다. 점차 잦아들기는 했지만 피는 여전히 배어나왔다. 배어나오는 피처럼 앓는 소리도 끝이 없었고 인호는 자면서 무언가 헛소리를 하기도 했다. 우리가 항구에 있었다면 이런 일은 벌어지지 않았을까. 그건 모를 일이다. 최소한 나는 더 나빠졌을 것이다. 통금해제 사이렌 소리가 났을 때 그가 눈을 떴다.

"내가 얼마나 잤지?"

"세 시간 정도."

우리는 가능한 한 서로의 일에 간섭하지 않고 지냈지만 이번은 모른 척할 수 없었다.

인호는 학교에서 싸움 실력을 인정받았다. 그가 속한 서클은 시내 폭력조직과 선이 닿아 있었고 시내 선배가 아이들을 차출한 것이었다. 그는 일행과 함께 택시를 타고 시내 어딘가로 갔으며 거기에서 처음 보는 패거리들과 싸움을 했다.

싸움이 끝났을 때 세 명이 병원에 실려갔다. 한 명은 손도끼에 어깨를 찍혔고 인호와 다른 아이는 오토바이 체인으로 옆구리를 맞았다. 꿰매는 데에만 한참이 걸렸고 조용할 때를 틈타 부축해 도망친 것이었다. 나는 듣고만 있었다.

이런 경우 내가 느끼는 무력감은 컸다. 영식이에게 보복을 했을 때 그는 자신의 패거리들을 데리고 와주었다. 나도 그래야 했다. 하지만 내가 도울 수 있는 건 지금 이렇게 피를 닦아주는 정도였다.

"우리 아버지 말이야."

그는 목이 잠긴 목소리로 입을 열었다.

"그동안 교도소에 있었어."

안방 문이 열리고 슬리퍼 끄는 소리가 들렸다. 일어난 거야, 불을 켜놓고 잔 거야? 전기세가 얼마나 많이 나오는데, 젊은 것들은 도대체 뭐든지 아까운 줄을 몰라. 주인 할머니 구시렁대는 소리, 변소 문 여는 소리도 들렸다.

"엄마가 면회갔다 와서 우는 것을 봤어. 사람이 살아 있는데도 운다면 그것은 교도소에 있다는 소리야."

"……"

"사람을 칼로 찔렀대."

"……"

"다른 나라 항구에 참새와 닭발이 있는지 없는지는 잘 모르지만, 교도소에도 그것은 없을 거야."

"말 그만하고 더 자."

"내 속에 아버지 피가 들어 있나봐."

화물열차가 또 지나갔다. 이번에는 항구로 내려가는 거였다. 그는 잠시 말을 멈추었다. 통증 때문인 것 같기도 하고 호흡을 가다듬기 위해서 그런 것 같기도 했다.

"조금 전 꿈에서 아버지를 봤어."

"……"

"항해사 견장을 차고, 파이프 담배를 입에 물고 있었어."

"......"

"그게 내 아버지야."

출혈이 멈춘 듯해서 나는 이불 밑의 붕대를 꺼냈다. 덜 말랐지만 물기는 거의 빠진 상태였다. 붕대를 감는 동안 인호는 몸을 내맡긴 채 눈을 꾹 감고 있었다. 자식의 희망과는 전혀 다른 모습. 그게 아버지들의 공통점이었다.

단합대회

가을이 깊어가던 어느 날 점심시간에 이학년의 호출을 받았다.
방과 후 분식집으로 오라는 것이었다. 난 그때까지 조직에 들어갈
것인지 말 것인지를 결정하지 못하고 있었다. 계속 고민하고 있었
다는 소리는 아니다. 잊고 있었던 것이었다. 나는 오후 내내 다시
고민했다. 사람들의 고민이란 삼 년의 시간을 주었다 하더라도 마
지막 순간이 되어서야 집중적으로 하기 마련이다.

형제파의 기세와 횡포는 날이 갈수록 커져갔다. 대부분의 아이들
이 그애들을 두려워했다. 나도 마찬가지였지만 그렇다고 고분고분
하지는 않았다. 같은 반인 영춘이 패거리는 그것을 잘 알고 있었다.
저번처럼 불러다가 때린다면 고스란히 맞을 수밖에 없을 것이다.
나는 최후의 자존심과 구타 사이에서 아슬아슬하게 줄타기를 하고
있었고, 그들은 그런 나에게 무시와 경계의 눈빛을 보내곤 했다.

언젠가 생물교사가 말했다.

'사람은 외로움이 두려워 사회를 만들고 죽음이 두려워 종교를 만들었다.'

유럽의 어떤 철학자의 말이랬다. 철학자 이름은 생각나지 않았다. 그런 것은 상관없다. 문제는 옛날에도, 또 유럽 쪽 사람들도 무언가를 끊임없이 두려워했다는 사실이다.

혼자서는 그들을 어떻게 해볼 수 없으니 조직에 들어가면 한결 나아질 것이다. 하지만 조직에는 강령이나 의무 같은 것이 있어서, 언제든지 인호 같은 경우가 생길 수 있었다. 인호는 사흘을 내리 앓고 나서야 다시 학교에 갔고, 무단결석으로 두들겨맞고 온 다음에는 다시 예전으로 돌아갔다.

종례를 할 때까지 마음을 정하지 못했지만 몸은 조금씩 분식집으로 기울어지고 있었다. 몸이 저절로 가는 것. 그것도 무력감 같은 거였다.

분식집에는 저번에 봤던 아이들을 포함해 열 명 정도의 일학년들이 모여 있었다. 범이가 손을 들어 알은체를 했다. 정화는 없었다. 짜장면과 단무지 그릇이 깨끗해지자 이학년이 말했다.

"학도호국단 간부 선출이 있다. 모두 신청해서 당선이 되라. 형님 지시다."

며칠 뒤 나는 학도호국단 간부로 선출되었다. 정식으로 유피파에 들어간다는 뜻이었다. 희망자가 많지 않았기에 뽑히는 것은 어렵지 않았다. 키는 얼마 이상, 성적은 몇 등 이상, 조건만 맞으면 되었다.

거기에서 3중대 중대장 직함과 견장을 받았다. 교련교사도 중대장 출신이라고 했다.

오후가 되면 교련교사는 전교생을 데리고 학도호국단 사열교육을 했다. 내 역할은 기수를 뒤에 세우고 교장이 서 있는 사열대 앞을 지나갈 때 우로봐, 경례 따위를 큰 소리로 외치는 거였다. 그러면 아이들이 나를 따라서 오른쪽으로 고개를 돌리고 경례를 하며 악을 썼다. '국군의 방송'에서 자주 보던 모습이었다. 더위에 시달리며 날마다 네 시간 동안 직선으로만 걷고 고함을 지르다보니 어른이 되기도 전에 군인이 되어버린 듯했다.

보름 뒤에는 대학교 운동장에서 시범이 있었다. 우리 뒤로는 같은 학교 이름의 여고생들도 있었다. 나는 박정화를 볼 수 없었지만 그녀는 나를 볼 수 있을지도 몰랐다. 비슷비슷한 직함의 배 나온 남자들이 높은 자리에서 우리가 직선으로 걷고 고개를 돌리고 경례하는 것을 지켜보았다. 그런 다음 삼학년들은 플라스틱 총을 들고 총검술을 선보였고 여학생들은 사람을 눕혀놓고 붕대를 감았다. 대표로 뽑힌 몇몇은 실제 M16을 조립하는 과정을 재현해 보이기도 했다.

스무 살도 되기 전에 남자는 사람 죽이는 방법을, 여자는 죽어가는 사람 살리는 방법을 배우는 것은 대통령이 군인 출신이기 때문이었다. 그의 주변을 둘러싸고 있는 사람들도 모두 군인 출신이라고 했다.

도시 동쪽에 댐이 있고 그 아래에는 유원지가 있었다. 환영회 겸 단합대회는 그곳에서 있었다. 5기가 된 우리는 인사를 하고 선배들은 줄줄이 인사를 받았다. 1기는 네 명이 나왔다. 택시기사와 농사

짓는 이와 대학생과 휴가 나온 군인이었다. 나머지는 군대에 가 있기도 하고 더러 감옥에 가 있다고도 했다. 고등학교를 졸업한 지이 년밖에 안 되었지만 모두들 어른 같았다. 2기는 더 많았고 고3인 3기는 좀더 많았다. 삼학년 보스가 불러서 정화와 친구들도 와 있었다.

우리는 두 패로 나뉘어 공터에서 축구를 했다. 막내다운 패기를 요구받았기에 일학년들은 숨이 끊어져라 뛰어다녔다. 정화는 사람들 이름을 소리 높여 부르며 응원을 했다. 내 이름은 없었다. 담배를 피우는 이들은 자신의 느린 걸음을 흡연 탓으로 돌렸고 축구가 끝난 다음에는 '줄빠따'가 시작되었다. 1기가 2기부터 막내까지 모두 때리고 난 뒤 2기가 3기부터 또다시 줄줄이 때렸다.

우리 기수는 모두 다섯 대씩 네 번을 맞았다. 교사에게 맞을 때보다 더 의연하게 참아냈다. 감정이 실리거나 체벌의 성격도 아니었고, 때리고 맞는 게 일상화된 탓이기도 했으며 유원지를 찾아온 사람들이 구경을 하고 있어서 더욱 그랬다. 우리는 그들에게 불쾌함과 재미를 동시에 주었다.

통과의식이 끝난 다음에는 이런 경우 모두들 그러하듯 술을 마셨다. 한 말들이 막걸리를 몇 통 놓고는 1기 대학생이 일일이 불러 한사발씩 따라주었다. 그는 세련된 양복에 넥타이까지 매고 있었다. 고개 돌려 한 사발씩 들이켠 다음에 김치와 오이를 앞에 두고 길게 둘러앉았다. 택시기사가 신입생들에게 자신을 소개하라고 지시했다.

쌍절곤을 가지고 온 아이는 그것을 휘두르다가 혼이 났다. 그것은 싸울 때 쓰는 것이지 이처럼 즐거운 단합대회에까지 가지고 올 필요가 없는 물건이었다. 범이는 카세트를 틀어놓고 디스코를 추었다. 제법 잘 추어서 모두에게 박수를 받았으며 정화 친구들이 뒤엉켜 같이 추기도 했다. 합기도 발차기를 보여준 아이도 있었다. 인호 친구가 보여주었던 것과 비슷한 것들이었다.

아무리 생각해도 나는 보여줄 게 없었다. 재촉을 받고 나서야 인호에게 배운 권투자세를 몇 개 해 보였다. 그런 내 모습을 보고 선배들은 누군가의 이름을 불렀다. 학내 보스를 맡고 있는 삼학년 형이었다. 그는 선배들에게 인사를 한 다음 섀도복싱을 했다. 힘이 있고 빠른데다 몸동작도 현란했다. 나는 머쓱해졌다.

수건돌리기는 좀 창피하기는 했지만 재미는 있었다. 그러는 사이 시간이 흘렀고 정화는 주는 대로 술을 마셔서 얼굴이 붉어졌다. 신입들만 형제파 일학년들과 한판 붙기로 결정을 하고 자리는 끝났다. 그것은 해마다 이맘때가 되면 되풀이해오던 것이었다.

정화는 버스에 오르기 전 딱 한 번 내게 눈길을 주었다. 무슨 말을 하려는 것 같았으나 그녀를 태운 버스는 그대로 가버렸다.

며칠 뒤, 대통령이 죽었다고 했다.

대결

이학년 형들이 일학년들끼리의 맞짱을 합의해온 날짜는 크리스마스이브였다. 아이들은 입을 모아 외쳤다.

"하필."

예수님이 태어난 날 싸움이라니, 뭐 그런 소리는 아니었다. 우리 패거리 중에 성당이나 교회에 나가는 이는 아무도 없었다. 어머니가 새벽기도 나가는 아이가 두 명 있기는 했지만, 그렇다고 '어머니 죄송하지만 오늘 싸움 약속이 있어서 일찍 나가봐야 해요', 뭐 그렇게 허락받을 것도 아니었다. 아이들은 부처님 오신 날에도 싸움을 했고 부모의 결혼기념일이나 자신이 태어난 날에도 치고받고 맞았다.

예수님이 이 땅에 오신 이유가 세상이 나빠졌기 때문이라는 것은 우리도 알고 있었다. 나빠졌다는 것은 전쟁이나 도둑질, 강도, 사기 같은 것들이 빈번하고 싸움도 끊이지 않았다는 소리였을 것이다. 직접 탄생하신 것으로 보아 당시는 극도로 나빴을지도 모른다. 보스는 원래 마지막에 나타나는 법이니까. 이런 상황이 되기 전에 좀 더 일찍 오셨으면 좋았죠, 라고 따지는 사람도 있었을 것이다.

하지만, 예수님이 다녀가신 뒤에도 세상은 달라지지 않았다. 꼭 뉴스를 보지 않아도 전쟁이나 도둑질, 강도, 사기꾼은 넘쳐났다. 우리가 싸울 계획을 하고 있는 것만 보아도 그렇다. 지금도 이 정도이니 그때는 오죽했을까.

그러니 아이들이 난색을 보인 이유는 예수님과는 아무런 상관이 없었다. 문제는 휴일이고, 통금 없는 날이고, 들떠도 되는 날이기 때문이었다. 대부분 여학생들과 만나 놀기로 계획을 잡아놓고 있었다. 불평하지 않는 사람은 나와 쌍절곤뿐이었다. 쌍절곤은 선포하듯 말했다.

"하기 싫으면 다 나오지 마. 나 혼자서라도 간다."

"누가 싫다고 했냐, 저녁에 약속이 잡혀 있어서 그렇지."

"사내자식이 여자애들이랑 놀려고 전투를 피한다는 말이냐?"

그 말에 모든 불평이 들어갔다. 우리는 작전을 세웠다. 누가 누구와 붙을 것인가를 정하는 거였다.

크리스마스이브 오전 열시. 강변에서 우리는 형제파를 만났다. 약속된 싸움은 예정된 체벌을 기다리는 것만큼이나 괴로웠다. 나뿐만 아니라 모두들 잠을 설친 얼굴이었지만, 일단 이렇게 만나버리니 마음은 편해졌다.

세어보니 우리가 열 명, 저쪽이 열한 명이었다. 양쪽 열한 명씩 붙자고 한 게 어긋난 것은 쌍절곤이 안 나왔기 때문이었다. 우리는 먼저 몇 마디 욕부터 주고받았다. 욕은 싸움을 만드는 최상의 조건이었다. 들을 만큼 욕을 듣자 모두 열이 올랐고 계획대로 자신의 파트너를 찾아 달려들었다. 하지만 내가 쫓아간 아이는 다른 아이를 찾아 달려갔다. 생각지도 못했던 녀석이 내게 덤벼들었다. 저들도 작전을 세워왔던 것이다. 술래잡기처럼 서로 뱅글뱅글 돌게 되자 누군가 외쳤다.

"씨발, 다구리로 붙자."

싸움도 중독성이 있다는 말은 포장마차 주인 사내가 했던 말이다. 그것은 중독이라기보다는 술에 취하는 것과 비슷했다. 되돌아설 곳을 못 찾는다는 점에서 그랬다. 나는 눈앞에 보이는 대로 달려들어 때리고 맞았다. 누군가 덤벼들면 또 맞고 때렸다. 주먹질을 한동안 주고받고 나자 그것은 일종의 경험 축적 같은 거라는 생각이 들었다. 영식이를 때렸을 때보다는 상대의 움직임이 눈에 더 잘 보였다.

하지만 전체적인 풍경은 서로 뒤엉키는 것 말고는 아무것도 아니었다. 이를테면, 민성이가 앞에 있어 치고받고 하다가도 어느샌가 다른 아이와 내가 서로 엎치락뒤치락하고 있었다. 그 아이와 한동안 엉켜 있다 정신을 차리고 보면 이번엔 영춘이가 내 앞에 있었다. 영춘이에겐 감정이 남아 있었다. 달려들어 턱을 가격하자 곧바로 내 눈에서 다시 한번 오각형 별이 번쩍였다. 영춘이가 숨겨놓은 각목으로 내 머리를 후려친 것이다.

그것을 신호로 우리도 풀숲에 숨겨놓은 것을 찾아 들었다. 각목이나 파이프 같은 것. 무기를 든다는 것은 힘이 빠졌다는 증거였고 곧 싸움의 시간이 얼마 남지 않았다는 것을 뜻했다. 손에 든 것을 휘둘러 한두 대씩 때리고 또 한두 대씩 맞고 나자 모두 바닥에 널브러졌다. 다들 팔다리를 붙들고 뒹굴었고 머리와 얼굴에 상처를 입고 피를 흘렸다.

얼마 뒤 우리는 강변마을 파출소에 끌려가 엎드려뻗쳐를 하고 있었다. 그 강변은 시내 고등학교 서클들끼리 패싸움을 하는 단골 장소였다. 명당에서 근무하는 경찰들답게 그들은 오토바이 두 대로 우리를 우습게 사로잡았고 손쉽게 벌을 세웠다. 학생들이 또 싸우고 있다고 신고를 받고는 근처에서 판 끝나기를 기다린 다음 모두 뻗었을 때 두 줄로 세워 데리고 온 것이다. 좁은 파출소가 우리들 때문에 미어터졌다. 우리는 다른 고등학교 이름을 댔다.

"그 학교 애들, 지난주에 다녀갔다. 솔직하게 안 불면 죽는다."

키가 크고 눈이 동그란 순경이 겁을 주자 누군가 솔직하게 불었다.

"그러면 그렇지. 니들 학교니까 새파란 일학년 놈들이 이딴 짓을 전통이라고 따라 하고 있지."

"……"

"그래, 싸우니까 좋냐? 기분좋냐고, 이 새끼들아!"

나이든 소장이 다가와 엎드린 채 끙끙대고 있는 우리의 허벅지를 때렸다.

"정신 좀 차려라, 이 속없는 새끼들아. 가뜩이나 대통령이 시해를 당해 뒤숭숭한 시국에."

소장은 그것으로 일과를 마치고는 몽둥이를 던지고서 나가버렸다. 대통령이 죽지 않았다면 몇 대 덜 맞았을지도 몰랐다. 순경이 말을 이었다.

"한 번으로 끝내라. 니들 이름 다 적어놨으니까 한 번만 더 걸리면 진짜로 콩밥 먹게 해준다. 약속하겠다는 놈들만 일어서. 오늘은 훈방할 테니까."

우리는 앞서거니 뒤서거니 일어섰다.

"이짓 말고도 할 게 얼마나 많냐. 이놈들아."

"우리 말고도 얼마나 많은 사람들이 이렇게 사는데요."

충동적으로 대꾸를 한 사람은 나였다. 순경은 동그란 눈에 힘을 주며 한동안 나를 바라보다가 손으로 나가보라는 시늉을 했다. 인사를 하고 나오자 밖에는 성긴 눈발이 내리고 있었다.

버스를 타고 시내로 나온 우리는 짜장면을 먹었다. 이런 몰골로 나가면 여학생들이 어떻게 생각할까를 고민하며 애들은 서로 멀어졌다. 점점 커져가는 눈송이를 바라보다가 나는 시내로 가는 버스에 올라탔다. 이런 기분과 몰골로 집에 들어가기가 싫었던 것이다. 인호는 영기와 진숙이와 함께 기차를 타고 내려가버리고 없었다.

백화점 화장실에는 사람이 너무 많아 한참이나 줄을 서야 했다. 피딱지가 굳어 있는 머리를 씻어내자 핏물이 풀어지면서 하수구로 빠져나갔다. 시내는 사람들로 넘쳐났다. 술집에도, 제과점에도, 서점에도 가득했다.

대부분 행복한 모습이었고, 혼자인 사람도 목적지가 뚜렷한지 걸음이 빨랐다. 어정쩡한 사람은 나밖에 없었다. 아무런 목적지가 없다는 게 부끄러웠고 고향 친구들과 놀기로 했으니 함께 가자는 범이의 제안을 거절한 게 후회되기도 했다. 박정화를 찾자, 고 마음먹었으나 자신은 없었다. 이러면 찾아질 거라는 생각이 먼저 들어버린 것이다.

젖은 머리가 얼어갔다. 시내 광장을 거쳐 도청도 돌아보고 터미널과 본 역도 가보았다. 가는 곳마다 캐럴이 흘러나오고 웃음소리가 터져나왔다. 눈이 푹푹 쏟아지기 시작하자 사람들은 하늘을 향해 손을 벌리며 환호성을 질렀다.

나는 정말로 박정화를 만나고 싶었다. 유원지에서 버스에 오를 때 하려고 했던 말이 무엇이었을까. 재채기가 나오려고 했던 거라 해도 상관없었다. 담배를 빨고 침을 뱉던 그 입술을 한번 보는 것만으로도 충분했다. 그러면 바쁘고 길었던 일과에 마침표를 찍고 집으로 돌아갈 수 있을 것 같았다. 그러나 분식집은 문이 닫혀 있었고 그녀는 끝내 보이지 않았다. 신발이 젖어 발가락이 오그라들었다.

포장마차 의자에 앉았을 때는 극심한 피로에 지칠 대로 지쳐 있었다.

"맞는 게 지긋지긋해요."

주인 사내는 그래, 그렇지? 하는 눈빛으로 국물을 떠주었다. 눈 내리는 날이면 사람들은 두 배 정도 행복해 보이는데 그런 날 포장마차에 들어온 사람은 네 배로 행복해 보였다. 남자와 남자, 여자와 남자, 어떤 쌍도 그래 보였다. 나는 네 배로 울적해졌다. 정화가 지금 옆에 앉아 있다면 사십 배는 행복해질 것만 같았다.

생 닭발에 소주를 마시며 나는 왜 진숙이처럼 착한 여학생보다는 박정화처럼 까진 애가 좋은지 생각해보았다. 이유를 알 것 같기도 하고 모를 것 같기도 했다. 한 가지 분명한 것은 정화처럼 까진 애와는 쉽게 키스할 수 있을 것 같다는 것이다. 하지만 정화는 말했다. 내 입술은 단 한 사람만을 위해 있어, 넌 아니야. 이런 말은 진숙이가 해야 하는 거 아닌가.

맞은편 사내들이 나를 힐끗거렸다. 고등학생으로 보이는 아이가 포장마차에서 생 닭발에 소주를 마시고 있다는 것만으로 그들은 몇 가지를 떠올리는 눈치였다. 나는 그들이 신경쓰이지 않았다. 대신 옆 모서리에 앉아 있는 아이에게 자꾸만 시선이 쏠렸다. 내 또래로 보이는 그 아이 역시 깡소주를 마시고 있었는데, 주인과 잘 아는 사이 같았다.

또래란 그런 것이어서 그와 나는 서로를 경계하고 있었다. 지기 싫은 마음은 불편했지만 저절로 그만두어지는 것도 아니었다. 서로 할 말도 없고 몸의 흉터 따위를 보여줄 상황도 아니기에 각자의 술만 마셨다. 맞는 게 지긋지긋해요, 그 말을 괜히 했다고 나는 후회했다. 애들 때리는 게 지긋지긋해요, 라고 할걸.

내가 한 병 더 시킨 것은 오로지 그 아이가 두 병째 마시고 있어서였다. 주인 사내는 달라는 대로 주었다. 우리를 힐끗거리던 어른들은 얼마 지나지 않아 자신들만의 이야기를 주고받으며 취해갔다. 그 아이는 세 병째 소주를 시키고 있었다. 센 놈이군. 나는 비틀거리며 그곳을 나왔다. 더 마실 능력도 없지만 돈도 없었다.

소주를 두 병까지 마신 것은 처음이었다. 눈이 오고, 눈이 지나갔다. 사람들이 다가오고 사람들이 지나갔다. 어떻게 왔는지도 모르게 나는 교회 입구에 서 있었다. 아마도 그 안에서 비치는 밝은 불빛 때문이었을 것이다. 많은 사람들이 불빛 속에서 감격하고 행복해하고 있었다. 비틀거리며 교회 안을 들여다보고 있으려니 누군가 들어오라 청했고, 옆에 있던 다른 이는 그 사람의 옆구리를 쿡쿡 찔렀다.

이렇게 사람을 잔뜩 모이게 한 것 외에도 예수님이 하신 일이 또 있다. 아주 많은 교회를 만들게 한 것이다. 그것은 부처님도 마찬가지였다. 절도 많으니까. 그러니까 추종자들로 하여금 가장 좋은 터를 차지한 다음 높고 웅장한 건물을 만들게 한 것이 두 분의 공통점이었다. 물론 그리 하라 직접 시켰을 거라고는 생각하지 않지만 말이다.

아마 사람들이 불러왔을 것이다. 젊은 전도사가 나에게 다가왔다.

"학생인 것 같은데…… 성탄절 날, 이렇게 취해서……"

뭐 그런 소리를 그는 하고 있었다. 그를 바라보며, 최대한 몸을 반듯이 하려고 했으나 마음대로 되지 않았다. 그는 무언가를 내 손에 쥐여준 다음 등을 밀어냈다.

나는 대문에 기대어 앉아 있었다. 남쪽 역 역사 불빛 아래로 눈은 계속 내렸다. 삼각지붕에 중앙이 내려오고 처마가 올라간 탓에 그 아래는 포근하지 않았다. 분분하기만 했다. 하지만 그것 말고는 바라볼 게 마땅치 않았다. 그곳 불빛이 마치 나를 위무하는 어떤 노력으로도 여겨졌다. 교회에서는 끊임없이 노랫소리가 흘러나왔다.

오래전 오늘 예수님이 나셨단다. 나긴 했지만 오래 살지도 못하고 가셨다. 그런데 사람들은 이천 년 동안 그분이 태어난 날만 기억하고 있다. 내가 알고 있는 또하나의 기념일은 부활절이었다. 다시 살아나신 날이다.

자신들이 죽인 날은 기억하기 싫어서 저럴 것이다. 사람들은 부담스러운 것은 기억에서 지워버린다. 주인 할머니가 남편의 제삿날은 기억하면서 생일날은 아예 입에 올리지도 않는 것과 같다. 싫은 것은 잊어버리고 좋은 것만 기억하는 것이다.

대략 그런 생각을 뒤죽박죽 하면서 나는 방으로 들어가지 못하고 눈 내리는 풍경만 거듭 바라보고 있었다. 아마 토할 것 같기도 하고, 방이 너무 쓸쓸할 것 같기도 했을 것이다. 교회에서 들리는 음악소리나 화려한 불빛이 부러워서 그러기도 했을 것이다. 교회의 풍경은 마치 선택된 자들의 축제 같았다. 축제는 그 장소의 안과 밖을 가르는 울타리이기도 했다.

나는 이러지도 못하고 저러지도 못한 채 그 자리에 있었다. 취기는 피로와 더불어 몸을 휘감아왔다. 잠을 설쳤으며, 강가로 갔으며, 싸움을 했으며, 외로웠으며, 술을 마셨으며, 그리고 눈이 내렸다. 그 모든 일들이 단 하루 만에 일어났다. 그리고 통행금지가 없는 날이었고 예수님이 태어난 날이기도 했던 것이다. 이래저래 바쁜 날이었다. 바빴는데도 하나도 뿌듯하지 않았다. 정말 비극이야. 나는 욕지기에 몸을 뒤틀며 중얼거렸다. 생물교사가 말했다.

'십대는 비극이다. 공부를 잘해도 못해도 우리나라 안에서는 비

극이다. 그나마 다행인 것은 모두 그렇다는 거다.'

하긴, 열일곱 살짜리가 어떻게 세상을 잘 살아낼 수 있겠는가. 저마당 안의 일흔한 살짜리도 살기가 버거워 날마다 소주병을 차고 있는데.

그러면서 그 자리에 드러눕고 말았다. 예수님은 말 밥그릇에서도 태어났는데 고등학생이 대문 앞에 드러눕지 말라는 법은 없었다. 눈이 얼굴 위로 떨어져내렸다. 나는 얼어갔다. 정신을 잃어갔다는 말이 더 맞을 것이다. 정신이 혼미해지고 '춥다'와 '포근하다'가 함부로 겹쳐서 이것이다 저것이다 말할 수 없었다. 그렇다고 적절하게 뒤섞여 중간 형태가 되는 것도 아니었다.

겨울방학

나는 앓았다. 감기 몸살 같은 거였다.

정신이 든 것은 오전 열시쯤이었다. 점퍼도 입은 채였고 축축했다. 언제 어떻게 방에 들어왔는지는 기억에 없었다. 대문 밖에서 드러누웠던 것만 가물가물했다. 얼굴로 쏟아져내리는 함박눈이 부드러웠다는 기억만 남아 있었다.

술 냄새가 심하고 온몸이 쑤셨다. 각목에 맞은 곳이 시커멓게 멍이 들고 머리 터진 곳은 누르지 않아도 통증이 일었다. 열도 나고, 기침도 났다. 마당에는 무언가를 끌었던 흔적 같은 게 나 있었다. 발자국도 여럿 어지러웠다. 그러나 그 위로 눈이 더 내려쌓여 그것이 정확히 무언지, 방까지 누군가 나를 끌고 온 것인지 아닌지 알 수 없었다. 방에는 성경책과 찰떡 몇 개가 나뒹굴고 있었다.

벙어리 여자는 수돗가에서 쌀을 씻고 있었다.

"아줌마가 나를 끌어다놨어요?"

여자는 망아지 신음소리 같은 것을 냈다. 그렇다는 소리 같기도 하고 무슨 소리냐 되묻는 것 같기도 했다. 나는 눈 위에 나 있는 흔적을 손으로 가리켰다. 그녀는 또 소리를 냈다. 무거워서 혼났다는 소리 같기도 하고, 글쎄 일어나보니 저런 자국이 있었다고 일러바치는 것 같기도 했다.

하루 종일 나는 누워만 있었다. 누워 있다보니 이 방에 처음 들어왔던 날이 떠올랐다. 그날도 다르지 않았다. 일 년 가까이 지났건만 아직도 이 모양인 것이다. 키스만 했다면 아무래도 상관없지만 말이다.

저녁 기차를 타고 올라온 인호는 가방에서 무언가를 꺼냈다. 저보다 더 큰 배터리를 등에 업고 있는 트랜지스터 라디오였다. 검은색 전기테이프로 칭칭 감겨 있는 그것은, 얼마나 단단히 동여맸는지 백 년 뒤에도 떨어지지 않을 것 같았다.

"어디서 났어?"

"그냥 생겼어."

라디오가 있는 방과 그렇지 않은 방은 판이하게 달랐다. 찌개가 있는 밥상과 그렇지 않은 밥상의 차이와 같았다. 그날 저녁 우리 방은 느닷없이 포근해졌다.

라디오를 처음 가져본 것은 중학교 삼학년 때였다. 친척 한 명이 집에 들렀는데 그가 소형 라디오를 가지고 있었다. 부러워하는 눈빛을 하자 그는 그것을 주고 갔다. 하지만 오래가지 않았다. 사흘 뒤 라디오가 있다는 것을 알게 된 아버지는 그것을 망치로 두들겨 버렸다. 나는 그 잔해를 가지고 있다가 항구로 올라오기 전날 쓰레

기통에 버렸다.

눈은 조금씩 녹기 시작해서, 아름다웠던 풍경을 망치기 시작했
다. 지붕에서 눈이 녹아 흐르고 골목은 진창이 되었다. 버스가 지나
가면 흙탕물이 일었다. 나는 설에 내려가겠다고 전신전화국에 가서
집에 전화를 했다.

진흙탕이 마르면서 도시는 을씨년스럽게 변했다. 하늘은 맑았다
흐리기를 되풀이했고 사람들은 코트 깃과 목도리에 머리를 파묻고
걸어다녔다. 그런 모습을 보고 있으면 겨울은 가슴속까지 깊이 찾
아왔다. 멍 자국은 서서히 사라져갔다.

황토색 세상 위로 다시 눈발이 휘날렸다. 한여름 여인네들이 목
욕을 하던 수돗가에도 눈이 쌓이고, 쌓인 게 얼었고, 얼었던 게 녹
아갔다. 억지로 책을 들여다보던 나는 공터로 나가 하늘을 올려다
보았고, 역사로 나가 사람들이 기차 타고 내리는 것을 바라보았다.
겨울 내내 그랬다.

라디오에서 나오는 음악은 대개 떠나간 여인을 그리워하는 내용
이었다. 그러면 나는 박정화를 생각했다. 이제 막 시작된 사랑을 노
래한 것도 나왔다. 그러면 또 박정화를 생각했다. 심지어는, 지금까
지 고생만 시켜서 미안하다, 이제 철들겠다고 맹세한다, 한 번만 봐
달라는 중년 가요가 나와도 박정화를 생각했다.

내가 박정화를 다시 본 것은 항구에 내려갔다가 올라온 다음이었
다.

항구에서의 첫째날 아버지는 나를 꿇어앉혔다. 그리고 말했다. 왜 방을 네 마음대로 얻었느냐, 인호라는 아이와 떨어지라고 했는데 왜 아직도 같이 사느냐, 왜 자주 오지 않느냐, 왜 이번 기말고사 성적표는 오지 않는 거냐.

방값이 싸다, 새 학기가 되면 인호는 다른 방을 구해 나갈 것이다, 성적이 원하는 대로 오르지 않아 공부에 전념을 하려다가 그랬다, 성적표는 우편물 사고가 난 것 같다, 올라가면 확인하겠다…… 나는 떠듬떠듬 대답했다. 그는 잠시 나를 노려보다가 몹시도 성공한 자신의 친구와 학창 시절 그 친구의 수업태도, 집중력, 암기능력, 짧은 수면에 대해 길게 말했다. 쥐가 난 발은 점점 더 굳어갔다.

나도 물어보고 싶었다. 아버지는 왜 술담배를 하지 않는가, 왜 다른 여자를 꾀어 멀리 여행 같은 것을 가지 않는가, 왜 자신의 수업태도와 집중력과 암기능력과 잠버릇에 대해서는 말하지 않는가. 모두 알고 있는 것을 왜 혼자 알고 있는 것처럼 말하는가.

다음날 아버지는 나를 앉혀두고 바둑을 가르쳤다. 천원, 세력, 실리, 빈삼각, 붙이면 젖히고 젖히면 뻗어라 따위를 세 시간 동안 알려주었다. 다시 다리에 쥐가 났고 견디다 못한 나는 다음에 배우겠다고 말했다. 그는 바둑판을 뒤집어엎고는, 내 뺨을 때렸다. 나는 벽 속으로 빨려들어가버리고 싶었다. 그렇게 한 살을 더 먹었다.

정화는 남자의 팔짱을 낀 채 우체국 앞을 지나가고 있었다.

나는 우체국 옆 벤치에 앉아 있다가 그들을 발견했고, 그래선 안 된다고 생각하면서도 뒤따라갔다. 남자는 고3 정도 되어 보였으며 키가 크고 반듯했다. 그녀는 간간이 고개를 기울여 어깨에 기대곤 했다. 딱 한 사람만을 위해 있다는 입술의 주인공일 거라고 나는 생각했다.

두 사람은 백화점 꼭대기 층에 있는 대형 분식센터로 들어갔다. 남자는 만둣국을, 정화는 돈가스를 먹었다. 나는 물을 마셨다. 그러는 동안 정화는 남자의 외투를 매만져주었고 고깃점을 입안에 넣어주기도 했다.

밖으로 나온 그들은 두 개의 사거리를 돌아 극장에서 표를 끊었다. 극장 간판에는 '깊은 밤 깊은 곳에' '사랑과 미움, 배신과 복수의 대로망'이라 적혀 있었다.

시간이 남았는지 다시 걷기 시작했는데 이미 부산스러운 거리를 벗어나 있어서 따라가는 것이 여의치 않았다. 둘은 멀어졌다. 내가 발을 멈춰버리면 멀어지는 사람의 속도는 의외로 빨랐다. 그만두자. 나는 스스로에게 명령조로 속삭이며 발걸음을 돌렸다.

하지만 전파사 스피커에서는 떠나간 여자를 그리워하는 노래가 여전히 흘러나왔고 그것을 듣다보면 다시 정화가 보고 싶어졌다. 버스를 기다리며 노래를 듣고 있는 사람들도 모두 쓸쓸해 보였다. 정작 쓸쓸한 노래를 부르는 가수는 쓸쓸하지 않을 것이다. 그는 사람들을 쓸쓸하게 만들기 위해 곡을 만들고 가사를 붙이고 노래를 부를 것이다. 장래희망에 '행복한 사람' 대신에 '노래하는 사람'이라고 썼으면 어땠을까.

겨울 내내 나는 음악에 중독되어갔다.

개학을 앞두고 영기와 진숙이가 찾아왔다. 둘은 멸치와 문어 같은 항구의 음식을 싸왔다. 나는 배가 불룩 나오게 먹었고 내 모습을 보며 그들은 웃었다. 우리는 지난봄처럼 공원과 공원 뒷산을 걸어다녔다. 하천은 말라 있었고 포장마차는 여전히 밧줄에 묶여 있었다.

밤이 되어도 영기도 진숙이도 돌아가려고 하지 않았다. 헤어지기 싫은 것은 나도 마찬가지였다.

"니들 이렇게 자봤어?"

내가 물었다.

"같이 자는 건 처음이야."

우리는 이불을 깔고 누워 라디오를 켰다. 조금 있자 〈별이 빛나는 밤에〉가 시작되었다. 단조 바이올린 음악이 잔잔하게 울려퍼졌다. 메르시 체리. 고마워 체리, 이런 뜻이랬다.

"나 저 음악 좋더라."

영기를 사이에 두고 진숙이가 말했다.

"저 음악을 듣고 있으면 알 수 없는 어떤 곳으로 훨훨 날아가는 기분이 들어."

"날아가면 안 돼."

영기가 말하고 내가 웃었다.

"걱정 마. 너 두고 절대 어디 안 갈 거니까."

너를 두고 절대 안 간다는 말은 나는 한 번도 못 들어본 말이었다. 한 번도 못 들어본 말은 그것 말고도 많았다. 네가 좋아, 사랑해, 키스하고 싶어, 그런 것들. 둘은 누워서 서로의 손가락을 감싸쥐었다. 그것도 못 해본 것이다. 두 사람은 내 한숨소리를 듣고 키

득거렸다.

이윽고 그들의 숨소리는 가벼워졌지만 나는 잠이 쉬 들지 않았다. 사랑하는 사람이 옆에 있다면 저렇게 편안히 잠들 수 있을 것이다. 멀리서 사이렌 소리가 났고 라디오에서는 사랑을 기다리는 내용의 노래가 계속 나왔다.

이번에는 꿈이 찾아왔다.

나는 항구에 서 있었다. 거대한 파도가 항구로 다가왔다. 산보다 더 높고 거친 파도였다. 사람들은 아우성을 치며 뒤로 달려갔으나 내 발은 마음대로 움직여지지 않았다. 마음과 달리 몹시도 무겁고 느렸다. 마치 점액질의 깊은 늪 속에 두 다리가 빠져 있는 것 같았다. 파도가 덮쳤고 나는 하늘 높이 치솟아올랐다가 곧장 떨어져내렸다.

꿈에서 깨자 식은땀이 흘렀고 왼발에 쥐가 나 있었다. 그리고 옆에서 속삭이는 소리가 났다. 입맞춤하는 소리도 났다. 마주 보고 누워 있는 두 사람의 머리칼을 달빛이 내리비추고 있었다. 나는 꼼짝없이 그대로 있어야 했다. 쥐가 나서 생긴 통증이 오래갔다. 나는 세 사람이 함께 자는 게 좋은 것만은 아니라는 것을 깨달았다.

그리고 공부는 그 겨울이 마지막이었다.

2부

단맛

다시 봄이 왔다. 주인 할머니는 여전히 늙은 채였고 벙어리 여자
는 해가 바뀌어도 암말 소리를 냈지만, 우리는 그와 상관없이 이학
년이 되었다. 내가 그랬던 것처럼 도시와 도시 너머 이곳저곳에서
신입생들이 몰려들어 일학년이 되었다. 교장은 또 한번의 긴 연설
을 했고 우리는 침을 뱉고 다리를 떨었다. 독일어교사가 새로운 담
임이 되었고 쌍절곤과 범이와 나는 같은 반이 되었다. 새로운 교과
서를 받았고 키가 조금 더 컸다.

후배가 생긴다는 것은 기분좋은 일이었다. 졸병이 생기는 것이
이런 기분일 것이다. 우리는 유피파 후배가 될 만한 아이들을 물색
하기 시작했다. 형제파 애들도 마찬가지였으나 큰 충돌은 없었다.
이미 한차례의 싸움을 치른 다음이라서 그랬다. 골치 아픈 숙제를
끝내버린 기분이었고 그것은 그쪽 애들도 마찬가지였다. 기우뚱한
상태이긴 하지만 힘의 균형이 잡힌 것이다.

영춘이와는 다른 반이 되었는데 변소 뒤에서 만나면 같이 낄낄거릴 때도 있었다. 담배를 건네줘 내가 피우기도 했다. 또 한번의 싸움이 일어나기 전까지는 그렇게 지낼 것이다. 나는 학교생활이 재미있고 편안해졌다. 한동안 항구에 내려가지 않아도 되었기에 더욱 그랬다.

세번째 일요일 점심 때 진구형이 찾아왔다. 인호는 외출하고 없었다. 그가 찾아온 것은 오랜만이었다. 어떤 사건 때문에 집을 떠나 있어야 했고 겨울 동안 아주 먼 도시로 가서 공사판 일을 했다고 말했다. 험한 일을 하고 난 사람처럼 얼굴이 거칠어졌고 그래서 더 어른스러워 보였다.

그는 그 사건이 어떤 사건이었는지를 설명하고 싶어하는 눈치였다. 나는 도대체 어떤 사건이었느냐고 물었다. 그는 발설하면 안 되지만 네가 궁금해하니까 말해주겠다는 표정으로, 어떤 사람을 혼내달라는 부탁을 친구에게 받았고 그래서 그 사람을 한 달 정도 병원에 누워 있게 만들어주고는 몸을 피했던 거라고 대답하며 흥흥, 콧바람 소리를 냈다. 그가 콧바람 소리를 내는 이유는 자신의 무용담 때문이기도 하지만 벙어리 여자와 그짓을 하고 싶다는 표시이기도 했다.

지난해 진구형은 두어 번 더 내 방을 빌린 적이 있었다. 나에게 놀러 와서 주인 할머니가 술에 취해 잠이 들면 그녀를 불러냈고 내 방에서 병 깊은 암말 소리가 나게 했다. 그러면 나는 삼십 분 정도 골목을 걸어다녔다.

남들이 그짓을 하고 떠난 내 이불을 보는 것은 기분이 묘했다. 약간의 불쾌함과 질투 따위가 잠시 생겨나기도 했다. 그가 벙어리 여자와 사귀는지 아닌지는 잘 몰랐다. 사귄다고 보자면 만나는 횟수가 너무 적었고 아무 사이도 아닌 거라면 그들은 주기적으로 그짓을 하고 있었다. 아마 당사자들도 헷갈릴 것이다. 월 몇 차례 이상의 만남, 이런 정의가 없어서 그렇다. 상관없었다. 그것은 그들만의 문제였다. 중요한 것은 이불이 더러워지지 않는 거였다.

나는 인호가 언제 올지 모른다는 것과, 나 혼자 있을 때는 상관없지만 친구가 있을 때는 안 된다고 말했다. 그는 입맛을 다시며 고개를 끄덕였다. 나는 조금 미안해져서 다음 주말에는 인호가 항구에 내려간다고 덧붙였다.

그는 담배 한 대를 다 피운 다음 섹스를 해보았느냐고 물었다. 나는 못 해봤다고 대답하며 부끄러움을 느꼈다. 그게 왜 부끄러운지는 설명하기가 쉽지 않았으나 또래 사이에서는 해봤다는 게 어른이 되어가는 것의 표시로 여겨졌다. 자위는 많이 할수록 놀림감이 되었지만 섹스를 해본 아이들은 부러움의 대상이었다.

아이들은 하교 이후의 사건들을 자주 이야기하곤 했다. 술이나 담배, 뒷집 여학생의 젖가슴과 엉덩이 크기 같은 것. 이야기한 대로라면 그들은 늘 담배를 피웠고 엄청난 양의 술을 마셨으며 스스럼없이 여자애들과 놀았다.

그리고 생각보다 쉽게 그짓도 하고 있었다. 사귀고 있는 여고생, 동네 누나, 고향 여자 동창이 그 대상이었는데 잘 알지도 못하는 아주머니, 심지어 친구의 엄마와 그짓을 했다는 애도 있었다. 그 말을 믿는 아이는 없었지만 거짓말하지 마, 외치는 아이도 없었다. 듣고 재미있으면 되는 거였다. 무협지에 나오는, 허공에 계단이라도 있듯 밟고 올라가는 사람이나 장풍 하나로 거대한 절벽을 무너뜨리는 장면에 대해 아무도 진위 여부를 따지지 않는 것처럼 말이다. 어쩌면 사실일 수 있을 것이다, 하는 마음이 조금 있었다. 세상엔 생각지도 못한 경우가 왕왕 있지 않던가.

　항구의 중학교 아래 시장이 있었고 그 시장 안에 사창가가 있었다. 늦은 수업을 마치고 시장 쪽으로 걷다보면 골목 이곳저곳에 가로수처럼 서 있는 여자들이 보였다. 과감하게 그 골목 안을 다녀온 아이가 있었다. 다음날 그는 여자의 가슴과 아랫도리의 생김새, 물수건으로 우멍거지 속에 끼어 있는 것을 씻겨주는 행위 따위를 떠들었다. 듣고 있던 우리들은 침을 삼키며 흥분했다.
　중학교 삼학년이 끝나갈 때쯤 저금을 타던 날이 있었다. 삼 년간 강제로 냈던 돈을 되돌려받은 것이다. 아이들은 지폐 다발을 들고 있는 것만으로도 어쩔 줄 몰라 했다. 대개의 부모들은 자신이 삼 년간 준 돈의 총액을 기억하지 못했기에 삥땅은 어렵지 않았다. 친구의 경험을 몇 번이고 되풀이해서 들었던 아이들 중 몇몇은 그날 주먹을 불끈 쥐고 사창가에 찾아갔다.
　나는 가지 않았다.
　우선 그런 짓에 대한 엄두가 나지 않았고 주기적으로 낸 돈이라 아버지가 대략의 액수를 알고 있어서 그렇기도 했지만 무엇보다도 내게 섹스란, 사랑하는 사람이 생기면 그녀와 함께 경험해보고 싶은 것이기 때문이었다. 내가 욕구를 가지고 있던 것은 키스였다. 사랑하는 여자가 생긴다면 그것보다는 키스가 훨씬 감미롭고 달콤할 것 같았다. 침이 섞이는 게 어떤 느낌인지는 모르지만 그녀만 괜찮다면 하루 종일 입을 대고 있을 수도 있다고 생각했다. 더군다나 키스는 위험한 것도 아니지 않은가. 내가 영기를 부러워하게 된 것도 그런 거였고 정화가 원망스러운 것도 그 이유에서였다. 단지 입을 잠깐 대주면 되는 것을.

저녁에 사창가에 갈 예정인데 생각 있으면 따라오라고 진구형은 말했다. 그 말을 듣기만 했는데도, 사랑하는 사람이 생기면 하겠다던 다짐이 찜통 속에 떨어뜨린 아이스크림처럼 스르륵 녹아버렸다. 너무 쉽게 녹아버려 정신이 없을 정도였다.

여자의 그곳을 처음 본 것은 잔교에서 까르르거리다가 그만 죽어버린, 현숙이라는 소녀의 것이었다. 어떤 구멍 같은 게 있을 거라는 짐작과 달리 가느다란 선이 하나 있을 뿐이었다. 어른의 알몸을 본 것은 벙어리 여자가 처음이었다. 그녀의 거기는 털 속에 숨어 있었다. 그러자 주인 할머니까지 떠오르고 말았다. 머리 위로 떨어진 거미를 털어내듯 나는 급하게 고개를 저으며 진구형에게 그렇게 하겠다고 대답했다.

시간이 가지 않았다. 저녁 아홉시에 섹스를 하겠다는 것은 저녁 아홉시에 맞짱을 붙겠다는 것보다 더 가슴 뛰는 일이었다. 책을 읽어도, 윗몸일으키기를 해도, 권투를 해보아도 마찬가지였다. 마음을 가라앉히기 위해 나는 마당으로 나가 주인 할머니를 바라보았다.

"뭐 한다고 그렇게 사람을 빤히 쳐다봐?"

나는 사람 좋게 웃어주었다.

"똥구멍에 거머리가 붙었나, 왜 이 지랄이여!"

밤이 되자 우리는 버스를 타고 시내로 갔다. 사창가는 터미널 부근에 있었다. 터미널을 돌아 접어들자 골목을 지키는 병사들처럼 일정한 간격을 두고 여자들이 서 있었다. 항구와 다를 게 없었다. 진구형은 그중 어떤 여자와 말을 주고받았고 오래지 않아 그녀는 자그마한 방으로 우리를 데리고 들어갔다. 진구형은 나에게 받은 돈에 자신의 몫을 합쳐 여자에게 주었다. 돈을 세고, 침을 뱉어 손바닥에다 때리고 나서 그녀는 말했다.

"거기는 나랑 놀고 동생은 이 아가씨를 따라가."

커트머리를 한 여자가 나를 데리고 그다음 방으로 들어갔다. 붉은색 등이 켜져 있는 작은 방에는 찌그러진 물주전자와 중국음식점에서 쓰는 사기컵, 그리고 일 년이 통째로 들어가 있는 달력이 걸려 있었다. 여자는 별다른 특징이 없었다. 그 정도의 머리카락, 그 정도의 이마와 눈과 코와 입술을 가지고 있었다. 우리나라 어떤 마을에 갖다놓아도 아무도 이상하게 생각하지 않을 사람으로 보였다. 아마도 이름이 정숙이나 영숙이 정도 될 것 같았다.

나는 처음 왔다는 걸 들키기 싫었다. 며칠 전에도 다녀갔기 때문에 별생각 없는데 아는 사람이 함께 가달라고 해서 온 것처럼 노련하게 보이고 싶었다. 하지만 어떻게 해야 그렇게 보일 수 있는지는 모르고 있었다. 여자가 입을 열었다.

"다 벗을까, 밑에만 벗을까?"

142

대답을 머뭇거리자 그녀는 자기 옷을 모두 벗으며 말을 이었다.

"거기도 벗어."

나는 벗었다. 태어나서 처음, 알몸으로 여자 앞에 섰고 태어나서 처음, 알몸의 여자가 눈앞에 있었다. 하지만 나는 힐끔거리기만 했다. 여자는 엉거주춤 서 있는 내 모습을 보면서 피식, 웃으면서 가까이 오게 한 다음 자신의 배 위로 올라오게 했다. 시키는 대로 나는 하고 있었다.

얼굴과 젖가슴과 뱃살과 아랫도리의 결합, 그러한 것이 한꺼번에 몰려와서 무엇 하나에도 집중할 수가 없었다. 굶주린 아이에게 느닷없이 던져진 종합선물세트 같은 거였는데, 그런 경우 아이는 흥분되면서도 혼란스러울 수밖에 없었다.

여자는 신음소리를 내며 아랫도리를 돌렸다. 여자가 이렇게 빨리 흥분할 수 있다는 것도 놀라운 일이었다. 교사나 의사는 무조건 다 아는 척해야 하는 것처럼 화류의 직업도 그런 특성이 있는지 몰랐던 것이다. 옆방에서 들려오는 아홉시 뉴스 앵커 목소리 덕에 정신을 좀 차린 나는 여자의 젖무덤을 더듬었다.

나는 어머니의 젖꼭지를 빨았던 기억이 없다. 그것은 기억의 저편에 있었다. 기억이 없기에 태어나서 처음으로 입을 대본 것과 같았다. 꼭지에서 단맛이 났다. 젖이라는 게 이렇게 달콤하다는 것도 놀랄 일이었다. 이렇게 맛이 좋기에 아기들이 그렇게 탐욕스럽게 빨아댔을 것이다.

여자는 약간 인상을 쓰면서 신음소리를 냈다. 나는 자꾸 젖꼭지의 달콤한 맛을 탐했다. 이런 맛이 나는 것으로 봐서 여자는 얼마

전에 아이를 낳았을 것이다. 아이의 아버지는 누구일까. 자신의 아내가 이러고 있다는 걸 알고 있는 걸까? 만약 그렇다면 끔찍한 경우였다. 모르고 있는 것도, 알면서도 그냥 두는 것도 모두 끔찍했다. 자신의 식사를 이름 모를 남자가 빼앗아 먹었다는 것을 아이가 알게 된다면, 그것도 그랬다.

나는 긴장했다. 아이의 젖을 빼앗아 먹는다는 죄책감도, 아이의 아버지에게 미안한 감정도 있었다. 복도 저편에서 진구형이 나를 불렀다. 부르는 소리가 바를 정(正)자를 채우자 여자는 고개를 저었다. 이제 그만 가라는 신호 같았다. 나는 몸을 빼고 일어나 앉았다. 여자는 수건으로 내 아랫도리를 닦아주었다.

"아직 수술도 안 했네. 그러니까 잘 안 되지."

우리는 막걸릿집으로 들어갔다. 막걸리를 한잔 마셨는데도 여자의 젖과 단맛이 자꾸 아른거렸다.

"네가 안 나와서 한참 서 있었다."

"……"

"하기는 했냐?"

나는 변명처럼 말했다.

"여자에게 아기가 있어요."

진구형은 오이를 씹다 말고 나를 쳐다보았다.

"방에 아기가 있었다고?"

"직접 보지는 못했는데 젖꼭지를 빨아보니 단맛이 났어요."

"단맛?"

"그렇다니까요."

"무슨 젖이 달아?"

"굉장히 달콤했어요. 아기가 있으니까 그런 젖이 나왔지."

"웃기지 마. 젖은 그냥 우유 같은 거야."

진구형이 웃었다.

"그러면 젖이 왜 달죠?"

"그건 니 앞 손님이 사탕을 빨고 와서 그런 거야."

진구형은 시내에 남고 나는 마이신을 한 알 사먹고 걸어서 집에 돌아왔다. 남아 있는 입안의 단맛이 나를 괴롭혔다. 뱉자니 무언가 비밀스러운 게 없어질 것만 같았고 그냥 있자니 낯선 남자의 침이 입에 남아 있는 것만 같았다. 첫 경험인데도 감미로운 뒷맛을 갖지 못하고 있었다. 고약스러운 기분은 집에 도착해서도 사라지지 않았다.

나는 힘주어 오줌을 누고 나서 부엌에 쪼그리고 앉아 난생처음 남의 살 사이로 들어갔다 나온 것을 물로 씻었다. 그래야 병에 걸리지 않는다고 들었던 것이다. 수돗가로 나가 물을 버리는데 누가 훔쳐보는 것 같았다. 내가 벌러덩 드러눕자 인호가 물었다.

"운동 안 해?"

"오늘은 별로 할 생각이 없어."

"왜 그래?"

조금 전 사창가를 다녀왔으며 여자의 젖이 달았는데 그게 앞 손님의 사탕 때문이었다고 말하자 그는 뒹굴며 웃었다.

"그나저나 총각 딱지를 뗀 거냐, 못 뗀 거냐?"

"글쎄, 그 정도 하면 뗀 거 아니야?"

"못 썼으면 못 뗀 거지 뭐."

"그런가?"

"……"

"그런데 왜 이리 찝찝하지?"

"마이신 하나 사먹었어?"

"먹었어. 그런 문제가 아니야."

"그러면?"

"모르겠어."

나는 마음이 안정되지 않았다. 다녀왔는데도 가기 전과 같았다. 여자의 알몸을 보았는데도 보기 전과, 여자와 결합이 되었는데도 그러기 전과 같았다. 공연히 한숨이 나오고 일어나 앉았다 누웠다 를 되풀이했다. 급기야 작년에 인호 아버지가 남겨둔 소주 반병을 벽장에서 꺼내 마셨는데도 여전히 여자의 알몸과 젖꼭지와 다른 사 내의 침맛이 뒤범벅이 된 상태였다.

통행금지 사이렌이 울릴 때 나는 불에 덴 듯 인호 어깨를 쳤다.

"왜?"

"키스."

"뭐, 키스?"

"그래, 키스!"

그렇게도 해보고 싶었던 키스를 못 하고 온 것이다. 보름치의 생 활비를 몽땅 썼는데도 말이다. 나는 몹시도 억울했다.

데모

날마다 바깥이 소란스러웠다.

추위가 채 가시기 전부터 대학생들의 데모가 있었다. 그들은 스크럼을 짜고 학교 근방을 뛰어다녔다. 뒤로 흙먼지가 날렸다. 수백 명의 학생들이 어깨를 걸고 함성을 지르는 모습은 장관이었다. 도도했고 어떤 중요한 의식을 치르는 것 같았으며 무엇보다 자유로워 보였다.

최루탄 냄새가 바람을 타고 교실까지 오기도 했다. 그러면 우리는 재채기를 하면서 창문을 모두 닫아야 했다. 지난해 대통령이 죽은 다음부터 생겨난 현상이었다. 그들이 마이크를 들고 외치는 소리도 들려오곤 했는데 정치경제 과목에서나 볼 수 있는 것들이 대부분이었다. 정의, 민주, 대의 같은 것.

그 말들을 듣다보면 오래도록 좁은 방구석에서만 지내다가 비로소 풀려나 기지개를 펴는 모습이 머릿속에 떠올랐다. 그래서 그런지 흡사 내 몸에서 생겨난 변화 같기도 했다. 최초의 섹스와 대학생들의 데모가 어떤 연관성을 가지는지는 알 수 없었으나 꼭 사람 몸의 변화처럼 세상은 그렇게 움직이고 있었다.

가까이 있는 대학교만 그런 게 아니었다. 시내 저편에 있는, 비교적 공부를 잘하는 학생들이 간다는 대학교는 더욱 심했다. '학생놈의 새끼들이 공부하기 싫으니까 데모질만 하고 있다'는 어느 노인의 말대로 하자면 공부를 못하는 아이들이 간다는 대학교가 데모를 더 자주 해야 하는데 상황은 정반대였다.

봄이 완연하자 데모 열기는 갈수록 더해갔다.

되풀이되는 데모 행렬과 최루탄 냄새는 일상이 되었고 익숙해져 갔다. 데모가 없는 일요일 정도나 도시는 한산했다. 똑똑하다고 여겨지는 아이들은 고등학생들끼리의 회합과 그곳에서 있었던 의견들에 대해 알려주기도 했다. 내가 생각만 하고 있던 것을 이미 행동에 옮기고 있는 이들이 있듯이 내가 생각지도 못한 것들을 실행하는 사람들도 있었다.

나는 고등학생들이 정치나 현실의 문제로 함께 모인다는 게 놀라웠다. 교과서에는 그럴 수도 있다고 적혀 있었지만 우리가 그것을 직접 할 수 있다고는 생각하지 못했다. 우리가 배우는 인문학 과목은 모두 역사 과목을 닮아 있었다. 과거에 그래 왔고 나중에도 그럴 수 있는데 지금은 아니라는 것. '국민교육헌장'을 모두 알고 있지만 아무도 그렇게 살지 않는 것처럼 말이다.

날마다 하는 '국기에 대한 맹세'도 그랬다. 워낙 자주 하다보니 국기가 벙어리 여자의 치맛자락처럼 보이기도 했다. 맹세란 무언가에 마음이 크게 동요되었을 때 굳은 결심으로 하는 것 아닌가. 보통 아버지나 어머니를 걸기도 하고 거기에 걸어서는 별로 효과가 없겠다고 판단될 때는 목숨에 걸기도 한다. 그런 맹세를 어떻게 날마다 할 수 있겠는가. 날마다 하는 것은 밥이나 똥오줌, 욕, 매질 같은 거였다.

우리는 교실에서 한마디씩 하기 시작했다. 학교 규율에 대한 불만이 시작된 것이었다. 아이들은 오래전에 이유 없이 얻어맞은 것까지 모두 떠올렸다. 몇몇 아이들에 의해 수업 거부를 하고 뛰쳐나가 데모 행렬에 동참하자는 소리가 나왔고 거사일이 조만간 정해질 거라는 소문도 빠르게 교실과 교실로 돌았다. 그런 소문은 사람을 들뜨게 했다. 우리는 수업이나 축구, 다리 떠는 것과 졸음에 집중할수가 없었다.

학교에서 학도호국단 간부와 학생 임원들을 소집했다. 회의실에 몇십 명의 아이들이 모였다. 교단 쪽에는 학생과교사들이 있었다. 그들은 한 시간 동안 각 반으로 돌아가 학생들의 요구사항을 받아오라고 말했다. 우리는 그렇게 했다.

―주초고사를 폐지해달라. 다른 시험으로도 죽을 맛인데 어떻게 월요일마다 매번 시험을 친다는 말인가.

―두발자유화를 실행해달라. 머리가 길다고 바리깡으로 고속도로를 내지 말아달라.

—복장불량으로 걸리더라도 주의를 주는 것으로 만족해달라. 다른 것으로도 맞는 매가 넘쳐난다.

　—비비화를 신게 해달라. 모든 학생이 검정 운동화만 신어야 하는 이유가 무엇인가.

　—학생들에게 욕을 하지 말아달라. 우리라고 욕을 할 줄 몰라 안 하는 게 아니다.

　—영화를 자유롭게 볼 수 있도록 해달라. 단체관람 영화는 너무 후지다.

　우리가 모아온 의견은 주로 이런 것들이었다. 한 명이 그것을 정리해 큰 소리로 낭독했다. 교사들은 쑥덕거리고는 곧바로 답을 했다.

　'바리깡질 안 하겠다, 주의만 주겠다. 주초고사는 교무회의를 거쳐 폐지 쪽으로 가닥을 잡겠다. 욕을 하고 싶어서 하는 게 아니다, 교사도 사람이라 실수를 한 것이다, 앞으로 주의할 테니 이해해달라. 신발과 영화는 학교 차원에서 말해줄 수 있는 게 아니다. 아무튼 참고하겠으며 앞으로 단체관람 영화라도 횟수를 늘리는 쪽으로 하겠다.'

　우리는 기분이 좋아지기 시작했다.

　분위기가 그렇게 흐르자 적극적인 학생 몇 명은 교대로 서서 발언을 더 했다.

─민주주의를 꽃피울 수 있는 환경을 만들어달라.

　─독재정치에 대해 비판하고 토론할 수 있는 시간과 장소를 마련해달라.

　─다른 학교 학생들과 연대할 경우 수업을 빼달라.

이런 의견에 대해서 교사들은 당혹스러워했다. 어떻게 해야 좋을지 모르는 것 같았다. 최대한 심사숙고하여 학교 측의 답을 주겠다, 가 그들이 내놓은 답이었다.

　─학교 뒤를 둘러싼 철조망을 걷어달라. 개구멍으로 드나드는 게 기분이 안 좋다. 우리가 마치 감옥에 있는 것 같다.

　─어차피 담배를 피운다. 차라리 끽연실을 만들어달라.

　─여학생과 단체 미팅을 할 수 있도록 해달라.

이런 의견에 대해서는 교사들은 정치적 문제보다 더 난감해했다. 한 아이는 이런 말도 했다.

　─학생과장의 폭력과 비교육적 발언이 심각하다. 학생과장 선생님을 파면시켜달라, 최소한 과장직에서 물러나게 해달라.

우리는 박수를 쳤다. 박수가 끝난 다음에는 한동안 적막이 흘렀다. 죠스가 앞으로 나섰다.

"이 의견은 학생과장님께 개인적인 감정이 있는 일부 학생들의 의견으로 보인다."

우리들은 일제히 외쳤다.

"우리 반에서도 나온 의견입니다."

"정말이에요. 우리 반에서도 가장 많이 나온 의견이에요."

너나없이 그렇게 나오자 헬박사의 얼굴은 하얗게 변해갔고 무안해진 죠스도 얼굴이 굳어졌다.

"그렇지만, 여러분들의 요구는 학교 발전과 수업 분위기 개선에 관한 것으로 제한을 두는 선에서 마무리지어야 한다."

"저희들 의견이 바로 그겁니다. 학교 발전과 수업 분위기를 위해 학생과장 선생님의 폭력과 폭언을 없애달라는 겁니다. 별것도 아닌 일로 날마다 얻어터지니 공부가 되겠습니까?"

"······"

"학생과장 선생님 별명이 헬박사인 이유가 단지 외모 때문만은 아니라는 것을 알고 계시나요?"

또다시 침묵이 흘렀다. 헬박사 얼굴은 아예 종잇장처럼 변해 있었다. 그토록 무섭고 강했던 사람이 저렇게 변할 수 있다는 거에 나는 좀 의아했다. 그러고 있자니 우리가 마치 누군가를 징벌하기 위해 모인 배심원 같았다. 잘하면 모든 것을 바꿀 수도 있을 것 같았다. 커다란 쇳덩이를 갈아서 바늘을 만드는 그런 노력으로 학업에 힘써야 한다는 연설이 유일한 일거리인 교장도 없애거나 갈아치울 수 있을 것만 같았다. 그때 생물교사가 나섰다. 무슨 이유에선지 그는 회의 도중에 들어와 맨 끝에 서 있었다.

"아무리 그래도 어떻게 학생들이 교사의 파면을 요구한단 말이냐."

그는 언성을 높였고 우리는 묵묵히 듣기만 했다. 그는 생물교사
였다.

"이런 경우 교사들의 인간적인 실수를 지적하고 그러지 말아달라
는 요구 정도에서 끝나야 한다. 그것은 학생이 실수를 저질러도 가
급적 제적시키지 않으려는 것과 같다."

그는 목소리를 높였다. 왜 그러는지는 알 수 없었다. 내가 보기에
그도 학생과장을 싫어했다.

"너희들에게 실망감이 든다. 여러분들은 한계선을 넘은 것이다.
학생과장 자리란 어쩔 수 없이 체벌을 가할 수밖에 없는 자리다. 수
영선수에게 물 튀긴다고 야단치는 것과 같다."

우리는 설득당했다. 사실, 헬박사에게 겁을 주었다는 것만으로도
만족스러웠다. 헬박사는 이십 년 정도 급격하게 늙어버린 얼굴로
사과하며 재발 방지를 약속했다. 목소리가 떨리고 있었다. 한 아이
가 말을 이었다.

"끽연실과 미팅에 대해서도 답을 해주십시오."

생물교사가 대답했다.

"그런 것은 숨어서 하는 맛이 있어야 돼. 그리고 꼭 물 많이 마시
고."

아이들이 웃었다. 그의 체벌방법 때문이었다. 대부분의 교사들은
담배를 피우다가 걸린 학생들을 그 자리에서 때리거나 아니면 학생
과 대기 명령을 내렸다. 하지만 그는 달랐다. 물주전자를 가지고 오
게 해서 연거푸 여덟 컵을 마시게 했다. 니코틴을 배출하는 가장 좋

은 방법이 물이라는 게 그의 지론이었다. 다른 교사에게 걸린 아이들은 피멍이 들었고 생물교사에게 걸린 아이들은 아랫배가 볼록 튀어나왔다.

학생과장은 끝내 조퇴를 했다. 다른 교사가 와서 화학시간에 자습을 하라고 일렀다. 한 아이가 말했다.

"혹시 자살하러 간 거 아냐?"

헬박사를 굴복시킨 일은 커다란 사건이었다. 그의 창백한 얼굴과 떠듬거리던 말투는 화제가 되었다. 그에게는 우리가 알지 못하는 어떤 대비책이 있을 거라고 생각했던 것이다. 파면이나 교체를 요구했을 때 그는 싸늘하게 비웃고 나서 비장의 방법으로 우리를 공포에 떨게 했어야 했다. 우리는 그렇게 버릇이 들었던 것이다.

공포의 대상이 늙고 초라한 사람으로 변모했다는 건, 무엇이든 끝이 있다는 걸 보여주었다. 이를테면 임계점 같은 거였다. 남역 패거리와도 그랬다. 처음에 그들은 어떻게 해볼 수 없는, 크고 낯선 집단이었으나 어느새 익숙해져 있었다. 이것을 극복이라고 할 수 있는지는 모르겠지만 더이상 긴장의 대상은 아니었다.

아버지와도 그랬다.

얻어맞을 각오를 했지만, 처음으로 내 주장을 드러낸 게 이 도시의 고등학교로 가겠다고 말한 거였다. 아버지는 가족을 보이는 곳에 두고 싶어했기에 나를 항구의 고등학교로 보낼 생각이었다. 그것이 그의 통제방법이었다.

앞에만 서면 입이 얼어붙곤 했기 때문에 아버지에게 그 말을 하기는 쉽지 않았다. 그러나 시작이 어렵지 한번 시작하자 누가 쫓아오기라도 하듯 말이 연이어 나왔다. 공부를 열심히 하겠다, 공부만 열심히 하겠다, 공부 외에는 아무것도 하지 않겠다, 뭐 그런 식이었다. 어떻게 해서라도 멀리 가야 했기에 뒤가 어떻게 되든 상관없었다. 항구의 고등학교에 관련해서 들려오는 몇몇 미덥지 못한 소문과 이 도시가 이른바 교육의 도시로 이름나 있다는 점이 도움이 되었다. 그는 마지못해 허락을 했고 나는 보는 눈만 없다면 백 미터쯤 허공에 떠오를 수도 있었다.

다음날, 그 다음날도 데모는 계속되었다. 거리는 함성으로 넘쳐났다. 이런 풍경도 항구와 다른 것 중의 하나였다.

편지

국어교사는 시인이 되려다 실패한 사람이라는 소문이 있었다. 그는 키가 작고 통통했으며 아이들을 그다지 때리지 않는 편이었다. 실패한 시인이라는 말은 어딘가 어색했다. 그 말은 사법고시에 실패했거나 금메달을 따는 데 실패한 운동선수처럼 들렸다. 시인에게는 실패라는 단어보다는 좌절 같은 단어가 더 어울렸다. 좌절한 시인, 이라고 말했다면 분위기가 괜찮았을 것이다.

실패한 시인이 있다면 성공한 시인도 있을 것이다. 교과서에서 수록된 작품을 쓴 사람들이 성공한 시인일 것이다. 실패한 시인이 성공한 시인의 시를 가지고 수업을 한다면 자존심이 상할 것 같은데 그는 시수업을 즐거워하는 눈치였다. 그가 수업 말미에 지휘봉으로 교탁을 치며 우리들 시선을 한데 모이게 했다.

"한마디로 시란 무엇이냐."

그런 답이 있다면 처음부터 가르쳐줄 것이지 그는 한 시간 내내

은유법이나 도치법, 공감각적 묘사 따위를 설명하고 나서야 이렇게 말했다.

"한적한 시골 마을에 가보면……"

"……"

"햇살 바른 담벼락에 혼자 노는 아이가 있다. 친구도 없고 어른들마저도 일 나가서 아무도 없다. 장난감도 없고 심지어는 강아지 새끼 한 마리 없다."

몇몇 아이들은 고개를 끄덕였다. 그애들은 그런 시골 마을 출신이었다.

"그 아이가 어떻게 노는지 가만히 살펴보면."

그는 학생들을 한번 둘러본 다음 말을 이었다.

"자기 몸의 상처를 가지고 논다. 손등이나 발뒤꿈치 같은 곳의 딱지를 뜯으면서 논다. 피가 나고 잘못하면 재감염이 될 수도 있는데도 아랑곳하지 않고 집중해서 그짓을 한다."

"……"

"시인이 시를 쓰는 행위가 바로 그거다."

그럴 것 같기는 한데 이해하기는 쉽지 않았다. 우리가 알고 있는 바로는, 시는 깨끗하고 순수한 것이었다. 저번 수업에도 국어교사는 시란 '사무사(思無邪)'라고 말했다. 공자가 한 말이랬다.

그렇다면 그는 상처가 부족했기 때문에 실패했다는 소리가 된다. 상처가 많았다면 성공했을지도 모르겠지만 그 말대로만 한다면 생물교사가 더 시인에 어울릴 것 같았다. 그는 이렇게 마무리를 지었다.

"시를 써보기 바란다. 시를 쓰는 순간에는 삿된 마음이나 남을 해치고 싶은 마음이 안 생긴다. 마음의 상처도 치료된다. 그리고 무엇보다도 여자를 꾀어내는데 아주 효과적이다. 물론 잘 써야 되지만."

국어교사의 마지막 말이 내 마음을 사로잡았다. 여자를 꾀어내는데 아주 효과적이란다. 그건 한 번도 생각해보지 못한 방법이었다. 꽃을 갖다 바치거나 창 아래 서서 아리아를 부르는 것보다 더 근사해 보였다. 돈이 들지 않는다는 점에서 더욱 그랬다.

잠깐 동안 생각해보아도 내가 썼던 시는 초등학교 때 의무적으로 쓴 것이 전부였다. 이를테면, 뻐꾸기 뻐꾹뻐꾹 개구리 개굴개굴, 동생은 개구쟁이 구름은 요술쟁이, 괴뢰도당 무찔러서 자유대한 지켜내자, 같은 거였다.

저녁 운동을 마친 나는 엎드려서 시를 쓰기 시작했다. 완성된 시를 보낼 곳은 박정화였기 때문에 편지 형식의 시가 내 의도였다. 맨 처음 쓴 시는 이렇게 시작했다.

'밤하늘 외로운 기러기가 짝을 찾습니다. 바다 너머로 함께 날아갈 사람을 찾습니다.'

써놓고 보니 『선데이 서울』 같은 데서 펜팔을 구하는 어른들 말 같았다. 밤늦은 시간 라디오에서 나오는 사연 같기도 했다. 아마, 보거나 들은 게 무심코 떠올랐을 것인데 다시 읽어보니 유치했다. 이 정도 가지고 박정화가 감동할 것 같지 않았다.

'동그라미 그리려다 무심코 당신 얼굴을 그렸습니다.'

이것은 나도 모르게 노래가사를 흉내내고 만 것이어서 그만두었다.

'자작나무숲에서 당신 노래를 들었습니다. 당신의 노래는 하늘에

서 내려와 바다까지 퍼졌습니다.'

이 대목을 쓰고 있을 때 인호가 씻고 들어왔다. 그가 물었다.

"뭘 써?"

"시."

"시?"

"응."

"왜?"

나는 머뭇거리다가 대답했다.

"국어 숙제야."

넘겨다본 인호가 다시 물었다.

"근데 자작나무가 무슨 나무지?"

나는 대답을 하지 못했다. 자작나무라는 말은 들어봤는데 그게 어떤 나무인지는 몰랐다. 나는 잠시 생각하다가 볼펜으로 긋고는 물푸레나무라고 바꿔 썼다. 물푸레나무는 또 뭔데? 그가 다시 물어왔을 때 나는 아예 노트를 덮어버렸다.

물론 알고 있는 나무는 많았다. 소나무나 동백나무, 대나무 같은 것. 모두 항구에 많은 것들이다. 학교 운동장에도 큰 플라타너스는 많았다. 하지만 그런 나무를 쓰면 시가 될 것 같지 않았다.

언젠가 서점에서 펼쳐본 책 중에 『편지투백과』라는 게 있었다. 아주 많은 종류의 연애편지가 그 속에 있었다. 그 책을 읽다보면 내가 아주 많은 사랑을 하고 있는 것 같은 착각이 들기도 하고 연애편지를 잘 쓰려면 타고난 재주가 있어야 된다는 생각이 들기도 했다. 한권 사고 싶었으나 책값이 너무 비쌌다. 인호가 눕자 나는 다시 쓰기 시작했다.

'우리의 마음이 진실된다는 것을 나는 알아.
너를 봤을 때부터 가슴이 떨리더라.
너도 떨렸으면 좋겠다.'

'우리의 만남이 천 년 동안 흘러갈 것으로 믿습니다.'

그러고 보니 존댓말과 반말 중에 어떤 것으로 써야 할지 정하는
것도 쉽지 않았다. 시작이 특히 어려웠다. 한번 말문이 트이면 생각
지도 못한 것까지 술술 나오지만 시작은 어색하기 짝이 없다는 점
에서 싸우고 나서 화해할 때와 비슷했다.
나는 다섯 마디의 말을 먼저 건넸다고 생각하고 여섯번째 말을
하기로 했다.

'그렇기 때문에 저는 당신이 좋습니다.
그렇기 때문에 저는 당신을 밤마다 생각합니다.
그렇기 때문에 새벽이 오는 것도 모르고 있습니다.'

거기까지 썼다가 충동적으로 그다음 말을 적어넣었다.

'제가 그동안 했던 말을 기억하시지요?'
이게 그럴싸했다. 그런데 너무 짧았다. 이것만 가지고는 말을 하

다 만 것 같았다. 마치, 영화 끝 부분만 보여주는 것 같았다. 시라는 게 참으로 쓰기 어려운 거였다. 나는 벽에 닿을 때까지 좌우로 뒹굴다가 거의 사용하지 않는 커다란 일기장에 손을 뻗었다. 거기에는 몇 페이지에 하나씩 시가 적혀 있었다. 앞부분은 주로 김소월, 한용운, 예이츠, 워즈워스 같은 유명한 사람의 시가 있었다. 나는 뒤쪽에서 페이지를 넘기다가 처음 들어본 시인의 시를 발견했고 그것을 베껴서 시 한 편을 만들어냈다.

'나는 이제 가려고 합니다.
이 젊은 나이를 울면서 보낼 수 있겠어요.
아득한 항구를 그렇게 쉽게 버릴 수 있겠어요, 어디?
안개같이 물 어린 눈에도 비추느니,
골짜기마다 발에 익은 멧부리 모양,
그대 주름이 지는 그날까지 사랑하는 사람,
버리고 가는 이도 못 잊는 마음이니 쫓겨가는 마음인들 뭐가 다를까요.
돌아다보는 구름에는 바람이 희살짓죠.
앞 대일 언덕인들 미련이나 있을까요.
그러니 나는 가겠습니다.
나의 이 젊은 나이를 눈물로야 보낼 수 있겠어요.'

쉽지 않는 작업이었다. '그대 주름이 지는 그날까지 사랑하는 사람' 부분은 아주 좋아서 몇 번이고 소리내어 읽어보기도 했다. 박정화 얼굴에 주름이 지는 장면도 상상해보았다. 우스꽝스러운 얼굴만 떠올랐다. 그것은 주인 할머니의 처녀 시절이 도무지 상상이 안 되는 것과 비슷했다.

'버리고 가는 이도' 부분은 마음에 걸렸다. 헤어지자는 소리 같아서였다. 하지만 시 자체가 주인공이 어디로 가겠다고 떠드는 것이어서 이 부분을 빼면 말이 안 될 것 같았다. '희살짓는다'라는 단어도 걸렸다. 무슨 뜻인지 짐작이 되지 않았기 때문이었다. 웃는다는 말인 모양인데 그렇다고 헤헤 웃는다, 헤벌쭉거린다, 이렇게 하면 진짜로 우스워져버리고 말았다.

하나 더 베껴볼까 싶었지만 다른 시들은 그녀가 알고 있을 것 같았고 그리고 이런 짓을 한번 더 한다는 것도 아주 피곤한 일이었다. 마치고 나니 실패한 시인에게도 존경심이 생겼다.

다음날 저녁 나는 분식집으로 갔다. 정화가 있었다. 있기는 한데, 우르르 모인 친구들 속에 있었다. 그들은 바깥 탁자에 앉아 담배를 피우며 뭐라고 시끄럽게 떠들고 있었다. 나는 그녀가 나를 볼 수 있도록 창가 자리에 앉았다. 떠들어대는 말도 들렸다. 그들은 하나같이 동물과 신체의 어떤 부위가 등장하는 욕을 하고 있었다. 여자가 욕을 하면 훨씬 더 분명하고 자극적이었다. 그러던 중 여학생 하나가 자신의 치마를 들춰 허벅지를 내려다보다가 멀리 침을 뱉었다. 허벅지에는 시퍼런 상처가 금처럼 그어져 있었다. 나는 여학생도 저렇게 맞는다는 것에 조금 놀랐다.

이런 깡패 같은 분위기와 시는 정말 안 어울리는 것이어서 나는 훔친 답안지를 가지고 있는 것처럼 불안하고 어색해졌다. 정화는 친구들과 말을 주고받느라 나를 발견하지 못했다. 주문을 하자마자 아줌마는 곧바로 짜장면 그릇을 가져와서 나를 좀 실망시켰다. 천천히 먹기 시작했는데 그러자니 감질이 나서 몸이 뒤틀렸다. 맛있는 것을 천천히 먹는 것은 맛없는 것을 빨리 먹는 것보다 더 힘든 일이었다. 단무지를 세 접시나 먹어가면서 그릇을 비웠건만 정화는 그대로였다.

내가 할 수 있는 건 이제 막 들어온 것처럼 그녀들이 있는 곳으로 가는 거였다. 정화가 나를 보자 나도 그녀를 우연히 발견한 것처럼 살짝 놀라는 표정을 지었다. 여학생들 눈이 모두 내게로 모아졌다. 몇몇은 작년 단합대회에서 본 사람들이었다.

"누구야?"

키가 큰 여학생이 물었다. 그녀도 삼학년이었다.

"그때 그 오빠 후배."

정화가 대답했다. 여학생들은 다시 떠들기 시작했고 우리는 말을 나눴다.

"밥 먹으러 왔어?"

"응, 근데 무슨 일이야?"

"꼰대년 하나가 친구를 잡아 조졌어."

"무슨 일로."

"별거 아냐. 우리 학교에 미친년 하나가 있거든. 날마다 우리한테 아주 지랄발광을 해. 그러면서도 남자 꼰대한테는 얼마나 여시 짓을 하는지 몰라. 아, 씨발년."

키 큰 여학생이 말했다.

"졸업식 날 시원하게 봐버리자."

"어떻게 해버릴까?"

"소주병을 씹어 뱉어준 다음에 한번 스윽 긁어버리든지, 아니면 잡아다가 머리터럭을 다 잘라버리든지."

"털이란 털은 모두 뽑아버리자!"

그녀들은 그래놓고 깔깔거렸다.

"얘 봐. 얼굴 빨개졌다."

키 큰 여학생이 나를 가리키며 놀렸다. 아마도 나는 그런 놀림을 받을 만큼 얼굴이 붉어졌을 것이다. 정화는 나에게 담배를 내밀고 불을 붙여주며 싱긋 웃었다. 키스하려고 했을 때 주먹질하던 때나 낯선 남학생과 다정히 걸어가던 모습을 떠올리면 도무지 같은 사람으로 보이지 않았다.

나는 그녀와 하고 싶은 게 많았다. 하지만 같이 할 수 있는 건 담배를 피우는 것뿐이었다. 나는 그때까지 담배를 제대로 배우지 않았다. 친구들과 어울릴 때 누가 주면 그저 피울 뿐이었다. 맛도 몰랐다. 하지만 그녀와, 이것이라도 할 수 있어서 다행이었다.

욕을 할 만큼 했는지 여학생 하나가 다리를 떨면서 노래를 부르기 시작했다.

이, 이, 이순신. 거북선 만들어서 이 몸은 골초 됐네.

이, 이, 이순신. 거북선 만들어서 이 몸은 골초 됐네.

하루에 한 갑 반씩 우하하하.

줄담배를 빠네 우헤헤헤.

다들 따라 불렀다. '칭기즈칸'이라는 외국 그룹의 노래 멜로디였
다. 바닥은 꽁초와 그녀들이 뱉어놓은 침으로 어지러웠다.
　"작작 좀 피워라 이것들아."
　주인 아줌마가 고개를 내밀고 고함을 쳤다. 그들은 노래 끝 부분
처럼 우헤헤헤, 웃었다. 정화는 도통 나가려고 하지를 않았다. 같이
밖으로 나가자는 말을 꺼내기도 어려웠고 계속 그 상태로 앉아 있
는 것도 어색했다. 이러지도 못하고 저러지도 못한 채 마음만 안절
부절못했다. 차라리 시를 가지고 오지 않았다면 편했을 것이다.
　입이 불편했던 나는 지난겨울 길에서 너를 보았다고 말했다. 언
제, 어디서. 정화는 조르듯 물어왔다.
　"어떤 남자랑 영화 보러 가던데."
　"아……."
　"누군지 물어봐도 돼?"
　"알 거 없어."
　그녀는 다시 노래를 따라 부르기 시작했다. 나는 결국 시를 주지
도 못하고 돌아왔다. 대신 노래만 하나 배워 온 셈이었다. 집으로
오는 길에 거북선 만든 이순신 노래를 불렀다.

그들이 오다 1

　대학생들이 집회를 하던 운동장은 축구시합을 동시에 세 경기나
진행할 수 있을 만큼 매우 컸다. 보통 때는 드나드는 대학생들과
남녀 고등학생들, 달리기를 하는 운동부들, 공을 차는 택시기사들,
어슬렁거리는 노인들, 그림을 그리는 이들, 기타를 치는 청년들, 그
리고 네이트를 하는 연인들로 북적거리던 곳이었다. 마치 공원 같
았다.
　그 운동장의 풍경이 바뀌어 있었다. 있어야 할 사람들은 하나도
보이지 않았고 대신 색다른 것이 가득 차 있었다. 국방색 막사가 반
듯하게 줄지어 있던 것이다. 지붕 꼭대기는 무언가를 찌를 듯이 뽀
족하고 햇살에 반짝이는 밧줄은 팽팽했다.
　텐트는, 우리들이 가장 갖고 싶은 '집'이었다. 반 아이들 중에는
텐트를 가지고 있는 애들이 있어 주말이면 인근 계곡이나 강으로
놀러 가곤 했다. 그애들은 월요일 아침이 되면 지난밤의 음주와 노

래와 낯선 여학생들과의 조우에 관해 떠들곤 했다. 나는 그애들이
부러웠다. 텐트란 언제든 이동을 하고 어디서든 잘 수 있는 집이 아
닌가.

그애들이 가지고 있는 것에 비하면 운동장에 줄지어 늘어선 저
막사는 훨씬 크고 튼튼하고 프로의 것처럼 보였다. 어떤 것이든 지
나치게 질서정연한 모습은 무겁고 긴장된 분위기를 만들어내는데
그것도 그랬다. 공짜로 하나 줄 테니 가져가라 해도 선뜻 받아가지
못할 것만 같았다.

한동안 서서 국방색 막사를 바라보고 있으니 마치 내가 낯선 세
계로 들어와버린 것만 같았다. 하지만 아무리 보아도 저만치 숲 사
이의 흰 건물과 그 뒤의 대학 건물들은 그대로였다. 내가 낯선 곳으
로 들어간 게 아니라 낯선 게 나한테로 와버린 거였다.

지각한 아이들은 늘 있었다. 보통의 경우, 지각생은 얻어맞거나
화단이나 화장실 청소를 했다. 몇몇 아이들은 아예 조회가 끝난 다
음에 교실로 들어왔다. 그러면 담임의 기억력에 의해 운명이 갈렸
다. 종례시간에 담임이 지각생을 기억해내면 얻어맞았지만 깜박 넘
어갈 때도 있었다. 확률은 반반이었다. 나도 그랬다.

이교시 도중에 한 아이가 들어왔다. 영어교사는 기가 찼는지 헛
웃음을 쳤다. 넌 죽었다, 우리들은 그렇게 생각했다. 이 정도면 죽
어나야 정상이었다.

"이 시간에 들어와? 아주 제멋대로구만."

그런데 누가 봐도 그 아이는 금방이라도 쓰러질 듯 두 다리가 흔

들리고 있었다. 이미 죽어난 뒤의 모습이었다.

"어디 아프니?"

영어교사가 재차 물었다.

"아니요."

그는 기어들어가는 목소리로 간신히 대답했다. 교사는 한동안 노려보다가 가서 앉으라는 신호를 턱으로 보냈다. 그는 자리에 앉자마자 곧바로 머리를 숙여 팔에 묻어버렸다. 동작이 분명하고 확실했다. 우리는 그 아이의 아버지나 어머니가 교통사고 아니면 강도를 당했을 거라고 생각했다. 죽지는 않았을 것이다. 죽으면 사흘간 학교를 안 와도 되니까. 그게 아니라면 아버지 사업이 망했거나 어머니가 엄청난 액수의 곗돈을 떼였을 수도 있었다. 그애는 쉬는 시간에도 그러고 있었다. 물어봐도 대답이 없었다.

삼교시는 담임 담당인 독일어 시간이었다. 마이네 무터 이스트, 어쩌고저쩌고하고 있는데 이번에는 도중에 범이가 들어왔다. 머리카락이 젖어 있었고 가방도 갖고 있지 않았다. 담임이 범이를 불러 세웠다.

"너, 지금 학교에 온 거냐?"

범이는 크게 숨을 내뱉으며 그렇다고 대답했다.

"이 새끼가, 가방도 안 가져오고. 뭐 하는 짓이야?"

그때 범이 머리에서 피가 이마를 타고 내려왔다. 범이는 손을 들어 그것을 닦았다. 이마와 손바닥에 붉은 무늬가 만들어졌다.

"이 피는 또 뭐야. 누구랑 싸웠냐?"

아마도 그는 수돗가에서 피를 씻고 들어왔을 것이다. 나는 의리

가 발동하여 형제파 아이들을 떠올렸다. 하지만 최근의 분위기로
봐서는 싸움이 일어날 것 같지 않았다. 그렇다면 다른 학교 아이들
에게 당했다는 소리였다.

"아니요."

"그럼 뭐야?"

"군인에게 맞았어요."

"군인?"

"네."

"군인이 왜?"

"모르겠어요."

"맞았다면서 왜 맞았는지를 몰라?"

"네."

범이의 말을 요약하면 이랬다.

그는 아침에 집을 나섰다. 학교에서 멀리 떨어진 곳에서 고향 선
배와 함께 자취를 하고 있었다. 오 분 정도 걸으면 도시 저편에 있
는 대학교 입구가 나왔고 거기에서 버스를 탈 예정이었다. 대학교
입구가 소란스러웠으나 거기는 데모와 집회로 늘 그런 곳이었다.

그가 골목을 나왔을 때 몇몇 사람이 달음박질로 그를 지나쳤다.
뒤이어 군인들이 뛰어왔다. 그는 뛰고 뒤쫓는 행렬을 피해 서점 입
구로 물러섰다. 그때 군인 중 한 명이 범이에게 달려들어 느닷없이
곤봉으로 때렸다는 것이었다. 그는 여러 대 맞고 나서 머리통을 감
싼 채 끌려갔고, 대학교 정문 옆 한쪽 자리에 꿇어앉아 있어야 했다.

범이가 모자를 벗어 짧은 머리카락을 보여주었다. 전 고등학생이
라니까요, 머리랑 교복 보세요. 군인은 머리카락과 교복을 보고 나
서 다시 때렸다. 거기에는 범이처럼 잡혀온 사람들이 여럿 있었다.
고개를 처박은 채 조금이라도 움직이면 발길질을 당했고 가만히 있
어도 주기적으로 맞았다. 그는 한동안 잡혀 있다가 군인들이 한 무
리의 학생들을 뒤쫓아갈 때 튀었다. 죽기 살기로 뛰었다.

교사는 말없이 범이를 노려보았다. 변명의 진위를 살피고 있는
거였다. 담임이 듣기에 그 말은 터무니없고 허무맹랑했다. 우리도
그렇게 생각했다. 차에 치였다거나 맨홀에 빠져 하수도관에 부딪혔
다거나, 이렇게 그럴싸한 핑계가 많은데 말이다. 그러니까 가만히
길을 걷고 있는데 갑자기 군인이 달려들어 때리고 잡아놓았다는 것
아닌가. 그것은 가만히 걷고 있는데 갑자기 천사가 나타나서 소원
세 가지를 들어주마! 단 시험에 일등 시켜달라는 것은 안 돼, 그것
은 나도 못 해봤어, 하는 확률과 같은 거였다.
그렇다고 담임은 거짓말이라는 확신도 서지 않는 눈치였다. 거짓
의 느낌이 없었고 무엇보다도 머리에서는 피가 계속 흘러내리고 있
었다.
"거짓말 아니지?"
"아니에요."
"근데, 어떻게 그런 일이 있을 수 있냐?"
그때 한 시간 전에 왔던 애가 소리쳤다.
"사실이에요."

170

"……"

"나도 봤어요. 범이가 한 말이 진짜예요."

그는 그래놓고 다시 고개를 묻었다. 약간의 정적이 흘렀다. 담임이 말했다.

"암튼 거짓말이면 넌 죽을 줄 알아. 누구 애 좀 양호실에 데리고 가라."

나는 재빨리 일어나 범이를 데리고 나갔다. 굳이 그럴 필요 없어 보이는데 쌍절곤도 달라붙어 범이의 한 팔을 부축했다. 우리는 양호실 대신 플라타너스 뒤편으로 갔다.

"담배 없나?"

그가 묻자 쌍절곤이 주머니에서 거북선을 꺼냈다. 범이는 담뱃가루를 조금 받아서 침을 뱉어 갰다. 그리고 그것을 자신의 머리통 상처에 대고 손수건으로 눌렀다.

"안 꿰매도 되겠어?"

"괜찮아. 이러면 피가 멈춰."

우리는 한 대씩 피웠다.

"진짜야?"

내가 물었다. 범이는 그 대학교가 있는 쪽을 바라보며 그렇다고 대답했다. 그리고 교복 상의를 벗어 상처를 보여주었다. 목과 등에 피멍이 들어 있었다.

"뭔가 잘못 본 거 아니야, 군인이 왜 그래?"

"군인 맞아. 하여간 그랬어."

그는 감옥에서 이제 갓 출소한 사람처럼 담배연기를 깊숙이 빨아들였고 한참 있다가 천천히 내뿜었다. 입술 끝이 떨렸다. 수업 시작 차임벨이 울렸다.

"안 가?"

범이가 고개를 저었다.

"안 들어갈 거야."

"그렇다면 아예 오지 말지 그랬어."

쌍절곤이 말했다. 범이가 빤히 바라보자 쌍절곤은 무안한 표정을 지었다. 작년 크리스마스이브 싸움 때 나오지 않아서 그는 우리에게 무시를 당하고 있었다. 그는 부모님이 갑자기 올라와 도저히 빠져나오지 못했노라고 변명을 했다. 하지만 그 정도로는 부족했다. 부모님이 갑자기 돌아가신 정도쯤은 되어야 했다. 돌아가시지 않았다면 한번 더 결혼식을 올리는 정도는 되어야 했다.

"어떻게 할 건데."

"몰라. 하지만 교실에 들어가기 싫어."

"……"

"가방도 찾아야 하고. 담임이 뭐라고 하면 말 좀 잘해줘."

"그것은 걱정 마."

뭐라고 말해야 좋을지도 모른 채 나는 그렇게 대답했다. 꽁초를 비비고 나서 범이는 버스정류장 쪽으로 천천히 멀어졌다.

범이처럼 군인에게 끌려가 지각한 아이들이 반마다 한둘씩 있었다. 그들이 전하는 목격담은 범이의 말과 거의 같은 내용이었다. 분위기는 뒤숭숭했다. 점심시간에 우리는 플라타너스 아래 앉아 운동장을 내려다보았다. 막사 너머에 정글복 입은 군인들이 보였다. 그들은 총을 메고 헬멧을 쓰고 곤봉을 들고 있었다. 그들은 몇 번 고함을 지르더니 줄지어 시내 쪽으로 걸어갔다. 그곳에 무슨 일이 일어나고 있었다.

매시간 들어오는 교사마다 얼굴이 어두웠다. 오후 내내 어떤 학생도 까불지 않았고 어떤 교사도 매를 들지 않았다. 종례시간에 담임이 말했다.

"시내가 다소 소란스러운 모양이다. 정확한 것은 모르겠다만 아무튼 모두들 곧바로 귀가하기 바란다. 똑바로 들어라, 모두 곧바로 집에 귀가한다, 알았나?"

"네."

그는 범이가 보이지 않는 것도 묻지 않은 채 그 말을 마치고는 곧바로 교실에서 나갔다.

3교대 여상을 지났을 때 그들이 보였다. 한 무리의 사람들이 달음박질을 했고 군인들이 그들을 뒤쫓고 있었다. 아주 많은 사람들이 달리기시합을 하는 것 같았다. 하지만 잡힌 사람은 곤봉으로 머리를 얻어맞고 나뒹굴며 군홧발에 차였다. 생생하던 사람 하나가 피를 흘리며 축 늘어지기까지가 채 삼십 초도 걸리지 않았다. 범이 말이 맞았다.

쫓겨가는 이들이 대학생들이라면 쫓아가는 이들은 전투경찰이어야 했다. 우리가 알고 있기로 데모 진압은 전투경찰들이 했다. 전투경찰은 복장도 군인과 달랐다. 군인들 군복이 후줄근한 반면 전경의 복장은 깨끗하고 광택이 났다. 국방부와 내부무로 소속이 서로 달라 그렇다고 들었다. 한 끼 식사 값도 차이가 난다고 하는데 그래서 그런지 길거리에서 만나도 서로 데면데면했다.

하는 일도 달랐다. 전경이 하는 일은 주로 도심에 있었다. 데모가 일어나면 쫓아나가고 그렇지 않으면 사거리에서 교통정리를 했다. 군인의 일은 전쟁을 대비하는 것이다. 그러니까 군인은 국경이나 최소한 자신들의 부대에서 전쟁에 대비해 훈련을 하고 있어야 했다. 더군다나 갑자기 나타난 군인들은 특수부대였다. 전쟁이 나면 수송기를 타고 적국 깊숙이 날아가 낙하산을 타고 뛰어내린다는 이들이었다.

그것은 풍경이 변한 운동장보다도 더 낯선 풍경이었다. 나는 골목을 길게 돌아 집으로 돌아갔다. 할머니는 방에서 소주를 마시고 있었다. 그녀가 국물 묻은 손가락을 빨고 나서 대뜸 물었다.

"밖에 무슨 운동회 하니?"

"아니요, 운동회는 무슨."

"근데 왜 이렇게 종일 시끄러워."

"난리가 난 것 같아요."

나는 마당에 선 채 대답했다. 벙어리 여자가 내 옆에 서서 나와 할머니를 번갈아 바라보았다. 인호 아버지랑 불고기 먹을 때 보니 그녀는 말을 알아듣는 것 같았다.

"무슨 난리가 났다는 거야?"

"몰라요. 군인들이 갑자기 나타나서 사람들을 때려요."

"사람들을 왜 때려?"

할머니는 다시 한 잔을 마시고 되물었다.

"모른다니까요."

"왜 몰라, 학생이."

"학생이라서 모르죠. 모르니까 학교로 배우러 다니죠."

"지랄하네. 그럼 무슨 난리라고 학교에서 안 가르쳐주든?"

할머니는 술에 취하면 말이 많아졌다. 그러기 때문에 술병 속에 말이 담겨져 있는 것 같기도 했다. 어쩌면 그녀는 가게로 말을 사러 가는 것인지도 몰랐다.

"안 가르쳐줘요. 선생들도 모른대요."

"염병. 그깟 학교 다니지 마라."

"나도 그랬으면 좋겠어요."

"말은 따박따박 잘도 한다."

"할머니는 더 잘하잖아요."

할머니는 쾅, 방문을 닫았다.

공터

흉흉한 상황과 소문은 사람을 방에 가둬두지 못하는 특징이 있었다. 궁금증 때문에라도 방에 가만히 있을 수 없었다. 어떤 것이든 내게 덤비는 것의 실체를 모른다면, 무서움은 더 커지게 된다. 궁금증은 무서움의 친구였다. 정보가 없었기에 더욱 그랬다.

공터에는 진구형과 몇몇이 나와 있었다. 나와는 있었지만 공터 중앙과 가로등 아래를 피해 어두운 담벼락 아래에 있었다. 담뱃불만 반짝거렸다. 나는 인사를 하고 그들 속으로 들어갔다. 멀리서 비명소리가 들려왔다. 그들은 소리가 들리는 쪽을 힐끔거리며 담배를 거듭 빨아댔다.

그들은 도시를 급습한 군인들에 대하여 보고 들은 것을 모아보고 있는 중이었다. 입이 각자 바빴지만 내용은 큰 차이 없었다. 군인들이 나타났고 사람들을 때렸다는 것.

어둠이 깃들며 주변은 조용해져갔다. 간혹 들리던 소음도 더이상

들리지 않았다. 적막이 찾아오자 우리는 흠칫, 떨면서 이야기를 더 나눴다. 누군가 말했다.

"육하원칙으로 해보자."

우리는 그렇게 했다. 먼저 '누가?'부터 시작했다. 답은 바로 나왔다.

"정글복 입은 군인들이."

정글복 입은 군인들에 대해서는 모두들 알고 있었다. 패거리 중에는 이미 그 부대에 자원해서 복무를 하고 있다는 이도 있었고 지원 신청을 해두고 시험을 기다리는 이도 있었다. 그다음은 '언제?'였다. 이것의 답도 간단했다.

"지금."

"어디서?"

"여기서."

"무엇을?"

"사람들을."

"어떻게?"

"때린다."

모두 쉬웠다. 단 하나를 빼고. 남은 것은,

'왜?'였다.

거기에 대한 답은 알 수 없었다. 영식이 말했다.

"데모 진압하러 왔을 거야."

"그렇다면 더 이상하잖아. 왜 군인이 온 거지? 경찰 많은데."

"그러게 말이야. 그게 경찰들 밥 먹고 하는 일이잖아."

"대학생 새끼들이 자꾸 데모만 하고 경찰들이 진압해도 안 되고 그러니까 빡센 놈들을 보낸 거야. 싹 쓸어버리려고."

"근데 우리 반 아이들도 맞고 왔어요. 교복을 입고 있는데도."

내가 끼어들었다.

"맞아, 데모 진압을 하는데 왜 고등학생들이랑 일반 사람들을 때리는 거지?"

영식은 한동안 나를 노려보다가 입을 열었다. 그는 아직도 나에게 감정을 가지고 있었다.

"뭔가 착각했겠지."

"착각할 게 따로 있지, 대학생하고 시민들하고 구분도 못 해? 당장 우리들을 봐. 누가 우리를 대학생으로 보겠어."

진구형이 대꾸했다.

"원래 진압하다보면 정신없잖아."

"……"

"그리고 대학생들이 이마에 나 대학생이에요, 써붙이고 다니는 것도 아니고."

영식은 대학생을 싫어하고 있었다. 아마도 데모를 안 했다면, 대학생놈의 새끼들이 데모도 안 하고 뭐하는 거야, 이렇게 말했을지도 모를 일이었다.

"그것은 그냥 봐도 알 수 있잖아? 교복이나 양복 같은 것으로도 차이가 나고."

"흥분되면 분간이 어렵다니까. 속이려고 다른 옷을 입고 있을 수도 있잖아."

"그것 좀 속이려고 양복 벗고 교복을 입는단 말이야?"

"……"

"그리고 왜 대학교로 안 가고 시내로 와?"

"대학교에도 갔어. 내가 봤다니까. 대학생 새끼들을 박살내놨다니까."

"학교면 이해가 가. 근데 아까 이 앞 사거리에서도 그랬잖아."

"여기 앞에 대학병원이 있잖아."

"대학병원이 대학이냐?"

"대학생들이 실습 가고 그러잖아."

말은 중구난방 튀어나와서 나는 여러 입을 좇아 고개를 돌려야 했다.

"뭔가가 잘못되어서 여기가 이렇게 돼버린 거 아닐까?"

육하원칙으로 해보자던 이가 자기 머리에 동그라미를 그리며 말했다. 우리는 고개를 끄덕였다. 근사치 대답이었다. 그런 게 아니라면 대답이 불가능했다. 너무 심한 전투훈련은 정상적인 사람을 무식하게 만들었고 그런 탓에 그들은 생각지도 못한 짓을 종종 하더라, 고 그는 덧붙였다. 그럴 것 같았다.

중학교 교사들에게 들었던 내용 중에도 특수부대에 대한 이야기가 적잖았다. 외박 나온 일단의 무리들이 술집 하나를 초토화시켰다거나, 훈련 나갔다가 산에서 만난 어느 처녀를 못쓰게 만들어버렸다거나 제대한 뒤에도 버릇을 고치지 못해 자신의 삼촌을 마구 때렸다는 그런 내용이었다.

증언에 의하면 그들은 올챙이나 개구리 따위를 잡아먹으며 버티는 훈련도 하는데, 그래서 적진 깊숙한 곳에서 살아남는다는 것인데, 불을 피우지 못하는 탓에 뱀을 산 채로 잡아먹기도 한단다. 대한뉴스 같은 데서 그런 모습을 본 적이 있었다.

근육질의 시커먼 군인들이 대통령이 보는 앞에서 살아 있는 독사 껍질을 벗기고 생살을 뜯어먹는 장면이었다. 껍질이 반쯤 벗겨진 뱀이 군인의 손아귀를 감은 채 꿈틀거리는 장면에서 우리들은 모두 몸을 뒤틀었다. 문제는 그런 짓을 하고 나면 기생충에 감염되어 정신이 이상해진다는 것이다. 그 벌레는 죽이는 약도 없었다.

그러니까 그 군인들은 뱀의 기생충에 감염이 되어 착오를 일으켰고 그러기에 느닷없이 나타나서 그런 짓을 하는 게 아닐까, 가 결론이었다. 어느 한 사람이 미친병에 걸리면 가까운 가족을 먼저 괴롭히는 법이니까. 하시만 반론도 있었다. 진구형이있다.

"그렇다 쳐도 어떻게 그 많은 군인들이 한꺼번에 정신이 이상해질 수 있겠냐? 군작전이라는 게 그렇게 우습게 되는 것이 아니야. 이건 내가 수색대를 지원해봐서 알아."

우리는 또 고개를 끄덕였다. 그것도 틀린 말은 아닐 것이다. 그 많은 군인들이 뱀을 산 채로 뜯어먹고 한꺼번에 정신이 이상해지는 것은 그들이 한꺼번에 머리에 꽃을 꽂은 채 시내 한복판에서 춤을 추는 것만큼이나 쉽지 않은 일이었다. 더군다나 작전지휘는 계급이 높은 장교들이 하는 것 아닌가. 장교는 최소한 뱀을 뜯어먹지는 않을 것이다. 교련교사의 공훈담에도 살아 있는 뱀을 먹었다는 건 없었다. 굽거나 끓여 먹었다고 했다.

왜 왔는가, 로 우리는 다시 돌아왔다. 진구형이 심각한 얼굴로 말했다.

"갑자기 군인들이 나타나서 사람들을 때려잡는다면 그것은 적군이야. 북한군들이 우리나라 군복을 입고 온 거야."

"그러면 전쟁 난 거야?"

그것도 일리가 있었다. 적군이라면 그런 행동이 가능할 것이다. 전쟁이 아니면 왜 군인들이 왔겠는가. 그것 외에는 설명이 또 어려웠다. 전쟁을 경험해보지 못했지만 우리는 전쟁에 대해서 알고 있는 편이었다.

초등학교 때 교사들이 데리고 간 영화관에서는 늘 전쟁 장면이 나왔다. 탱크가 크르렁거리며 나타나 포를 쏘고 기관단총도 쏘았다. 그러면 아군들이 우수수 쓰러져 죽었다. 군인 하나가 수류탄을 몸에 칭칭 감은 채 뭐라고 악을 쓰며 탱크 밑으로 기어들어갔고 동료들은 그의 이름을 부르며 울부짖었다. 우리는 신음을 하다가 탱크가 폭발하면 박수를 쳤다.

짐을 이고 진 피난민들의 줄이 끝없이 이어지기도 했다. 화물열차 지붕은 사람들로 빼곡했고 그나마 얻어 타지 못한 이들은 소달구지를 타거나 커다란 짐을 진 채 맨발로 걷기도 했다. 갓난아이를 업은 대여섯 살짜리 아이도 있었다.

그러다 함선이 함포를 쏘고 군인들이 바다로 뛰어들면 웅장한 음악이 나왔다. 적군들은 칡뿌리를 먼저 먹겠다고 싸우다가 차례대로 총 맞아 죽기도 했다. 우리는 다시 박수를 쳤고 다음날은 반공포스터를 그렸다.

그런 전쟁이 이 도시에 일어났다는 말이었다. 그런데 이상한 것은 전쟁이 났다는 것을 아는 사람이 아무도 없었다. 전쟁이라면 아주 이상한 전쟁이었다. 어떻게 총소리 한 번 안 나는 전쟁이 있을까. 칼이나 화살밖에 없던 옛날이라면 모를까. 몇 발자국 양보해서 어쨌든 전쟁이라면, 적군이 이렇게 깊숙이 쳐들어오는 동안 우리나라 군인들은 도대체 뭐 하고 있다는 말인가.

우리는 이번에도 고개를 갸우뚱거렸다. 그렇다고, 전쟁이 나지 않았다면 오늘 벌어진 일들을 설명할 수가 없었다. 그리고 전쟁이라는 게 나서 군인이 왔는지, 군인이 왔기 때문에 전쟁처럼 보이는 것인지도 분명하지 않았다. 공터에서의 말은 그 정도에서 빙빙 돌았다.

사이렌이 울렸고 아홉시부터 통행금지가 시작된다는 방송이 나왔다. 집으로 돌아와보니 할머니는 술에 잔뜩 취해 뭐라고 고함을 지르고 있었다. 벙어리 여자도 같이 그러고 있어서 싸우는 것처럼 보였다. 인기척을 느낀 할머니는 방문을 열어젖히고 나에게 뭐라고 말을 했다. 술에 취하면 할머니도 병든 암말 소리를 냈다.

"어쩌면 전쟁이 난 것인지도 모른대요."

나는 작은 목소리로 대답했다. 그날 밤 나는 잠을 설쳤다. 인호가 아침까지 돌아오지 않았던 것이다.

그들이 오다 2

학교에서는 수업을 하지 않았다. 어떤 아이들은 아예 학교에 오지도 않았다. 범이도 없었다. 쌍절곤은 있었다. 학교에 온 아이들은 자기 동네를 찾아온 군인들에 대해 떠들었다. 지난밤처럼 내용이 비슷해서 한 명의 군인에 대해 말하고 있는 것만 같았다. 교사들도 잘 보이지 않았고 어쩌다 보여도 아무런 제재를 하지 않은 채 총총 지나가기만 했다.

수업을 하지 않으면 할 게 많을 거라고 우리는 생각했었다. 하지만 막상 그런 상상이 현실이 되자 할 수 있는 건 아무것도 없었다. 그저 떠들고 한동안 조용했다가 다시 떠드는 것뿐이었다. 아이들도 남역 패거리처럼 두려움과, 특별한 일이 일어날 거라는 막연한 기대가 뒤섞여 있었다.

이교시 끝 부분쯤에 담임이 들어와서 어제 종례시간에 했던 말을 똑같이 했다. 집으로 빨리 가라는 것. 그리고 내일 다시 학교에 오라는 것. 늘 그러듯이 교사들은 하기 싫은 것만 우리에게 시켰다. 아이들은 목소리 높여 대답을 하고 썰물처럼 교실을 빠져나갔다. 나는 인호를 찾으러 시내로 나갔다.

시내에서는 어제 잠깐 보았던 장면이 재연되고 있었다.
학원 앞 사거리에 트럭이 서고 뒤칸에서 한 무리의 군인들이 바쁘게 뛰어내렸다. 젊은이들은 튀어 도망갔지만 아이와 회사원, 중년 여자와 지팡이 든 노인은 서서 그들을 바라보았다. 저기, 우리 동네에 무슨 일이 일어났나요? 그렇게 묻고 있는 표정이었다. 그들도 지난밤의 우리처럼 비슷한 궁리를 했을 것이다. 어제 일에 대해 듣기는 했는데 믿을 수 없군요. 여기는 그저 지방의 도시이고 대학생들이 왕왕 데모를 하기 때문에 좀 매워서 그렇기는 하지만 특별한 일도 없는데 무슨 일로 오셨나요? 혹시 전쟁 났나요? 그게 아니라면 표지판을 잘못 읽으신 모양인데 사단 훈련장은 저 남서쪽에 있어요.
사람들이 직접 물어보지 못했던 이유는 그들의 동작이 매우 재빨랐기 때문이었다. 군인들은 뛰어내리사마자 사람들에게 달려갔다. 사람들은 왜 자신에게 다가오는지 몰라 그대로 서 있었다.
먼저 회사원과 중년 남자들이 얻어맞고 나자빠졌다. 중국집 배달부는 배달통과 함께 넘어졌다. 자전거 바퀴가 허공에서 돌고 우동 국물이 쏟아졌으며 뒤이어 머리통이 깨졌고 군화에 짓밟혀 다리가 부러졌다. 육십대 사내는 자신의 벗어진 머리를 믿고 그들을 말렸다. 그렇지만 그는 자신의 말을 끝까지 마무리짓지 못했다. 곤봉이 그의 입을 후려쳤고 안경이 탄피처럼 허공으로 치솟았으며 여러 개

184

의 이빨이 피에 섞여 쏟아졌다. 그는 손바닥으로 움켜진 입안의 것에서 이빨 수를 세어볼 틈이 없었다. 군홧발에 뒤통수를 밟혀 반듯하게 뻗어버린 것이다.

언니의 손을 잡고 가던 소녀가 넘어지며 울음을 터뜨렸다. 소녀를 일으켜세우는 언니의 어깻죽지를 군인이 곤봉으로 때렸다. 언니는 소녀 위로 넘어졌고 다른 군인이 자매를 밟고 넘어갔다. 사람들이 한순간에 뒤로 물러나면서 공간이 생겼다. 거리를 두고 경계가 만들어지자 나는 한꺼번에 많은 사람들의 얼굴을 확인할 수 있었다. 그들 속에 인호는 없었다.

군인들은 지나가는 택시를 세우고 사람을 끄집어냈다. 먼저 기사가 얻어맞고 고꾸라졌다. 뒷좌석에선 양복 입은 남자와 색동저고리를 입은 여자가 내렸다. 남자가 자신들은 신혼여행 온 사람이라고 말했다.

한 군인이 개머리판으로 그의 뒤통수를 쳤다. 남자가 비명을 질렀다. 얼굴을 감싼 손에서 붉은 피가 떨어져내렸고 그 속에 동그란 눈알이 들어 있었다. 두번째 개머리판이 뒷목을 때리자 그는 자신의 눈알을 움켜쥐고 쓰러졌다. 이번에는 여자가 얻어맞았다. 치마가 찢어지며 두 다리가 드러났다. 군인들은 여자의 다리를 걷어찼다. 여자는 다리를 떨면서 남편을 향해 기어갔다.

트럭 옆에 잡혀 있는 젊은 여자도 있었다. 그녀는 신혼여행 온 여자보다 더 심각했다. 아랫도리가 모두 벗겨진 상태였다. 흰색 상의는 젖가슴이 나올 정도로 찢어져 있었고, 발아래로 늘어난 팬티와 스커트가 피로 얼룩진 채 흐트러져 있었다. 여자는 아랫도리를 가리기 위해 두 다리를 한쪽으로 바짝 붙여놓은 채 머리를 숙이고 있었다. 군인 하나가 여자의 가랑이를 군화로 벌리면서 외쳤다.

"이거 봐라."

여자는 입술을 악물며 몸을 더 움츠렸다. 사람들이 우, 소리를 내며 다가갔다. 간격이 좁혀지자 사내 하나가 의사나 이발사 들이 쓰는 흰 가운을 던져주었다. 그리고 곧바로 붙잡혔다. 군인들은 짧은 시간에 사내를 축 처지게 만들어버렸다. 그사이 다른 누군가가 땅에 떨어진 가운을 여자에게 덮어주고는 튀었다. 군인들이 그 사람을 쫓아가자 그녀는 가운을 대충 걸치고는 달아나기 시작했다. 곧 쓰러질 듯 위태로웠다. 처음 가운을 던져준 사내는 시체 같은 모습으로 트럭에 올려졌다.

나는 어떤 꿈속에 들어온 것만 같았다. 세상에서 가장 무서운 꿈을 드디어 꾸고 있다고 생각했다.

그러나 아무리 생각을 해봐도 꿈이라면 흔히 생기는 어색한 느낌이 들지 않았다. 모든 게 조금씩 비정상적인, 돌덩어리가 물덩어리 같고 한 줄기 선이 운동장처럼 넓은 면으로 변하고 위와 아래가 뒤섞이는, 그런 느낌 말이다. 꿈이라면 그래야 했다. 달리기가 잘 되지 않고 뛰어내릴 벼랑 같은 것도 있어야 하고 하늘로 떠올라야 했다. 산보다 더 높은 파도도 있어야 했다.

아무리 찾아봐도 그런 건 없었다. 보이는 것마다 분명하고 뚜렷했다. 그러니까 꿈과는 전혀 다른 차원의 세상으로 들어와버린 것 같았다. 어쩌면 영화 속으로 들어왔는지도 몰랐다. 영화라면 감독의 상상력이나 영상, 배우들의 연기가 도가 지나치게 뛰어났다.

음악교사가 베토벤의 〈운명 교향곡〉을 틀어주며 이렇게 말한 적이 있었다.

"이 곡이 처음 연주되었을 때 어떤 여자는 기절까지 했었다."

들어보니 기절할 정도는 아닌 것 같았다. 어쩌면 기절할 때까지 계속 연주를 해버렸을 수도 있었으나 어쨌든 사실이랬다. 예전 서양과 요즘 우리의 차이가 그거였다. 연주곡을 듣다가 기절을 하느냐, 교장 훈화를 듣다가 기절을 하느냐.

마침 영어 교과서에 베토벤이 나왔다. 〈운명 교향곡〉을 듣다가 청중이 기절했다는 말을 전해들은 영어교사는 혀를 차면서 회초리로 교탁을 탕탕 내리쳤다.

"베토벤? 무식한 새끼들. 베이토번."

암튼 그 정도면 무대 위의 음악이 무대 아래로 내려와 사람을 공격해버린 것이다. 읽고 있는 책이 느닷없이 뺨을 때리는 것과 같았다. 내 눈앞의 장면이 영화라면 너무 실감 나는 나머지 스크린이 부풀어올라 관객과 극장을 통째로 삼켜버리는 것과 같은 이치였다.

나는 군인들에게 잡히지 않을 정도의 거리를 유지하며 조금씩 걸어나갔다. 어디를 가나 비슷한 풍경이었다.

군인들은 인근의 집이나 건물, 학원, 여관 따위에 들어가 사람들을 모조리 끌고 나왔다. 끌려온 이들은 한바탕 얻어맞은 뒤 길바닥에 누워 좌우로 굴러야 했다. 머리카락과 맨살이 엉망이 된 다음에야 자신의 혁대로 스스로 손을 묶고, 묶인 손으로 옷을 든 채 트럭에 올라탔다. 그 모습이 스스로 털을 뽑고 기름통으로 들어가는 닭 같았다. 너무 많이들 그러고 있어서 우리가 원래 닭이었는데 잠시 사람의 형상을 하고 있는 것 같기도 했다.

베레모 쓴 지휘관은 날카롭게 생긴 지휘봉을 들고서 길가 주택과 빌딩을 향해 외쳤다.

"문 닫아, 커튼 닫아, 내려다보면 쏜다."

교련교사와 비슷하게 생긴 그 지휘관의 모자에는 별이 하나 달려 있었다. 내려다보던 사람들은 서둘러 문을 닫고 커튼을 쳤다.

군인들의 그런 모습은 극도의 원한이 있는 사람처럼 보였다. 조부는 생매장을, 아버지는 산 채로 수장을 시킨, 어머니는 굶겨 죽였던 원수, 바로 그런 사람을 만났을 때 저럴 수 있을 거라고 나는 생각했다. 하지만 개인 원한관계로 보기에는 무리가 있었다. 트럭에서 내린 모든 군인이 그리하고 있었던 것이다. 저 많은 군인들이 한꺼번에 같은 원한을 갖는다는 것은 그들 모두 같은 이름의 할아버지를 두고 있는 것만큼이나 일어나기 어려운 일이었다.

심지어는 중사 계급장을 단 육군 군인도 잔뜩 얻어터진 상태였다. 그는 피가 흐르는 머리통에 오른손을 내고 허탈해하고 있었다. 우리나라 군인을 때리는 것으로 보아 정말로 적군일 수도 있었다. 아군을 공격하는 바보는 없으니까. 그러자 그 중사가 좀 바보스러워 보였다. 적군이 쳐들어왔다면 당장 동료들과 탱크와 트럭을 몰고 나와 물리쳐야 되는 게 아닌가. 하지만 그는 정글복 군인들 눈치를 보면서 슬금슬금 뒷걸음질만 치고 있었다.

사람들은 대형 화분을 넘어뜨리고 보도블록과 가드레일, 버스정류장 입간판, 공중전화박스 같은 것을 부수어 던질 만한 것들을 만들기 시작했다. 특히 보도블록을 많이 깼다. 깨기가 그게 가장 만만했다. 그 일을 처음 시작한 사람들은 중년 사내와 부녀자 들이었는데 오래지 않아 모든 사람들이 가세했다. 손바닥에 들어갈 만한 크기들이 잔뜩 만들어졌다.

교사가 아무런 설명 없이 한 아이를 때리면 첫날은 그냥 얻어맞는다. 그는 맞고 나서 자신이 왜 맞았는지 이유를 곰곰 생각해본다. 이유가 도무지 생각나지 않으면 자신이 저질렀던 사소한 실수, 복도에서 떠들었거나 교실 바닥에 코 풀었던 것들을 떠올린다. 하지만 둘째 날 교사의 매질이 되풀이되고, 여전히 맞는 이유를 말해주지 않으면, 불만이 쌓인다.

억울하기 때문이다. 억울함은 아픈 것만큼이나 참기 힘든 것이다. 셋째 날은 매 맞기를 거부하며 이유를 말해달라고 항변한다. 나라도 그럴 것이다. 억울함은 모범생을 하루아침에 문제아로 만들어놓기에 충분하다.

사람들은 사나워지기 시작했다. 청년 하나가 돌멩이로 군인을 맞히고 도망쳤다. 그는 추격을 받아 잡혔고 짓밟혔다. 사람들은 '맞아, 저런 방법이 있었지', 깨달은 것처럼 청년을 짓밟는 군인에게 돌을 던졌다. 그 사람들이 기폭제가 되었다. 슬금슬금 옮겨다니던 많은 사람들은 모두 손에 들을 수 있는 것들을 움켜쥐기 시작했다.

누군가 내 팔목을 잡았다. 인호가 나를 찾아냈다고 생각했는데 그 사람은 진구형이었다.

"너무 가까이 가지 마."

가까이 다가갈 생각이 없는데도 그는 내 팔목을 잡아당기며 말했다. 그의 곁에는 남역 패거리들이 여럿 있었고 다들 돌멩이를 들고 있었다.

"인호 못 봤어요?"

나는 좌우를 살피며 물었다. 그들은 모두 못 봤다고 대답하며 한순간에 우 달려가며 손에 든 것을 던지고는 부챗살처럼 퍼지며 튀었다. 돌멩이를 맞은 군인들이 작심을 하고 쫓아왔다. 운동화와 군홧발 소리가 급박하게 뒤섞였다. 나도 엉겁결에 그들과 함께 뛰기 시작했다. 군인들이 포기하지 않았기에 사람들의 달리기는 몹시 빨랐다.

특히 진구형이 커다란 돌멩이로 군인의 얼굴을 맞혀버렸기에 무리 중에 표적이 되었다. 진구형도 나도 전력질주를 했다. 누군가 재봤다면 그동안 달려본 것 중에 가장 기록이 좋았을 것이다. 체육대회 할 때 군인을 뒤에 세워두면 기록 갱신은 우습게 될 것 같았다. 우리는 두 개의 사거리를 지나고 나서야 가쁜 숨을 몰아쉬며 속도를 늦췄다. 아주 많은 사람들이 내 옆을 스쳐갔다. 하지만 그 어디에도 인호는 보이지 않았다.

남역 패거리들마저도 이렇게 거리에 나와 있는 것으로 봐서 인호도 그럴 가능성이 컸다. 그는 한 번도 도둑 기차에 걸리지 않을 만큼 재빠르고 눈치도 빨랐다. 전화는 이미 끊어졌고 그래서 연락을 못 한 채 친구와 함께 어딘가에 있을 거라고 나는 짐작했다. 그렇지만 그런 짐작을 한다고 해서 마음이 편해지는 것도 아니었다.

싸움은 조금이라도 사람이 모인 곳에서는 모두 일어났다. 다들 무어든 하나씩 집어던지고 도망을 치며 단거리 기록을 갈아치우고 있었다.

군용 헬기가 날아와 방송을 했다. 집으로 돌아가라는 내용이었다. 사람들은 하늘에 대고 감자를 먹였다. 감자를 먹은 대답으로 헬기가 삐라를 뿌렸다. 삐라는 바람을 타고 작년에 우리가 싸움을 했던 강 쪽으로 급하게 날아갔다.

대문은 잠겨 있었다. 대문이 잠긴 경우는 그동안 한 번도 없었다. 한참을 두드리고 나서야 벙어리 여자가 문을 열어주었다. 그녀는 오랜 질병에서 회복된 암말처럼 새된 소리를 마구 쏟아냈다. 입에서 침이 튀기도 했다. 내가 알아들을 수 있는 것은 얼른 들어오라는 시늉뿐이었다. 내가 들어서자 그녀는 부리나케 대문을 닫아걸었고 문틈으로 바깥을 살폈다.

할머니는 이마에 흰 수건을 동여맨 채 안방에 누워 있었다.

"어디 다쳤어요?"

내가 물었고 그녀는 끙끙 앓는 소리를 냈다. 벙어리 여자가 손가락으로 이곳저곳을 번갈아 가리키며 소리를 질렀다.

"가만 좀 있어, 이년아. 내가 말하려고 하잖어."

하지만 할머니 목소리는 힘이 없었다. 할머니 말에 의하면 이렇게 된 일이었다.

길 가던 어린 처녀가 남쪽 역 광장에서 대검에 가슴이 찔렸다. 그녀는 병원에 실려 갔고 사람들은 군인들에게 덤벼들었다. 돌팔매질을 했고 도망을 쳤고 되돌아와서 다시 돌을 던졌다. 비명과 고함과 쫓기는 소리가 끝이 없었다. 할머니가 밖으로 나가보니 그러고 있었다. 군인들이 달려오자 동네 고참으로서 한마디 안 할 수 없던 할머니는, 왜 이 지랄이냐고 물었고 대답으로 곤봉 몇 대 얻어맞은 것이었다. 할머니는 기어서 집으로 돌아왔다.

"이게 도대체 무슨 난리냐?"

이마에 둘러맨 수건이 잘 매어져 있는지 확인하며 할머니는 탄식처럼 말했다. 머리 대신 곤봉에 입을 맞았다면 그나마 말도 할 수 없었을 것이다.

"진짜로 전쟁이 난 거냐?"

"모르겠어요."

"바깥에 있다가 왔는데 그것도 몰라?"

"전쟁 같기도 하고 아닌 것 같기도 하고 그래요."

할머니는 끄응, 인상을 쓰며 되물었다.

"무슨 대답이 그 모양이야. 아이구 머리야."

"아 글쎄, 모른다니까요. 나도 할머니한테 물어보고 싶어요."

"내가 어떻게 알아. 요기 앞에 잠깐 나갔다가 이렇게 얻어터졌는데."

"다들 얻어터졌어요."

"너도 맞았니?"

"아뇨, 난 도망쳤어요."

"젊어서 좋겠다."

"근데 정말 모르겠어요? 할머니는 오래 살았잖아요."

"오래 살았다고 다 안다니?"

192

"옛날에도 이런 일이 있었어요? 난 이런 걸 처음 봐요."

"옛날에야 있었지. 아이구 머리야. 그만 지껄여라. 너랑 말하니 머리가 더 아프다."

"말은 할머니가 시작했어요."

나는 중얼거리는 할머니를 두고 옥상으로 올라갔다.

저만큼 떨어져 있는 산 중턱에서 불꽃이 일었고 머잖아 연기와 함께 불길이 일었다. 내가 다니는 학교 근처였다. 누가 그랬는지는 알 수 없었고 그나마 비가 내려 곧바로 사위어버렸다. 나는 공연히 아쉬웠다.

비가 오자 어두워졌다. 비는 옥상 한편에 앉아 있는 옹기그릇을 순식간에 적셔놓았다. 내 머리카락도 젖어갔다. 가로등 불빛도 젖어갔고 사람들 집에서 새어나오는 불빛도 침침했다. 공터에는 인기척도 없었다. 진구형 패거리와 헤어진 것은 대한전선 앞 사거리였다. 적막이 찾아오자 소란은 오래전의 일처럼 느껴졌다. 주인 할머니의 신음과 뭐라고 투덜거리는 소리가 들려왔다. 천천히 신발이 젖어갔다.

그날도 인호는 돌아오지 않았다. 라디오에서는 '아바'의 노래가 흘러나왔다. 몸은 지쳤는데 잠이 오지 않았다.

휴교

다음날은 학교를 안 간 것만 못했다. 전날 구타에 대해 떠들던 아이들이 이날은 대검에 찔려 죽은 사람들에 대해 떠들었다. 동네마다 그런 일이 있었고 삼학년 중에는 총에 맞은 이도 있었다. 조회시간에 담임이 말했다.

"차후 공지할 때까지 무기한 휴교다."

보통 때였다면 아이들은 서로 껴안고 뒹굴었을 것이다. 교사는 교사대로 흐뭇해서 웃었을지도 모른다. 휴교를 하면 교사도 학생만큼이나 좋을 테니까. 하지만 아무도 그런 사람이 없었다.

"질문 있습니다."

누군가 말했다.

"뭔데."

"우리 도시로 온 군인들은 적군입니까, 아군입니까."

"그런 거 따지지 말고, 너희들은 그저 집 안에서 몸 다치지 말고 잘 지내기 바란다."

"군인들이 집 안까지 들어옵니다. 그러면 어디로 도망가야 합니까."

"자, 얼른 돌아가라."

알아서들 하라는 소리였다. 그동안 머리 길이와 옷, 신발, 양말, 걸음걸이까지 이렇게 하라, 저렇게 하라 통제하던 학교가 한순간에 그것을 놓아버린 것이다. 울타리가 되어주지 못하겠다는 뜻이었다. 우리는 졸업도 하기 전에 사회인이 되어버린 것 같았다. 그러나 하나도 자유롭지 못했다. 나는 교련교사에게 군사부일체에 대해서 물어보고 싶었으나 그는 보이지 않았다.

"절대 돌아다니지 말고 집에 있어야 한다."

군인들이 집 안까지 들어온다는 말을 듣지 못한 것처럼 담임은 우리 뒤통수에 대고 한마디 더 했다. 우리는 아무런 대답 없이 학교를 빠져나왔다.

군용 막사는 운동장에 그대로 있었으나 처음 보았을 때보다는 흐트러진 모습이었다. 모포가 널린 밧줄은 느슨해져 있고 찬합 같은 게 굴러다니기도 했다. 그 뒤로 군용 트럭과 장갑차가 서 있고 총을 든 두 명의 군인이 그 앞을 왔다갔다하고 있었다.

나는 운동장 초입의 플라타너스 아래에서 걸음을 멈추었다. 빗물을 머금은 플라타너스 잎이 햇빛에 반짝였고 벤치는 젖어 있었다. 예전에 박정화와 앉아 소주를 마시던 곳이었다. 아랫배를 한 방 맞았던 곳이기도 했다. 그 장면을 떠올리자 그때가 아득해졌다. 한 삼

백 년 전의 추억 같았다. 옥상에서 기차를 볼 때처럼 시간이 한 뭉텅이 통째로 지나가버린 것이다.

나는 벤치 끝에 걸터앉으면서 그녀의 찢어진 눈매를 생각했다. 담배를 피우고 침을 뱉는 입술도 떠올랐다. 그녀는 늘 눈에 보이지 않는 곳에, 보이더라도 손이 닿지 않는 곳에 있었다. 어쩌면 이 모든 사건들이 정화와 내가 키스를 하지 못해서 생겨난 것일지도 몰랐다. 키스만 했다면 세상은 전혀 다른 모습이 되었을 것 같았다. 습기가 올라오면서 엉덩이가 차가워졌다. 박정화는 어디에 있을까.

그녀는 학교에서 빠져나와 분식집에 앉아 있을 것이다. 거북선 만들어서 이 몸은 골초 됐네, 친구들과 노래를 부르며 담배를 피우고 있을 것이다. 나는 고개를 들어 분식집 쪽을 바라보았다. 비가 그친 하늘은 맑았다. 땅의 모습과는 아무런 상관이 없었다. 저 혼자 천연덕스럽게 푸르렀다. 바라보는 내 마음만 흐렸다. 문득 담배가 피우고 싶어졌다. 이렇게 흡연욕구가 생긴 것은 진구형 패거리들에게 린치를 당한 다음날 이후 처음이었다. 담배를 사본 적이 한 번도 없다는 것을 뻔히 알면서도 나는 주머니를 뒤졌다.

어쩌면 그녀는 학교에 아예 안 왔을 수도 있었다. 그쪽이 확률이 높았다. 그렇다면 지난겨울 함께 영화 보러 가던 그 남자와 있을지도 몰랐다. 깊은 밤 깊은 곳의 그 무엇처럼 껴안고 있을 수도 있다. 극도로 불안한 상태가 되면 모든 생물체는 이성을 가까이하게 된다고 생물교사가 말했었다. 나무도 위험한 상황이 되면 급하게 꽃을 피운단다.

그런 생각에 미치자 나는 세상에 혼자 남겨진 사람 같았다. 바람

부는 대지에 홀로 서 있는 전봇대 같았다. 바람 부는 날에는 흔들리는 나무보다 반듯하게 서 있는 전봇대가 더 불쌍해 보였다.

박정화에게는 그 남자가 있고 영기에게는 진숙이가 있다. 진구형에게는 벙어리 여자가 있다. 인호에게는 아마존파 애들과 자주 어울리는 여학생들이 있다고 들었다. 어쩌면 인호는 그 여자애들과 함께 있는 것인지도 몰랐다. 그렇게 생각하자 조금 안심이 되는 것 같았다. 그러나 위로를 주고받을 사람이 없는 이가 주인 할머니와 나뿐이라는 사실이 떠오르자 그것도 별 소용없게 되어버렸다. 나는 담배가 더 피우고 싶어졌다.

그런 상상에는 문제가 있었다. 모두가 약속이나 한 듯 골방에 박혀 서로 껴안고 있을 것 같지 않다는 것이다. 그동안 군인들에게 학생들이 많이 잡혔으니 어쩌면 박정화도 그랬을지도 모를 일이었다. 잔뜩 얻어맞고 끌려갔거나 아니면 남역 광장에서처럼 대검에 젖가슴을 찔렸을지도 몰랐다.

그러자 그녀가 운동장에 있는 군인들 막사에 잡혀 있을 것만 같았다. 밧줄에 묶인 채, 어쩌면 옷도 모두 벗겨진 채 누군가의 도움을 기다리고 있을지도 몰랐다. 그 옆에 인호도 잡혀 있을 것 같았다. 나는 나도 모르게 신음을 내뱉었다. 그 추측은 더 괴로웠다.

장풍 하나로 절벽을 무너뜨리는, 무협지 속 주인공의 능력이 있다면 좋겠다고 나는 생각했다. 하지만 그런 일은 일어나지 않았다. 무엇무엇 하면 좋겠다고 생각해본 것 중에 실제로 일어난 경우는 단 한 번도 없었다. 세상일은 늘 내 생각과는 다르게 진행되었다.

그것은 사람을 무기력하게 만들었다.

　군인 하나가 나에게 가까이 오라고 손짓했다. 나는 다가가서 이렇게 생긴 아이나 여학생이 이곳에 갇혀 있냐고 물어보고 싶었다. 그러나 발걸음이 떨어지지 않았다. 군인이 슬슬 다가왔고 나는 일어서서 뒷걸음질쳤다. 그러다 그는 갑자기 달려오기 시작해서 벤치까지 쫓아왔다. 나는 자그마한 언덕 위로 도망쳤고 나에게 감자를 먹이는 군인을 돌아보다가 내처 뛰었다.
　'살다보면 좋은 날 있을 것이다.'
　어른들은 그 소리를 자주 하곤 했다. 그 말의 근거는 무엇일까. 이렇게 무섭고 괴로운 날이 생겨버리기도 하는데 말이다.
　시내에서는 사람들이 유인물을 읽고 있었다. 여러 가지였다. 도시를 지켜내자는 호소도 있고 군인들과 싸우겠다는 선언도 있었다. 군인들이 적군이라는 말은 없었다. 아무래도 우리나라 군인들인 모양이었다.
　사거리에는 회사원으로 보이는 사람들이 삼십 명 정도 잡혀 있었다. 남자 여자 섞인 상태였고 팬티와 브래지어 차림이었다. 그들은 군인의 지시에 따라 옆으로 굴러, 쪼그려앉아, 귀 잡고 토끼뜀 따위를 하고 있었다. 젊은이들이 돌을 던졌다. 돌에 맞은 군인이 그들을 뒤쫓아가다가 돌아와서 기합받고 있는 이들을 발로 걷어찼다. 낯설던 그 풍경이 어느새 낯익은 게 되어 있었다.
　전신전화국의 철문은 닫혀 있었고 버스터미널에는 팬티 차림의 여학생이 가슴에 피를 흘리며 쓰러져 있었다. 속옷만 입은 젊은 여자를 이렇게 많이 보는 것도 처음이었다. 군인들은 어제처럼 트럭에 사람을 싣지 않았다. 잡아놓은 사람들이 너무 많아 저이들도 피곤해서 그럴 거라고 사람들이 말했다. 어느 정도는 맞는 말일 것이다. 때리는 사람도 지치는 법이니까.

사람들은 누군가에게 물러가라고 함성을 지르고 있었다. 하지만 전체적으로는 우왕좌왕하는 정도였다. 청년 한 명이 건물 난간으로 올라가 뭐라고 외쳤는데 주변이 너무 시끄러워 들리지 않았다. 몇몇이 쑥덕거리더니 그 자리에서 모금을 하기 시작했다. 모금 모자가 나에게도 왔다.

나는 주머니에 있는 육백원 중에서 삼백원을 냈다. 모금을 하던 사람들이 어딘가로 달려가서 자동차 배터리에 소형 앰프를 달아 들고 왔다. 그들 중 덩치가 큰 사람이 청년을 목말 태웠다. 이제 청년의 목소리가 스피커를 통해 나왔다. 어떤 사령관 이름이 나왔고 그는 그 사령관에게 물러가라고 구호를 외쳤다. 사람들이 큰 목소리로 따라했다. 나도 따라했다.

오후에는 차량 시위가 일어났다. 전조등을 켠 버스가 앞에 서고 그다음은 택시가, 그 사이와 뒤쪽에는 사람들이 잔뜩 모여들었다. 박수와 함성소리가 서로의 끝을 물고 일어났다. 맨 앞 버스 지붕 위에는 태극기 든 사람이 올라타 있었다. 차를 모는 솜씨가 서툴러서 버스는 가로수를 들이받고 말았다. 군인들이 최루탄 쏘고 들어가 축 처진 이들을 끌고 나왔다.

여기저기 불이 오르기 시작했다. 시내 광장에서는 사람들과 군인들이 대치하고 있었다. 군인들은 광장 뒤의 커다란 관공서를 본부로 삼고 있었다. 너무 가까이 붙어버려 육박전이 벌어졌다. 돌멩이를 던지고 각목을 휘둘렀고 곤봉으로 치고 대검으로 찔렀다. 사람들은 쓰러졌고 안내양 차림의 여자들이 울부짖으며 앰뷸런스를 불렀다.

생물교사를 발견한 것은 저녁때였다.

그는 머리에서 피를 흘리며 군인들에게 쫓기고 있었다. 교사가 누군가에게 쫓긴다는 것은 얼토당토않은 짓이지만 그러고 있었다. 마치 아버지가 이웃집 아저씨에게 흠씬 두들겨맞은 것처럼 어색한 상황이었다. 그는 걸음이 느린데다 자주 뒤를 돌아보았기에 금방이라도 잡힐 것 같았다.

어떤 상황이 닥치면 몸이 먼저 움직일 때가 있다. 그럴 때는 생각이라는 게 있는지 없는지도 모른다. 정황판단을 할 수 없는 상태. 내가 그랬다. 나는 충동적으로 돌멩이를 움켜쥐고 달려나가 연거푸 던지며 군인들에게 욕을 했다. 그러자 그를 쫓던 서너 명의 군인이 내 쪽으로 방향을 틀었다. 나는 뒤돌아서 비교적 많은 사람들이 모여 있는 곳으로 뛰었다. 사람들이 황급히 좌우로 갈라졌고 곧바로 아수라장이 되었다.

다른 곳에서 달려온 군인이 나에게 달려들어 곤봉을 내리쳤다. 나는 허리를 최대한 옆으로 휘었지만 어깨를 맞고 말았다. 나를 때린 군인이 균형을 잃으며 잠시 멈칫하는 사이 다른 군인이 재차 달려들었다. 두번째 곤봉은 가까스로 피했는데 협공을 당하는 바람에 골목 안으로 들어와버리고 말았다. 그들은 계속 뒤쫓아왔다.

나는 달려가던 탄력을 이용해 담벼락을 붙잡고 타 넘었다. 담 윗부분에 유리 조각이 박혀 있다는 것을 알게 된 것은 조금 뒤였다. 내가 들어간 집은 상하 방이 앞뒤로 덧대어진 기와집이었다. 군인들이 바깥에서 대문을 발로 찼다. 대문이 부서질 듯 흔들거렸다. 신발은 있었는데 사람 기척은 없었고, 마당에 있는 개도 꼬리를 배에 붙인 채 머리를 처박고 있었다. 뒷마당으로 뛰어갈 때 세숫대야가 발에 걸려 우당탕 뒹굴어도 여전히 그랬다.

뒷마당에서 뒷집으로 담을 넘자 이번에는 아주머니가 현관 뒤에 숨은 채 손가락으로 한쪽을 가리켰다. 평소 같았으면 그녀는 비명을 지르고 경찰을 불렀을 것이다. 나는 아주머니가 가리키는 쪽으로 가서 다시 담을 넘었다. 그곳에 반대쪽으로 골목이 나 있었다.

큰길에서 다시 생물교사를 만날 수 있었다. 그는 거의 쓰러질 듯이 뛰고 있었다. 골목에서 되돌아나온 군인들이 쫓아왔다. 나는 생물교사의 손을 잡고 달려갔다. 사방이 트인 곳이었다. 하지만 군인들도 사방에 있었다. 왼쪽에서 쫓겨오는 자들, 오른쪽에서 쫓겨오는 자들이 교차로에서 뒤엉키고 또 순식간에 흩어졌다. 비명과 고함이 뒤죽박죽 뒤섞였다. 이합과 집산이 한순간이었다.

떠밀리기도 하고 쫓기기도 하다보니 우리는 천변이 시작하는 부분까지 와 있었다. 나는 예전에 갔던 포장마차를 발견하고 그리로 뛰어갔다. 단단히 묶여 있었지만 매듭 하나만 풀어내면 전부 풀리는 식이라 들어가는 것은 어렵지 않았다. 우리 두 사람은 뱀이 수풀 속으로 빨려들듯이 그 속으로 들어갔다. 들어가서 줄을 리어카 바퀴에 묶은 다음 포차 바닥에 나란히 누웠다. 바퀴와 바퀴 사이였다. 오래지 않아 한 무리의 군인들이 근처를 지나갔다. 그들은 늘어선 포장마차들을 발로 찼고 하필 우리가 누워 있는 곳의 줄을 신경질 적으로 잡아당기기도 했다. 리어카가 통째로 흔들렸지만 줄은 풀어지지 않았다.

우린 숨이 가빴지만 숨소리를 내지 않으려고 애를 썼다. 코와 입으로 천천히 숨을 내쉬느라 가슴에 경련이 일었다. 군홧발 소리가 점차 멀어지자 비로소 썩은 냄새가 코에 들어왔다. 음식 찌꺼기가 바퀴와 바닥의 각 이음매에 박혀 있었다. 간장 냄새 비슷한 것도 났다.

나는 몸을 빼내 좌대 위에 쌓인 이런저런 물건 속에서 삼분의 일쯤 남은 소주병을 찾아냈다. 생물교사는 그것으로 머리의 상처를 씻다 말고 내 손을 가리켰다. 오른손 검지와 중지 아래쪽에 피가 나고 있었다. 담배가 있다면 범이처럼 침에 개어 붙일 것인데 그러지 못했다. 그는 손수건으로 얼굴을 닦고 나서 내 손가락을 그것으로 묶어주었다. 사람들의 아우성이 멀리서 들렸다. 우리는 긴 숨을 내쉬었다.

"왜 이렇게 되었을까요?"

나는 물었다. 내가 학생이고 그가 교사인 게 다행이었다. 학생은 묻고 교사는 답을 하는 존재 아닌가. 그는 대답이 없었다.

"대답 좀 해주세요."

나는 재촉하면서 당신에게 수업을 듣는 학생이라고 덧붙였다. 그는 나를 바라보더니 기억이 난다며 고개를 끄덕였다.

"나도 누구에게 물은 말이다."

"……"

"난 어제 내 선생님을 찾아갔다."

그에게도 선생이 있었다. 그렇다면 답은 교사의 몫이라기보다는 어른의 몫이었다. 그러하기에 노인들은 대답하기가 궁해서 죽어버리는지도 몰랐다.

"나도 내 선생님에게 여쭤보았다. 왜 이런 일이 일어났는지."

나는 침을 삼켰다.

"그분도 한동안 말씀이 없으셨다. 그러다가 갑자기 알래스카의 개 이야기를 하셨다."

"알래스카 개라뇨?"

"썰매 끄는 개 말이다."

"영화에서 본 것 같아요."

"그분의 말에 따르면 에스키모들이 썰매에 개를 묶을 때,"

생물교사는 잠깐 동안 말을 끊고 멀리서 들려오는 함성에 귀를 기울이다가 다시 이었다.

"젊고 튼튼한 개들 사이에 늙고 병든 개 한 마리를 끼워넣는다고 한다."

"……"

"그리고 채찍질을 하는데 그 늙고 병든 개만 집중적으로 때린다는 거다."

그는 잠시 한숨을 내쉬었다. 나는 그의 표정을 보고 싶었으나 그 사이 주변은 완전히 어두워져 있었다. 형체만 실루엣처럼 보였다.

이러고 있자니 그는 교실에서 보았던 생물교사와는 전혀 다른 사람 같았다. 어느 정도 거리를 두고 보던 사람이 갑자기 가까워졌을 때 그 사람은 참으로 낯설게 보였다.

"그 개는 끊임없이 비명을 지르게 되지. 그 개의 처절한 비명이 다른 개들에게 공포심을 준다는 거야. 그래서 찍소리 못 하고 썰매를 끌게 되는 거야."

"……"

"에스키모들은 어느 때 어떤 공포심이 필요한지를 알고 있는 거지."

"그러면 우리가 그 개라는 말인가요?"

"아무튼 그 이야기를 들으니 이해가 좀 되었다."

"……"

"사람들이 물러가라고 외치는 사령관 있지?"

"예, 들었어요."

"그 사람이 만들어낸 짓이라는 거야."

"……"

"그 사령관은 그게 필요한 거야. 공포와, 그것을 만들어내는 혼란이."

나는 공포와 혼란, 이라는 단어를 되뇌어보았다. 그가 그것을 원했다면 성공하고 있는 것이다. 그렇지만 똑같은 의문점이 남았다. 왜?

"두고 보면 알 수 있겠지. 그것 말고는 이 사태를 설명할 수 있는 것은 아무것도 없어."

"간첩은요? 간첩들이 왔다는 소문도 있던데요."

"나는 저들의 횡포를 보다가 도저히 참을 수 없어서 싸우기 시작했다. 네가 보기에 내가 간첩으로 보이니?"

"아뇨."

"내가 보기로는 다른 사람들도 나처럼 견디다 못해 덤벼드는 것뿐이다."

"그건 맞아요."

다시 한 무리의 사람들이 달음박질치며 지나갔다. 내가 말했다.

"사람들이 개처럼 달려가고 있어요."

그리고 육중한 기계음이 다가오고 있었다. 나는 몸을 굴려 천막을 조금 올려보았다.

"장갑차예요."

장갑차는 우리가 숨어 있는 포장마차 근처에 멈춰 섰다. 함성과 둔탁한 소리가 들리는 것으로 봐서 쫓기던 사람들이 뒤돌아서서 공격을 시작한 모양이었다. 그들이 던진 돌멩이가 우리 옆으로 떨어졌다.

"1조 공격 준비."

이런 군인들의 소리도 들렸다. 근처의 포장마차 하나가 장갑차에 의해서 뒤집혔다.

"일단 빠져나가자."

우리는 길 반대쪽의 천막을 들어올렸다. 약간의 공간이 있었고 그 아래로는 하천으로 이어지는 제방이었다. 우리는 뒹굴었고 요철 형태의 경계면을 타고 내려와서야 멈출 수 있었다.

도처에서 군인들과 부딪치고 있는 사람들은 홍수를 만난 하천의 쓰레깃더미처럼 움직였다. 한꺼번에 모였다가 흩어졌고 다른 사람들과 뒤섞여갔다. 그 와중에 생물교사와는 멀어지고 말았다. 내 손가락에 그의 손수건만 남아 있었다. 데모를 하는 교사는 어색하기는 했지만, 군인과 싸우는 생물교사는 하나도 이상하지 않았다. 그는 최소한 자신의 말과 행동이 일치한 어른이었다.

조금 뒤 나는 방송국 앞에 서 있었다. 방송국을 사이에 두고 군인들은 저편에 있었다. 화염과 연기와 최루탄 가스 사이로 그들이 희미하게 보였다.

"어제 뉴스 봤죠? 여기 실상은 전혀 안 나왔어요."

한 중년이 외쳤다. 어제 내가 들었던 라디오에서도 이곳 뉴스는 나오지 않았다. 아바 노래만 나왔다.

"방송이 뭡니까. 진실을 알려야 하는 곳 아닙니까. 이런 방송국은 태워버립니다."

사람들이 우우 환호성을 질렀다. 사내 하나가 석유통을 들고 달려가 입구에 뿌렸다. 불은 쉽게 붙지 않았다. 누군가가 종이와 헝겊 따위를 가져오자 그제야 타올랐다.

누군가가 또 외쳤다.

"잠깐만요. 그래도 우리의 진실을 알리려면 방송국이 있어야 되지 않겠어요? 방송국을 그냥 놔둡시다!"

들어보니 그 말도 일리가 있었다. 이번에는 소화기를 들고 와서 불을 껐다. 불붙은 범위가 크지 않아 끄는 게 어렵지 않았다. 사람들은 무엇을 하자고 누군가가 말하기를 기다렸다. 그러나 말하는 이가 없었다. 이번에는 건물 반대편에서 불길이 솟아올랐다. 군인들이 있는 곳이었다.

방송국에 들어가본 적은 없지만 내 짐작에도 그 안에는 쇠붙이 장비들만 있을 것 같았다. 그런데 불길이 이층, 삼층, 솟구쳐올라갔다. 각 층 계단마다 기름을 부어놓은 것 같았다. 누군가가 외쳤다.

"변압기가 폭발한다."

방송국과 병원 사이에 전봇대가 있고 위쪽에 변압기가 있었다. 화염이 그것을 감싸고 있었다. 사람들은 뒤쪽으로 밀려났다. 아무도 변압기가 어떻게 폭발하는지는 알지 못했다. 그게 폭발을 하는 것인지도 분명치 않았다. 그러는 사이 방송국 건물이 통째로 타버렸다.

여기저기서 불길이 치솟았다. 잠깐 동안에 불의 도시가 되어버린 것 같았다. 사람들이 승용차에 불을 붙여 장갑차 쪽으로 굴리기도 했다. 승용차는 십 미터도 가지 못하고 시커먼 그을음을 내며 그 자리에서 타올랐다. 불길 때문에 옆 사람 얼굴이 잘 보였다. 주변은 온통 불길과 그을음과 최루탄과 장갑차 소리가 뒤덮고 있었다.

방송국이 타버렸기에 이제 사람들은 얻어터지거나 덤벼들거나 두 가지 외에는 할 게 없었다. 군인들은 장갑차를 가운데 두고 두 줄 맞춰 최루탄을 쏘면서 밀고 왔다. 나는 사람들과 함께 여고 뒷담 쪽 대로변으로 밀려갔다.

여자가 있었다. 그녀는 마이크를 들고 당신들 어느 나라 군대인가, 울부짖으며 소속을 묻고 있었다. 목소리가 고왔다. 사람들은 그때마다 환호하며 군인들에게 달려나갔다. 누군가 치약을 짜서 내 눈 아래에 발라주기도 했다. 그 사람의 두 눈 아래에도 치약이 두

줄로 발라져 있어서 마치 인디언 같았다. 눈이 잠시 시원해졌다. 우리는 그곳에서 공방전을 벌였다. 덤벼들었고 밀렸다. 밀렸다가 재차 전진했다.

연달아 터지는 최루탄 때문에 우르르 후퇴를 할 때였다. 구멍가게 앞에 서 있던 노인이 갑자기 큰길 가운데로 뛰어왔다. 그는 들고 있던 지팡이를 휘둘러 젊은이들을 때렸다. 팔목과 지팡이 두께가 비슷했다.

"고작 이런 것에 젊은 놈들이 뒤로 밀린단 말이냐."

그는 하얀 염소수염을 파르르 떨며 사람들을 나무랐다. 지팡이를 맞은 이도, 그렇지 않은 이도 그 자리에 서서 노인의 꾸중을 들었다.

"내 평생 살면서 이런 경우는 처음 본다."

사람들이 노인 쪽으로 모여들었다.

"사람이 죽어나가는데 이딴 매운 연기가 대수냐? 밀리지 마. 너희들 숫자가 더 많아. 죽기 살기로 덤벼, 이놈들아."

노인은 나이든 혁명군 같았다. 그러나 그는 염소수염을 딱 한번 더 떨 수 있었다. 최루탄이 날아와 그의 얼굴을 때린 것이다. 퍽, 소리와 함께 노인의 고개가 백팔십 도 뒤로 젖혀지며 쓰러졌다.

흥분을 한 나는 커다란 돌멩이 두 개를 들고 앞으로 뛰어나갔다. 뛰어가서 돌을 던지고 욕을 했다. 욕은 아무런 효과가 없는데도 그랬다. 그리고 자욱한 연기가 걷히자 군인들에게 침을 뱉어도 닿을 거리에 와 있다는 것을 알아차리려야 했다. 돌멩이가 턱없이 멀리 날아가버린 거였다.

그때 전차 위의 군인이 내게 총을 겨눴다. 누군가 나에게 총을 겨

눈 것은 처음이었다. 불빛을 받아 총구가 번뜩였다. 순간 총구에서 불꽃이 튀었고 총소리가 연달아 났다. 나는 쓰러졌다. 맞았구나, 생각했다.

쓰러지는 몇 초간은 설명하기가 쉽지 않다. 설명할 수 있는 것은 딱 하나. 모든 것이 다 떠올랐다는 것이다. 무엇이 떠올랐느냐고 물으면 전부 다, 라고 말할 수밖에 없다. 그러니까 이러이러한 것이 떠올랐다는 게 아니라, 무언가를 콕 찍어놓고 보면 그것도 떠올랐다는 것이다.

그것은 태어나서 지금까지의 인생을 담아놓은 파노라마필름 같았다.

어렸을 때 탔던 세발자전거. 마루치가 그려진 신발. 구슬과 딱지. 항구에서 보았던 화물선. 맨 처음 가졌던 가방. 낚시 채비. 새우. 현숙이라는 소녀. 길에서 주운 샤프펜슬. 화 내며 때리는 아버지. 수평선 너머로 지는 저녁노을. 공용 물칸이 있어 여탕 쪽에서 손이 보이곤 하던 목욕탕. 하굣길에 보았던 붉은 달. 여자들이 서 있던 항구의 역. 사회교사의 마누라. 영기가 견딘 백 대의 매질. 설날 떡국. 할머니가 주었던 용돈. 깎아놓은 손톱. 몽정을 하고 난 다음날 팬티. 김칫국물이 묻어버린 시험지. 기차. 인호. 진구형. 양은냄비. 연탄불. 영춘이와 형제파. 소주와 생 닭발. 주인 할머니의 알몸. 창녀의 젖꼭지. 그리고 박정화. 박정화 입속으로 빨려들어가던 짜장면 면발. 그 붉은 입술.

그 모든 것이 필름 속에 들어 있었다. 그것뿐만이 아니었다. 그것들보다 더 작고 세세한 것과 더 어렸을 때에 보았던 것들까지 모두 보였다. 그것들은 내 이력 같은 거였다. 내가 죽으면 나와 함께 사라질 것들이었다.

아, 이런 적이 있었지…… 나는 눈앞으로 지나간 파노라마의 잔상 때문에 장갑차가 발치까지 오는 줄도 몰랐다. 십팔 년의 역사가 이렇게 짧다는 것과, 이런 것까지 내 인생에 있었다는 것, 두 가지의 감탄이 뒤죽박죽이었다.

"비켜!"

누군가 다급한 목소리로 외쳤다. 다른 사람이 그 말을 되풀이했고 뒤이어 육중한 기계 소리가 들렸다. 포클레인이었다. 포클레인은 연기와 사람 사이에서 나타나더니 그대로 장갑차에 쿵, 부딪쳤다. 두 개의 거대한 무한궤도 바퀴가 서로를 밀었다. 전진이 허락되지 않아 끼리릭, 바닥을 긁으며 장갑차가 비스듬한 원을 그렸다.

나는 가로수 뒤로 몸을 굴렸다. 그리고 몸을 만졌다. 교련시간에 듣기로, 총알을 맞으면 처음에는 모른다고 했다. 가슴이나 배, 다리 어디에도 맞은 곳은 없었다. 총소리가 또 들렸다. 군인들이 포클레인 운전석에 앉아 있는 사람을 쏜 것이었다. 그 사람은 인사를 하듯 고개를 운전대로 처박았다.

인호 돌아오다

"정말로 모든 것이 다 지나갔다니까요."

남역 패거리들은 두 눈을 끔벅거리며 서로를 바라보았다.

"그 짧은 시간에 살아온 인생이 다 보인다는 게 정말로 가능할까?"

영식이 되물었고 나는 힘주어 고개를 끄덕였다. 세상엔 말로 설명하기 힘든 게 늘 생겼다.

"그런 말 어디서 듣기는 한 것 같아."

"그런데 그게 왜 보이지?"

"전생에 봤던 것을 기억하는 사람들도 있잖아."

"좋아, 그렇다고 쳐. 하지만 아주 짧은 순간에 다 지나갔다면, 팔십 노인도 그 시간에 다 볼 수 있을까? 팔십 평생이 다 지나가려면 한참 걸릴 거 아냐."

그것은 미처 생각 못 했던 것이었다. 나는 주인 할머니를 떠올렸다. 주인 할머니가 나와 같은 경우를 당했다면 그 필름들을 들여다보는데 얼마나 걸릴까? 아니, 정작 중요한 것은 시간보다는 그 경험이 어떠한 느낌일까, 하는 것일 게다. 자신의 세 살 때 모습을 봐버린 팔십 노인. 늙으면 아이가 된다고 하는 게 어쩌면 그런 것과 관련이 있을 수도 있었다. 그러니까 그것은 노인에게 경이롭다기보다는 무서운 일일 수도 있었다. 나는 일찍 보게 되어서 다행이라고 생각했다.

시내 쪽에서 연달아 총소리가 들려왔다. 우리는 다시 현실로 돌아왔다.

"이러다 정말 다 죽는 거 아닐까 몰라."

"그러게 말이야. 총은 몽둥이나 대검하고는 다르잖아."

"죽인다고 그냥 죽어줄 등신이 어딨어?"

그렇게 대답한 사람은 진구형이었다. 그는 여러 날째 군인과 투석전을 벌였었다.

"……"

"방법은 간단해. 저들이 총을 쏘면 우리도 무기를 들면 돼. 왜? 우릴 죽이려 하니까."

그는 담배를 힘주어 빨면서 덧붙였다. 아무도 대꾸를 못 했다. 그렇다면 말 그대로 전쟁의 모습이었다. 가장 끔찍한 짐작이었다. 세상은 늘 내 짐작과는 다르게 흘러가지만 가장 안 좋은 것은 그대로 들어맞기도 했으니까.

누군가 달려오는 소리가 난 것이 그때였다. 우리는 흠칫 놀라 일어섰다. 새벽 세시 공터였으니 그럴 수밖에 없었다. 진구형은 어느

새 커다란 각목을 집어들고 있었다. 그러나 달려온 사람은 한 명이었고 벙어리 여자였다. 그녀는 총 맞은 암말처럼 비명에 가까운 소리를 나에게 질러대며 팔을 마구 휘저었다. 눈알이 튀어나올 것처럼 보였다.

말도 너무 빨라 무슨 이야기를 하는지 전혀 알아들을 수 없었다. 빠르지 않더라도 나는 아직도 그녀의 말을 알아듣지 못하고 있었다. 그녀는 그러면서 진구형 쪽으로 조금씩 몸을 움직였다. 진구형은 각목을 내려놓고 벙어리 여자의 손을 잡으며 말했다.

"아무래도 인호가 왔다는 말인 것 같은데?"

그의 추측이 맞았다. 마당으로 들어가보니 인호가 있었다. 위는 알몸이었고 아래에는 여자들이 입는 몸뻬바지를 입은 상태로 금방이라도 쓰러질 듯 후들거리며 마당에 앉아 있었다. 할머니가 쪼그려앉아 인호의 얼굴을 들여다보고 있었다. 상태는 차마 못 볼 정도였다. 작년에 깡패들에게 맞고 온 것보다 더 참혹했다. 얼굴은 물론 온몸이 모두 피멍투성이었다. 머리도 여러 군데 깨지고 왼쪽 팔은 탈골된 듯 잘 움직이지도 못했다.

나도, 뒤따라온 진구형도 아무 말 못 했다. 할머니만 머리를 싸매고 있는 수건을 매만지며 신음소리를 냈다. 물을 청한 인호는 연거푸 다섯 사발을 마신 다음에야 입을 열었다.

"간신히, 간신히 살아왔다. 정말 죽는 줄 알았다."

그는 정말 죽어서 돌아왔다 해도 믿어질 것처럼 보였다.

"그놈들이냐? 나를 이렇게 만든 그놈들이 너한테도 이런 거냐?"

할머니가 물었고 대답은 진구형이 했다.

"그럼 군인들 말고 누가 또 있겠어요?"

"지랄. 우리 집에 발도 들여놓지 말랬는데 너는 왜 들어왔어?"

"지금 그런 것 따질 상황이에요?"

진구형이 야단치듯 말했다. 할머니가 뭐라고 대답을 하려는 순간 벙어리 여자가 할머니에게 뭐라고 지껄였다. 나는 인호를 방으로 부축해갔다. 이불을 깔고 눕히자 그는 땅속으로 들어가기라도 할 것처럼 쓰러졌다. 그리고 정신을 잃었다.

둘 다 진구형을 손가락으로 가리키며 할머니는 할머니 말로, 벙어리 여자는 벙어리 여자 말로 싸우고 있었다. 왜 데려온 거냐, 당장 내보내라, 가 할머니 말이었고 벙어리 여자는, 저 사람한테 왜 자꾸 그러느냐, 따지는 것 같았다. 내가 나섰다.

"죽 좀 쒀줘요."

"죽?"

"아마 굶었을 거예요. 그런데 지금 해놓은 밥이 없어요."

"갑자기 죽을 쑤라니 어떻게 해야 하지? 아이고 머리야, 그냥 누룽지 같은 것을 팔팔 끓이면 안 될까?"

"아무래도 좋아요. 빨리만 해줘요."

할머니는 벙어리 여자를 노려보다가 부엌으로 들어갔다.

그녀가 가져온 것은 누룽지에 멸치 두어 마리 넣고 끓인 거와 간장 종지였다. 그러나 인호는 내가 부르는 소리에 반응이 없었다. 두 시간 동안 그랬다. 두 시간 뒤에야 그는 눈을 떴고 내가 건네준 그릇을 들고 마시듯이 삼켰다.

"담배 하나만 주라."

공터에는 아직 몇 사람이 남아 있었다. 진구형은 보이지 않았다. 대신 벙어리 여자가 그 자리에 앉아 있었다. 시내로 다시 나갔다고 영식이 말했다. 나는 영식에게서 담배를 두 개비 얻어왔다. 인호는 담배연기를 깊숙이 삼켰다. 그리고 말했다.

학교에서 돌아오다가 어느 여대생이 군인들에게 맞고 있는 것을 보았다. 인호와 친구들이 돌을 던졌다. 그들은 여대생을 두고 뒤쫓아왔다. 다들 사방으로 흩어져 튀었다. 그때 반대편에서 열댓 명의 군인이 인호 앞에 나타났다. 그들은 총을 겨눴다.

"꼼짝 마. 눈깔만 돌려도 쏴버릴 테니까."

총 앞에서는 빠른 발도, 권투 실력도 소용이 없었다. 그러고 보면 총은 사람의 여러 가지 능력을 한순간에 아무 소용없게 만들어버리는 힘이 있었다. 군인들이 총을 제2의 생명이라고 말하는 것이 그런 이유일 것이다. 인호는 잡혔다. 일단 개머리판으로 두들겨맞았고 뒤이어 군홧발에 밟혔다.

그는 팬티만 입은 채 밀폐된 트럭에 실렸다. 비슷한 몰골의 남자와 여자 들이 그 안에 있었고 몇 사람이 더 타기도 했다. 사람들로 가득해지자 트럭은 이동했다. 군인들은 주기적으로 포장 아래를 들추고 최루탄을 던져넣었다. 좁은 곳에서 그게 터질 때마다 사람들은 비명을 질렀다. 공기가 통하지 않았기에 트럭 안에는 최루탄 연기가 목욕탕 속 수증기처럼 머물렀다. 사람들의 허파가 그것을 걸러내는 역할을 했다. 숨이 막혔고 눈물과 콧물이 멈추지 않았다. 최루탄 파편을 맞은 사람들이 흘린 피가 바닥을 적셨다.

트럭이 도착한 곳은 도시 저편에 있는 대학교 운동장이었다. 그러니까 오전에 막사를 보면서 혹시 저기에 인호가 있을까 생각하는 동안 그는 다른 대학교에 잡혀 있었던 것이다. 반은 맞았던 것이다.

그곳에 도착했을 때 트럭 안에서는 이미 세 명이 죽어 있었다. 약속이라도 한 듯 다른 트럭에서도 그만큼씩 사망자가 나왔다. 십 분만 더 그 상태로 갔다는 자신도 숨이 막혀 죽었을 거라면서 인호는 말을 이었다.

그는 강의실에서 무릎을 꿇은 채 사흘간 잡혀 있었다. 아닌게 아니라 그의 무릎은 시커멓게 죽어 있었다. 출동 나갔다 돌아온 군인들이 순서대로 그들을 찾아왔다. 찾아와서 발로 차고 주먹으로 때렸다. 장교들이 왔다 가면 하사관들, 그리고 사병들이 찾아오는 식이었다. 마치 장교가 먹다 남긴 음식을 하사관들이 먹고, 그리고 나머지 것을 사병들이 먹는 것 같았다.

인호는 자신이 맞은 횟수를 기억하려고 애를 썼다. 그런 거라도 외우지 않으면 미쳐버릴 것 같았다. 오로지 그 숫자를 외우는 데 집중했다. 첫날 342대, 둘째 날 313대, 사흘째엔 297대였다.

"그러면 모두 몇대지?"

그는 세기만 했지 합산은 하지 않았다. 내가 해줬다.

"구백사십두 대야."

"씨팔, 더럽게도 많이 많았군."

"아니, 계산이 틀렸어. 구백오십두 대야."

"……"

그 정도면 영기도 해보지 못한 기록이었다.

그들은 재우지도 않고 밥을 주지도 않고 물을 주지도 않았다. 사람들은 통증과 굶주림과 갈증과 수면욕과 두려움을 한꺼번에 앓으면서 몸서리를 쳤다. 가장 괴로운 것은 갈증이었다. 물을 달라는 사람은 집중적으로 얻어맞았다. 잠시 기절할 수 있어서 그 편이 나을 수도 있었다. 하지만 그대로 죽어버리는 경우도 있어서 그것은 목숨을 거는 구걸행위가 되어버렸다. 목숨을 걸어야 하는데도 물 달라는 소리는 이어졌다.

사십대 남자가 한낮의 사하라사막 같은 목소리로 말했다.

"제발, 물 한 모금만."

군인은 그를 물끄러미 바라보다가 다가와 바지 버클을 풀고 오줌을 누었다. 오줌이 사십대 남자의 머리에 쏟아졌다. 남자는 입을 벌리고 꿀꺽거리며 그것을 받아 마셨다.

사람들은 몸을 떨었다. 그렇게라도 하고 싶은 마음과 도저히 그럴 수는 없다는 마음이 맹렬하게 부딪친 거였다. 그들은 자신의 것을 받아 마시거나, 하다못해 옆 사람과 서로 바꿔 마시기라도 하고 싶었으나 그것은 허락되지 않았다. 그래서 오줌은 꿇어앉은 채 싸야 했다. 인호는 앞 사람 발바닥 아래로 흘러나오는 오줌을 보면서 더 깊은 갈증을 느껴야 했다.

어떤 사람은 혀를 깨물고 피를 토했다.

"이 자식 별종이네."

새로 들어온 군인들이 다가와 개머리판으로 때렸다. 그 사람은 개구리처럼 팔다리를 떨다가 숨이 끊어졌다. 군인들은 오줌을 싸서 그의 얼굴을 씻어내고 사진을 찍더니 어딘가로 데려갔다. 그들은 머리를 바닥에 대다시피 하고 있는 남자에게도 다가갔다. 그들이 지적하는 것은 자신들이 분필로 그어놓은 선 뒤쪽으로 발가락이 나왔다는 거였다. 군인 하나가 착검된 총을 거꾸로 들고 바깥으로 삐져나온 것을 내리 찍었다. 세 번 만에 발가락이 떨어졌다. 그곳에서 끊임없이 피가 흘러나왔고 그는 그날 밤 숨졌다.

또 한 사람은 지폐 뭉치를 뿌리며 외쳤다.

"나 돈 있다. 돈이면 못 할 게 뭐 있어."

그도 맞아 죽었다. 돈이 있어도 못 할 게 있다는 것을 몰랐던 것이다. 등에 용 문신이 있는 청년도 있었다. 그도 이렇게 외쳤다.

"야! 씨발놈들아, 차라리 죽여라."

하사관이 그렇게 해주었다. 그는 죽을 때까지 진압봉으로 때렸다. 용 문신의 청년은 점차 몸이 낮아지다가 나중에는 바닥에 딱 붙은 채 죽었다. 현금 다발처럼, 용트림을 하던 용 문신도 무기력했다. 그렇게 하루에 몇 명씩 죽었다. 그때마다 시체에 오줌을 싸서 얼굴을 씻고 가슴에 번호판을 달고 사진 찍은 다음 끌고 갔다. 죽어가는 데도 사람들은 늘어났다.

나중에는 방이 가득 찼다.

그리고 또 한번의 이송이 있었다. 사흘째 밤이 되자 그들은 트럭으로 옮겨졌다. 유일한 기회라고 인호는 판단했다. 트럭이 로터리를 도느라 속도를 늦추는 순간 그는 옆에 앉은 사람들과 눈빛을 교환하고는 한순간에 뛰어내렸다. 대부분 바닥으로 나뒹굴고 말았다. 인호는 간신히 중심을 잡았다. 그리고 뛰었다. 다리가 풀리고 힘이 없지만 그래야 했다.

그러니까 팬티만 입은 고등학생이 온몸에 멍과 상처를 달고 밤거리를 달렸던 것이다. 내가 남의 집 담을 타 넘었을 때처럼 일상적인 날이라면 그것도 경찰에 신고되었을 것이다. 하지만 이 도시에서 일어난 일들은 모든 상식을 무화시키고 있었다. 아마 똥물을 뒤집어쓰고 식당에 나타난다 해도 하나도 이상할 것 없는 상황이었다.

그는 큰길을 빠져나와 철로변을 달리다가 자신이 거의 알몸이라는 것을 알아차렸다. 하나도 이상할 것 없는 상황이지만 맨몸을 가리고 싶은 것은 사람의 기본 마음이었다. 그는 3교대 여상 근처에서 아무 집이나 들어갔다. 아주머니 한 명이 조심스럽게 나와 누구냐고 물었고 그는 이러이러한 일이 있었다고 간단히 설명했다. 그 시간에 잠자는 사람이 아무도 없다는 것도 이 도시에 새롭게 생겨난 현상이었다. 그녀는 인호의 말이 채 끝나기도 전에 방에서 몸뻬를 꺼내왔다.

한 번씩 긴 숨을 쉬어가던 인호는 말을 마쳤다. 그사이 날이 샜다. 그는 또 한번 몸을 부르르 떤 다음 창으로 들어오는 아침햇살을 잠시 바라보았다. 얼굴이 전혀 다른 사람처럼 보였다. 나는 아무런 말도 할 수 없었다. 그가 눈을 감자 나도 그의 곁에 누웠다.

몸을 눕히고 나서야 나는 한 번도 기차가 지나가지 않았다는 것을 깨달았다. 그러고 보니 사흘간 남쪽 역을 지나간 기차가 한 대도 없었던 것이다. 그러자 역이 죽어버린 것 같은 기분이 들었고 기차란 게 아주 먼 옛날의 어떤 물건처럼 생각되었다.

나는 기차 소리가 몹시도 그리워졌다.

그들이 돌아가다

인호는 밤새 신음했다. 잠들지 못하는 것 같았다. 혼절과, 소스라치며 깨어나서 앓는 것, 두 가지만 되풀이했다. 나는 토막잠마다 인호의 신음과 연관되는 꿈을 꾸었다. 이를테면 기적이나 바퀴 구르는 소리 대신 신음소리를 내며 오는 기차 같은 거였다. 정화와 그 남학생이 껴안고 있는 장면도 있었는데 가까이 다가가보니 둘 다 피를 흘리며 신음을 내고 있기도 했다.

시간이 얼마나 지났는지 알 수 없었다. 내가 일어난 것은 노크 소리 때문이었다. 누군가가 방문을 두드리고 있었다. 처음엔 그것도 꿈인 줄 알았다.

햇볕이 한꺼번에 쏟아져들어왔고 햇볕 너머에 여자 형상이 보였다. 진숙이었다. 그 장면은 마치, 평온했던 옛날이 통째로 되돌아오는 것 같은 느낌이었다. 그래서 나는 그녀가 귀신이 되어 찾아왔다고 생각하고 벌떡 일어섰다. 하지만 진숙이는 허둥대고 있었다. 귀신이 허둥대는 것은 상상도 못 할 일이었다.

"영기가."

진숙이 말했다. 이미 방문을 열었는데도 노크 소리는 계속 들렸다. 그녀의 머리 뒤로 마당에 서서 우리를 바라보고 있는 할머니와 우왕좌왕하고 있는 벙어리 여자가 있었다. 아마도 진숙이 대문을 두드렸고 둘 중 한 사람이 문을 열어주었을 것이다.

"영기가 왜?"

"영기가 어젯밤에 들어오지 않았대."

"……"

"조금 전에 하숙집에 가봤어."

그제야 계속 들리는 소리가 총소리라는 것을 나는 깨달았다.

도로에는 여러 종류의 차들이 돌아다니고 있었다. 고속버스, 트럭, 지프, 관광버스 같은 거였다. 심지어는 장갑차와 소방차도 있었다. 버스는 모두 유리창이 깨져 있었고 사람들이 창 너머로 손을 내밀며 노래를 부르고 있었다. 각목으로 차 몸통을 때리는 사람도 있었다. '사령관 물러가라'는 내용이었다. 거리의 모든 차가 그랬다.

시내까지 걸어가려면 멀었다. 시내를 간다 하더라도 딱히 무엇을 할지는 몰랐다. 하지만 영기가 돌아오지 않았다면, 인호처럼 시내 어딘가에 붙잡혀 있을 거라고 나는 판단했다. 엔진 소리는 크고 속도는 느린 관광버스 한 대가 지나가고 있었다. 나는 달려가서 유리창이 없어진 창턱으로 뛰어올랐다. 안에 있던 청년들이 어깨를 잡아당겨서 나는 마치 구멍에 빠지듯이 빨려들어갔다.

내가 자리를 잡자 누군가 김밥을 주었다. 원통형이 아닌, 김으로 둥글게 말아 싼 주먹밥이었는데 김치와 고깃점이 들어 있었다. 고소한 맛이 입을 떨게 만들었다. 딸기와 음료수도 대나무 광주리에 가득 담겨 있고 손잡이에 묶인 리본에는 아무개동 부녀회 일동, 이라고 적혀 있었다.

버스는 도시를 한 바퀴 돌았다. 다 타버리고 형태만 남은 자동차와 관공서가 하나씩 나타났다가 뒤로 물러났다. 소방차를 빼앗겼기 때문인지 소방서도 불타버린 상태였다. 바닥에는 그을린 자국과 최루탄이 터져 생긴 흰 자국이 마치 바둑판 위의 바둑알처럼 뒤엉켜 있었고 밤거리를 뒤덮었던 돌멩이와 각목 들, 유리병 따위는 비질을 당해 한쪽에 쌓여 있었다. 길가에 늘어선 사람들은 우리를 향해 박수를 쳤다.

전신전화국을 지날 때 나는 스쳐가는 지프 속에서 진구형을 발견했다. 그는 오른손에 총을 든 채 조수석에 타고 있었다. 나는 콜라를 마시다가 말고 그의 이름을 불렀으나 그는 듣지 못하고 멀어졌다. 총소리가 점점 가까워왔다.

시내 중심 사거리에 도착한 버스는 요란한 엔진 소리를 내며 정류장 표지판을 들이받고 섰다. 그곳에는 군인들이 본부로 썼던 커다란 관공서가 있고 그곳을 중심으로 여러 갈래의 길이 거미줄처럼 뻗어 있었다. 외곽과 달리 검은 연기가 여기저기 치솟아오르고 있었고, 사람들은 관공서 속의 군인들과 교전중이었다. 대부분 넘어진 자동차 뒤에 숨어 총을 쏘고 있었다. 관공서 쪽에서 날아온 총알이 범퍼에 맞으며 파편이 튀어오르기도 했다.

사람들이 총을 든 것이다.

총은 파출소나 경찰서에 있는 것이었다. 총을 구하러 사람들이 거기로 갔을 것이다. 모든 사람의 공통점은 목숨이 하나뿐이라는 것이다. 사람이 가장 절박할 때는 하나밖에 없는 그것을 누가 빼앗아가려고 할 때이다. 하나밖에 없는 안경을 빼앗기면 그저 눈앞이 흐리고 말겠지만 목숨을 빼앗기게 되면 그 뒤는 아무것도 없었다. 모든 게 끝이었다. 그래서 목숨을 걸고, 목숨을 지키는 것이다.

이차선 도로 중앙에 구십 도로 넘어진 포니2가 있고 그 뒤에 사람이 있었다. 그는 총을 가지고 있었지만 집중 사격을 받느라 제대로 쏘지를 못했다. 어떻게든 고개를 내밀고 조준하려고 했으나 그때마다 총알이 근처에 박혔다. 타이어가 맞아 한 바퀴 돌기도 했다. 그러다가 그는 움찔했고 곧바로 축 늘어졌다. 낡은 운동화가 꿈틀거리는 것만이 아직 숨이 붙어 있다는 증거였다.

사람들은 안절부절못했다. 구하러 가야 하는 데 총알이 계속 날아오고 있었던 것이다.

"흰 천을 답시다."

누군가가 말했다. 그것은 항복의 표시였다. 흰 깃발을 달면 총을 쏘지 않는다고 했다. 어떤 영화에서는 독일군 병사가 입고 있던 러닝셔츠를 벗어 총열에 묶는 장면도 있었다. 땟국에 전 속옷이었지만 연합군에게 통했었다. 삼십대 사내가 세탁소에서 커다란 흰 광목천을 가지고 왔다.

"잠깐, 아예 여기에다가 답시다."

세탁소 주인이 태극기가 달려 있는 깃대를 들고 따라나왔다. 태극기 아래 백기가 나란히 달렸다.

"이 정도면 쏘지 않겠지?"

흰 천을 달자고 했던 남자가 말했다. 아무도 대답하지 않았다. 그 남자와 삼십대 사내는 깃대를 들고 그리고 남은 손마저 높이 올려 어떤 무기도 없다는 것을 보여주었다. 그 상태로 포니2 쪽으로 조금씩 걸어갔다. 지켜보는 사람들은 모두 마른침을 삼켰다.

그들은 조심스럽게 도착했고 쓰러진 사람을 붙잡았다. 어깨 쪽을 잡은 남자가 몸을 일으키는 순간, 그의 뒷머리에서 피 같은 것이 몇 방울 솟구쳤다. 그는 앞으로 거꾸러지며 바닥에 있던 사람 위로 포개졌다. 삼십대 사내는 꼼짝달싹 못하고 주저앉았다. 서너 발의 총알이 그의 주위에 와서 또 박혔다.

"누가 총 쏘는 법 좀 알려줘요."

맞은편 붉은 벽돌 건물 옆에서 젊은 청년이 외쳤다. 거기는 관공서에서 잘 보이는 곳으로 사람들이 드물었다.

"난 아직 군대를 안 가서 총 다룰 줄을 몰라요. 대학도 못 갔어요. 그렇지만 싸울 수 있어요. 제발 총 쏘는 법을 알려줘요."

뒤쪽에서 한 사람이 나타나 그를 잡아당겼다. 키가 컸다. 그는 청년에게서 총을 받아 여기저기를 만졌다. 탄창 삽입과 노리쇠 후퇴 전진 같은 거였다. 청년은 사내를 따라 그것을 해보았고 실탄을 건네며 무언가를 묻기도 했다. 키 큰 사내는 탄창을 꺼내어 거기에 하나씩 실탄을 끼워넣었다. 끼워넣는 방향이나, 각도 같은 것을 말해주는 것 같기도 했다.

그는 나도 아는 사람이었다. 평상복을 입고 있었지만 유난히 동그란 눈이 기억에 있었다. 작년 겨울, 형제파와 맞짱을 뜨고 나서 잡혀갔던 파출소의 순경이었다.

그는 우리에게 이렇게 말했었다.

'이 짓 말고도 할 게 얼마나 많냐, 이놈들아.'

그 말이 맞았다. 고등학교 다니다 말고 군인들에게 쫓기고 담을 뛰어 넘고 장갑차 피해 구르고, 친구의 신음소리를 들어야 하는 걸로 봐서 세상은 해야 할 게 정말 많았다. 앞으로도 뭔가가 더 남아 있는 것 같았다. 그 말을 했던 순경도 자신이 이런 짓까지 하게 될 거라고는 생각 못 했을 것이다.

청년은 총을 들고 건물 계단으로 올라갔고 삼층 창에 나타나 총을 쏘기 시작했다. 그쪽으로도 총알이 날아왔다. 잠시 뒤 그의 총구는 더이상 바깥으로 나오지 않았다.

사람들이 순차적으로 죽어갔다.

트럭 뒤에 숨어서 총을 쏘던 사람이 쓰러졌다. 그러면 다른 사람이 뛰어가서 그 총을 잡았다. 버스 옆에 서 있던 이십대 청년도 넘어졌다. 그는 가슴을 관통당해 한순간에 뻗어버렸지만 그 옆에 쓰러져 있는 사십대 사내는 아직도 숨을 헐떡이고 있었다. 그는 지금 자신의 이력이 담긴 파노라마필름을 보고 있을 거라고 나는 생각했다.

깃대를 들고 갔던 사내는 아직도 포니2 뒤에 그대로 있었다. 오도 가도 못 하고 있었다. 누군가가 나에게 기대온 게 그때였다. 나는 무심코 어깨로 밀쳐냈으나 그는 몸을 반듯하게 세우지 않았다. 나보다 더 어려 보였다. 중학교 삼학년이나 고1 정도였고 약간 뚱뚱했으며 얼굴에 여드름이 돋아 있었고 도수가 높아 보이는 안경을 쓰고 있었다. 모자 쓴 청년이 나에게 말했다.

"같이 부축합시다."

그는 솜뭉치를 그 아이의 등과 옆구리가 만나는 곳에 댔다. 거기에서 붉은 피가 흘러나오고 있었다. 우리는 그 아이를 양쪽에서 부축하며 걸었다. 그는 우리가 이끄는 대로 걸어가려 애썼으나 몇 발자국 못 가서 조금씩 아래로 꺼져갔다. 점점 무거워졌다.

솜뭉치는 소용없어졌다. 청년의 손이 한순간에 빨갛게 젖어갔다. 그가 솜뭉치를 떼자 분수처럼 피가 솟구쳤다. 사우디아라비아 유전에서 원유가 뿜어져나오는 것 같았다. 내 팔뚝에도 피가 튀었다. 청년은 솜뭉치를 버리고 손가락으로 거기를 막았다. 댐에 난 구멍을 손가락으로 막는 것 같았다.

오래전, 어떤 교과서에 그런 내용이 있었다.

아마 네덜란드였을 것이다. 소년이 길을 가다가 댐에 구멍이 난 것을 발견했다. 그는 처음에는 손가락으로, 다음에는 손목으로, 그리고 팔목을 통째로 집어넣어 댐에 난 구멍을 막았고 마을을 구해냈다. 우리는 그 글의 주제인 애향, 애국심을 밑줄 그으며 외웠다.

중학교 때 바닷가로 놀러 간 적이 있었다. 물놀이가 시들해지자 우리는 마을에서 내려오는 시내 끝에 자그마한 보를 만들었다. 영기가 무심코 시작한 것이었는데 한 명 두 명 달려들어, 종내는 그것을 하러 바닷가에 온 것처럼 매달렸다. 물은 점점 차오르고 그럴수록 보는 커져갔다. 한 사람이 들어갈 정도의 크기가 되었을 때 우리는 들어오는 물을 막았다. 자그마한 저수지가 만들어진 것이다. 우리는 거기를 소금기 씻어낼 장소로 썼다.

나는 기다란 막대기로 댐처럼 쌓아놓은 모래벽에 구멍을 뚫었다. 손가락으로 막아보고 싶었던 것이었다. 하지만 자그마한 구멍이 하나 생기자마자 급격하게 균열이 생기면서 보가 통째로 무너지고 말았다. 이 자그마한 것도 손가락으로 막을 수 없었는데 그렇게 높은 댐을 어떻게 막을 수 있었는지 알 길이 없었다.

그러니까 쏟아져나오는 것을 손가락으로 막는다는 건 이미 늦었다는 소리였다. 그 아이의 피는 콘크리트 바닥으로 계속 흘러내렸다. 콘크리트 타설을 했던 인부들도 오래지 않아 이곳에 사람의 피가 흘러갈 거라고는 생각도 못 했을 것이다.

병원 입구에서 다른 사람들이 그 아이를 들것에 싣고 들어갔다.

나는 망연자실 벽에 기대섰다. 거기에서 내가 만난 것은 죽음에 대한 공포였다. 전날에도 총을 맞았다고 판단했고 오늘도 사람들이 눈앞에서 쓰러져갔지만 이번에는 달랐다. 분명하고 뚜렷한 죽음이었다. 죽을 것 같지는 않다, 와 이젠 정말 죽는구나, 의 차이였다.

그 아이가 나와 어깨를 맞대고 있었다는 것을 기억해낸 것이다. 총알이 일 센티미터만 오른쪽으로 왔어도 내가 맞았을 것이다. 그와 난 좁은 골목 입구에서 딱 붙어 있었으니까. 그랬다면 내가 지금 저 병원으로 실려 들어갔을 것이다.

처음 대면은 그 어떤 것이라도 강렬했다. 맨 처음 맞아본 주사, 매질, 처음 본 여자의 알몸처럼 말이다. 하지만 그중 가장 끔찍한 것은 죽음에 대한 공포였다. 기억에는 없지만 처음 태어났을 때도 그러했을 것이다. 아이들이 목이 터져라 악을 쓰며 우는 것을 봐도 그렇다. 태어났다는 것은 그전의 세상이 죽어버렸다는 뜻이므로 그것은 삶에 대한 공포일 것이다.

내가 맞본 죽음의 공포는 그 어떤 주먹이나 매질과도 비교가 되지 않았다. 나의 떨림은 저 깊숙한, 맨 처음의 시작점에서 왔다. 죽어 있다는 것을 본다는 것. 죽어버린 생선, 죽어버린 나무, 죽어버린 새. 그리고 죽어 있는 사람. 그 사람의 세계가 정지되고 곧바로 소멸해간다는 것. 그리고 그게 나에게 찾아온다는 것.

지금까지 살아온 시간과 노고에 비하면 죽는 순간은 너무 짧았다. 하다못해 태어나기까지의 과정, 수태가 되고 분열을 하고 아가미가 생겼다가 사라지고, 그리고 어미의 몸을 통해 빠져나와 울음을 터뜨리는 그 정도만큼은 죽어가는 것도 시간이 필요한 것이다. 눈이 들어가고 호흡이 가빠지며 관절이 어긋나고…… 그래야 죽음도 탄생만큼이나 중요한 게 될 것 아닌가.

그게 안 된다면 최소한 버둥거리는 시간이라도 있어야 되는 것 아닌가. 나는 좀처럼 그런 기분에서 빠져나올 수 없었다.

그것은 총 때문이었다. 총이란 게 그랬다.

총은 칼과 달랐다. 영화를 보면 칼에 찔린 사람은 곧바로 죽어버린다. 그러나 현실은 다르다는 것을 나는 여러 번 들었다. 우선 칼에 찔린다고 해서 금방 죽지 않는다. 칼이라는 게 그렇게 쉽게 사람의 살을 파고들지 못한다. 근육이 웬만큼은 막아낸단다.

스스로 찌르고 죽겠다고 큰소리친 사람이 공연히 아랫배 피칠갑만 했다는 소식은 드물지 않다. 중요 장기가 찔려도 마찬가지다. 보통 출혈에 의해서 죽는데 중요 장기가 찔린다고 해도 칼을 박아두기만 하면 그게 지혈 역할을 해서, 누구라도 짧지 않은 유언을 마치고도 오랫동안 헐떡거려야 한다. 조금 전에 했던 유언의 내용을 고치고도 남는다.

하지만 총은 달랐다.

탕, 소리 하나에 어떤 거구라도 곧바로 시체가 되어버리는 것이다. 몸무게 육십 킬로와 백이십 킬로의 차이가 아무 소용이 없다. 자신이 죽는지도 모르고 죽어버리는 것. 한순간 아무것도 아닌 게 되어버리는 것. 절대 되돌릴 수 없는 것. 그게 총이었다. 그리고 그것을 증명해내는 게 주변에 널린 시체들이었다.

생물교사는 인간의 특징을, 아버지가 있다, 웃음이 있다, 그리고 생각을 한다, 라고 했다. 다른 사람에게 죽을 때까지 지워지지 않는 상처를 주는 것도 인간의 특징인데 그것은 너무 비참해서 또다른 특징을 찾고 있다고도 했다.

나는 생물교사를 만나게 되면 이렇게 말하겠다고 생각했다.

'또하나의 특징은 군대와 병원을 만든다는 거예요. 그러니까 무기와 꿰맬 때 쓰는 바늘인 거죠.'

상상 속의 그가 되물었다.

'이유는?'

'한쪽은 사람을 효과적으로 죽이는 것이고 한쪽은 사람을 효과적으로 살려내는 방법이에요. 마치 몽둥이와 안티푸라민처럼 말이에요.'

그런 생각을 하자 생물교사가 보고 싶어졌다.

생물교사는 보이지 않았고 떨리는 가슴은 좀처럼 진정되지 않았다. 나는 달리기 시작했다. 총알이 나를 쫓아올 것만 같았던 것이다. 삼성전자와 대한전선 건물이 지나갔고 현대가 나타났다가 멀어졌다.

나는 교회 앞에 다다라서야 달리기를 멈추었다. 그리고 육중하게 닫혀 있는 문 앞에서 헛구역질을 했다. 총소리가 멀어져 있었다. 사람들이 구호를 외치며 타고 다니는 차도 몇 대 보이지 않았다. 햇살은 밝았고 맞은편 남쪽 역 객사는 한산했다. 기차가 오지 않는 철로 위에서 비둘기 한 마리만 뒤뚱거리고 있었다.

지난겨울에는 이곳에 눈이 내렸다. 사람들은 저 안에 모여서 예수의 탄생을 축하했다. 그런데 지금은 예수님도 없고 사람들도 없었다. 무거운 철문만 굳게 잠겨 있었다. 교회라면 이럴 때 문이 훤히 열려 있어야 되는 거 아닌가. 그동안 그들은 어떻게어떻게 살아야 한다고 늘 가르쳤는데 정말로 답이 필요할 때인 지금은 아무 말도 하지 않고 있었다. 한 삼 년 전부터 문 닫아걸었던 것처럼 모르는 척하고 있었다. 이 정도면 예수님이 직접 다시 오셔야 될지도 모르는데 말이다.

그러고 보면 자주 떠드는 사람은 정작 중요할 때는 슬그머니 몸을 뺐다. 아버지도 그랬다. 가족의 실수를 지적하며 무릇 사람이란 어떻게 해야 하고 어떤 것은 하지 말아야 한다고 늘 화를 냈지만 돈이 필요하면 어머니에게 빌려오라 시켰고 세무서에 가야 할 일이 생기면 나를 보냈다. 큰소리치던 쌍절곤도 막상 맞짱을 뜰 때는 오지 않았다. 생물교사만이 답을 찾으러 자신의 스승을 찾아갔었다. 포장마차 안에 숨었을 때 그는 에스키모의 개에 대하여 이야기했었다. 다른 개들에게 겁을 주기 위해 얻어맞는 늙은 개. 죽을 때까지 그래야 하는 개. 그런 개의 입장이라면 죽어버리는 것도 괜찮을 것 같았다. 그렇지만 생물교사의 말대로 우리는 사람이었다. 무엇 때문인지는 몰라도 개가 아닌 사람으로 태어난 것이다.

쌍절곤을 떠올리자 범이도 생각이 났다. 범이뿐만이 아니었다. 유피파 친구들, 삼학년 형들, 정화도 생각났다. 정화는 어디 있을까. 지금쯤 무엇을 할까. 심지어는 형제파 아이들과 훈화할 때마다 입에 버캐가 생기던 교장도 떠올랐다. 군사부일체를 가르치던 교련교사도. 그들은 지금쯤 어떤 생각을 하고 있을까. 아, 그리고 영기……

문은 벙어리 여자가 열어주었다. 그녀는 얼른 다시 걸어잠그고 담과 문틈으로 얼굴을 바짝 갖다댔다. 아마도 종일 그러고 있었을 것이다. 나는 그녀가 진구형을 기다리고 있다고 생각했다.

진숙이는 수돗가에서 수건을 빨고 있고 할머니는 마루에 앉아 소주를 마시고 있었다. 아직도 머리에 수건을 두르고 있었다. 나는 팔에 묻은 피를 씻어내며 인호의 상태에 대해서 물었다.

"밥도 먹고, 잠도 자고 그랬어. 식은땀은 자꾸 흘리지만."

진숙이가 대답하면서 나를 바라보았다. 나는 대답이 궁했다. 영기에 대한 아무런 단서도 얻지 못한 채 도망쳐오고 말았던 것이다.

"잘 모르겠어."

"......"

"내일 영기 하숙집에 가보자. 그사이 왔을지도 모르잖아."

"......"

"인호도 그랬으니까."

진숙이는 짜다 만 수건을 다시 짰다.

"도대체 얼마나 많이 죽이려고 저렇게 총을 많이 쏜다니?"

할머니는 소주잔을 내려놓고 물었다.

"맞아서 아프다면서 술 마시면 돼요?"

"아프니깐 마시지."

그 말도 일리는 있었다.

"총질이 옛날 동란 때보다도 더하네."

"사람들이 총을 들고 같이 쏘면서 잔뜩 죽어나가고 있어요."

"그래? 그러면 전쟁이네."

"맞아요. 아군끼리 싸우는 참 이상한 전쟁이에요."

인호는 잠들어 있었다. 나와 진숙이는 아무 말 없이 앉아 총소리를 들었다. 총소리는 시간이 갈수록 조금씩 줄어들었다.

"어두워지기 전에 돌아가는 게 낫겠어."

내가 말했다.

"내일 아침에 만나자."

진숙이는 고개를 끄덕였다. 나는 진숙이를 바래다주었다. 우리는 가는 동안에도 말이 없었다. 그녀가 살고 있는 친척집은 한적한 주택가 부근이었다. 진숙이가 이층에 올라 손을 흔들자 나는 돌아섰다.

대학병원 앞에 도착했을 때 장갑차와 트럭 들이 지나가고 있었다. 군인들이 타고 있었다. 그들이 가는 곳은 도시 외곽 쪽이었다. 그들의 행렬이 제법 길어서 나는 대학병원 담에 바짝 붙어 있었다. 이제 다 지나갔다 싶었을 때 총소리가 났고 조금 있다가 장갑차 하나가 되돌아왔다.

장갑차는 무언가를 찾는 것처럼 전진과 후퇴를 반복했다. 그리고 해치 위로 올라온 군인이 상가가 줄지어 있는 곳을 향해 총을 쏘아댔다. 영화에서 본 것처럼 좌에서 우로 연발 사격을 했다. 총알이 떨어지자 그는 탄창 하나를 갈아끼운 다음 그것도 다 쏴버리고 나서 가던 길로 사라졌다.

나는 화약 냄새가 가실 때까지 서 있다가 길을 건넜다. 바닥에는 장갑차 바퀴가 그려놓은 자국이 하얗게 남아 있었다.

집으로 돌아온 나는 인호의 땀을 닦아준 다음 책꽂이 사이에서 성경을 찾아냈다. 지난 크리스마스이브에 전도사로 보이는 사람이 준 거였다. 창세기 2장 7절은 이렇게 쓰여 있었다.

'여호와 하나님이 흙으로 사람을 지으시고 생기를 그 코에 불어넣으시니 사람이 생령이 되니라.'

나는 그 문장을 바라보다가 그 뒤에 사인펜으로 이렇게 썼다.

여덟째 날 여호와 하나님께서 이렇게 말씀하셨다.
"아우, 씨발. 왜 이렇게 돼버렸지?"

그들이 일제히 돌아간 게 그날 저녁이었다.

영기의 하숙집은 산 아래에 있었다. 화단이 잘 가꾸어진 오래된 기와집이었다. 맞은편으로는 자그마한 계곡이 있고 소나무숲 너머에는 비구니가 있는 암자도 있다고 했다. 조용하고 고즈넉한 곳이었다. 내가 영기 하숙집을 찾아온 것은 처음이었다. 공부에 집중하겠다고 해서 일부러 안 왔던 것이다.

하숙집 주인 아주머니는 부들부들 떨리는 손으로 방문을 열어주었다. 작년까지는 두 명이 썼지만 이학년 들어서는 독방을 쓰고 있다고 그녀는 설명했다. 이불은 반듯하게 개켜져 있었고 책꽂이의 책도 흐트러짐이 없었다. 걸어놓은 옷가지도 마찬가지였다. 진숙이가 말했다.

"어제 그대로야."

"글쎄, 안 들어왔다니까. 무슨 일이 있는 건 아닐까?"

아주머니는 떠는 것을 멈추지 못하고 물어왔다. 목에 기다란 염주를 걸고 있는데도 그랬다.

"집에 내려갔나 물어보고 싶어도 전화가 불통이니."

도시는 여러 날째 외곽이 봉쇄되어 있었고 탈출을 시도한 사람

234

들이 산 아래에서 총격을 당해 숨졌다는 소문이 있었다. 그렇지 않
다 하더라도 영기는 진숙이를 두고 혼자서 항구로 가지는 않았을
것이다.

'날아가면 안 돼.'

'걱정 마. 너 두고 절대 어디 안 갈 거니까.'

작년 겨울 내 방에서 두 사람은 그렇게 말을 주고받았었다. 너 두고
절대 어디 안 간다는 여자를 두고 영기 혼자 가버렸을 리는 없었다.

우리는 시내로 내려왔다. 버스와 택시가 없어서 걸어가고 걸어오
느라 시간이 제법 걸렸다. 군인들이 빠져나간 시내는 사람들의 물
결이 자유로웠다. 무장한 지프의 경호를 받으며 수많은 사람들이
줄지어 도시 중심을 향해 걸어가고 있었다. 그 행렬의 앞에는 승합
차가 있었다. 청바지 입은 젊은 여자가 승합차 위에 앉아서 사수,
민주, 투쟁 같은 것들을 호소했고 목소리 톤이 올라갈 때마다 뒤따
르던 사람들이 환호성을 질렀다.

길가에 늘어선 사람들은 그 모습을 보며 박수를 쳤다. 뛰노는 아
이들이 있었고 비질하는 노인도 있었다.

시내 광장에서는 수백 명씩 둥글게 모여 자신의 의견을 발표하기
도 했다. 말하는 사람은 여럿이었지만 청바지 입은 여자의 것과 크
게 다를 것은 없었다. 그들은 연설 사이사이에 사령관 물러가라는
구호와 노래를 되풀이했다. 한곳에서 그러면 근처에서 따라 해서
마치 돌림노래를 부르는 것 같았다.

광장 근처 건물에는 자그마한 벽보들이 붙어 있었다.

30세가량 얼룩무늬 티셔츠. 이십대 중반 회색 상의 검정 운동화. 30세가량 연초록 추리닝, 키가 큼. 30세가량 흰 와이셔츠 곤색 바지, 곱슬머리. 40세가량 검정색 구두 앞 금니 두 개. 50세가량 흰 와이셔츠 쥐색에 흰 줄무늬 정장. 이십대 초반 분홍색 치마 여성……

그들의 공통점은 성명 미상이었고 사망자였다. 그러니까 연고자를 찾는 것이었다. 나와 진숙이는 그 벽보들을 몇 번이나 훑어보았지만 영기로 짐작되는 것은 없었다. 지하로 내려가자 죽은 이들이 누워 있었고 시체 썩는 냄새가 났다. 다들 두들겨맞았거나 총에 맞아 죽은 이들이었다. 사십 여구 정도는 얇은 판자로 만든 관에 들어 있었지만 그 외에는 광목천으로 덮어놓았거나 그냥 눕혀놓기도 했다. 나이와 이름과 사망 장소가 적혀 있는 것도 더러 있었지만 그렇지 않은 경우가 대부분이었다.

몇몇 아주머니들이 그들의 얼굴과 발목에 묻은 피를 닦아주고 있었다. 닦아내자 총 맞은 부분이 분명하게 드러났다. 향을 피워놓았고 그 옆에는 장례를 위한 모금함도 있었다. 나는 삼백원을, 진숙이는 오백원을 냈다.

그 건물 맞은편, 군인들이 본부로 썼던 관공서 지하도 같은 풍경이었다. 우리는 첫번째 줄부터 살펴보았고 세번째 줄 뒤쪽에서 영기를 발견했다. 아무것도 덮여 있지 않은 상태로 두 눈을 꾹 감고 있었다. 그는 하늘색 셔츠와 줄무늬 바지를 입고 있었다. 운동화는 하얀색이었고 가슴 위에는 이름과 학교, 학년, 반이 적힌 종이가

놓여 있었다. 학생증에 있는 내용 그대로였다. 목과 쇄골이 만나는
곳에 총상이 있었다.

그들이 돌아오다

며칠이 지났다.

며칠 동안 인호는 조금씩 회복되어갔다. 이삼 일 지나자 일어나
앉았고, 그뒤에는 방 안을 걸어다녔고, 그러다가 마당에 나가 스트
레칭도 하기 시작했다. 할머니는 마루에 앉아 여기저기 몸을 움직
여보는 인호를 멀뚱하게 바라보았다.

인호와 할머니는 마주 보고 시소를 타는 것 같았다. 인호 몸이 회
복될수록 그녀는 더 말라가고 수척해졌다. 얻어맞은 게 회복이 안
되는 눈치였다. 소주를 마실 때는 금방이라도 훌훌 털 것 같았는데
술이 깨고 나면 오랜 중병을 앓는 환자 같았다. 인호는 구백오십두
대를 맞고 할머니는 단 몇 대 맞았을 뿐인데도 이렇게 반대였다.

나중에는 제자리뛰기도 할 수 있게 되었다. 왼쪽 발목이 시원치
않았으나 나머지는 괜찮았고 시퍼렜던 멍도 어느 정도 잦아들었다.
할머니는 그럴 때마다 인호를 째려봤다. 아무래도 그의 빠른 회복

속도가 부러운 눈치였다. 그녀도 인호처럼 예전 모습으로 돌아가고 싶어하는 것 같았다.

오전이면 나는 영기가 있는 곳을 다녀왔다. 시내에는 여전히 사람들이 모여 있었고 구호와 노래가 들렸다. 새로운 풍경이 하나 생긴 것은 헌혈차였다. 부상자들을 위한 헌혈이었는데 차가 서기만 하면 많은 사람들이 스스로 소매를 걷고 줄을 섰다.

광목천을 덮어놓은 영기 몸에서는 독한 알코올 냄새가 올라왔다. 혹시 진숙이가 올지 몰라 몇 시간을 있었으나 그녀는 보이지 않았다. 집에 가보고 싶은 생각이 들기도 했는데 그래서는 안 될 것 같았다. 그녀 집에 가는 것은 열어서는 안 될 문을 열어보는 것과 같은 기분이 들었다. 그러면 사거리에 있는 공중전화박스에 들어가서 동전을 넣어보았다. 신호음은 떨어지지 않았다. 그렇게라도 해야 할 것 같아서 신호음 없는 상태에서 진숙의 집 전화번호를 누르고 십 초쯤 뒤에 내려놓곤 했다. 공중전화박스는 열댓 개의 총구멍이 나 있었고 구멍 하나하나가 각자의 방사형의 무늬를 만들고 있었다.

오후가 되면 옥상에 올라갔다. 여전히 기차는 오지 않아 역사는 오래된 무덤처럼 보였다. 나는 마음속으로 기차가 지나가는 상상을 했다. 상상이 잘 되지 않았다. 교회도 문을 굳게 닫아건 그 모습 그대로였다. 기계가 멈춰 섰을 방직공장도 떠올렸다. 다시 방직공장이 돌아가고 학교가 문을 열기까지 얼마나 많은 시간이 남았을까 생각해보았지만 알 수 없었다. 노을이 지기 시작하면 꼭 진숙이가 영기에게 와 있을 것 같기도 했다. 해가 질 때까지 나를 기다리고 있을지도 몰랐다.

그날은 아침부터 하늘이 시끄러웠다. 헬기가 비교적 낮은 높이에서 돌아다니며 방송을 하는데 날개가 방송 음성을 갈아버리고 있는 것 같아서 잘 들리지 않았다. 그동안은 총을 쏘아버렸기에 잘 나타나지도, 나타났다 하더라도 아주 높게 날기만 했었다. 헬기는 같은 방송을 되풀이하면서 아주 많은 삐라를 뿌렸다.

우리 머리 위에서 뿌린 것은 바람을 타고 천변 너머로 날아갔지만 대학병원 위쪽에서 뿌린 것은 우리 쪽으로 날아왔다. 할머니가 먼저 하늘을 쳐다보고 방에 들어가면 벙어리 여자가 같은 자리에 와서 고개를 치켜들고 낙엽처럼 하늘거리며 떨어지는 그것을 바라보았다.

나는 남쪽 역 너머까지 가서 그것을 주워왔다. 거기에는 무엇을 하지 말고 무엇을 하라는 내용이 예닐곱 개 정도 적혀 있었다. 헬기가 하지 말라는 것은 사람들이 하고 있는 것이었고, 하라는 것은 할 마음이 전혀 생기지 않는 것이었다. 그리고 거기에는 그날 오후 몇 시간 동안 어느 도로 한군데는 열어주겠다고 적혀 있었다.

그때 공터 입구에 지프가 끼익 소리를 내며 섰다. 진구형이 총을 들고 내렸다. 그는 살아 있었다. 살이 좀 빠지기는 했지만 기운이 넘치는 모습이었다.

우리는 악수를 한 다음 껴안았다. 지프에는 무장한 사람들이 세 명 더 있었다. 그들은 삐라를 뿌리며 멀어지는 헬기를 올려다보았다. 그중 한명이 총을 겨눴으나 옆 사람의 제지를 받고 총구를 다시 내렸다.

그는 군인을 몰아낼 때까지의 과정을 이야기했고, 나는 인호와 할머니의 근황과 친구가 죽어버린 사실을 간략하게 이야기했다. 패거리들이 몇몇 다가와 진구형과 악수를 했다. 그는 한동안 그들과 이야기를 나누었고, 그리고 나와 함께 우리 집으로 들어갔다.

군인들이 돌아간 뒤로는 대문은 다시 열린 상태였다. 벙어리 여자가 쫓아와서 진구형 손을 잡으며 병이 재발한 암말 소리를 냈다. 걱정을 많이 했다는 소리 같기도 하고 당장 총 같은 건 던져버리라고 하는 말 같기도 했다. 어쩌면 한번 쏴보라는 소리일 수도 있었다. 진구형은 여자의 등을 툭툭 치면서 씨익, 웃었다. 전장에서 돌아온 남편 같았다.

"군인들한테 얻어맞았다면서요?"

그는 방문 바깥으로 고개를 내민 할머니에게 씩씩하게 물었다. 할머니는 뭐라고 고시랑거렸다.

"싸우는 것은 우리한테 맡겨두지 뭐 하러 나가셨어요, 그래?"

"……"

"장독에는 오래된 똥물 한 바가지만 마시면 끄떡없는데."

그는 그래놓고 소리내서 웃었다. 할머니는 한동안 노려보다가 탁, 소리를 내며 문을 닫았다. 진구형은 누워 있는 인호의 상태를 살펴보고는 걱정하지 마라, 모든 것을 자기에게 맡겨두고 너희는 쉬고 있으라는 말을 세 번 정도 한 다음 물 한 바가지를 퍼들고 가서 동료들과 나눠마셨다. 그리고 돌아갔다. 여자는 한동안 지프가 사라진 곳을 바라보면서 병이 깊이 든 암말 울음소리를 오랫동안 내뱉다가 돌아섰다.

방으로 들어간 나는 인호에게 삐라를 건네주고는 할머니와 벙어
리 여자가 싸우는 소리를 잠시 들었다. 인호가 그것을 다 읽고 나자
나는 비로소 영기에 대해 말했다. 그는 말이 끝날 때까지 묵묵히 듣
고 있다가 되물었다.

　"시체를 어떻게 한대?"

　"가족이 아니면 인계를 못 한대. 대신 신원확인은 되었으니 병원
같은 곳에 옮겨둘 거래."

　"……"

　"지금 또 가볼 건데, 같이 가볼래?"

　"아니, 안 갈래."

　"……"

　"죽어버렸다는데 뭘."

　"그렇지. 죽은 사람은 만나더라도 되살아나지 않으니까."

　"진숙이는?"

　"잘 몰라. 그날 이후로 한 번도 못 봤어."

　"……"

　"집은 아는데 가볼 수가 있어야지."

　우리는 거기까지 말해놓고 아무 말 없이 그렇게 있었다. 한참 뒤
인호가 말했다.

　"난 가기로 마음먹었다."

　"어디 간다는 말이야?"

　"어디든."

　"……"

"여기를 떠나야겠어. 여기 있으면 죽을 것 같아."

할머니와 벙어리 여자의 싸움은 생각보다 커져갔다. 보통 때와는 다르게 할머니의 목소리보다 여자의 것이 점점 더 크고 사나워졌다. 전쟁터에 나가는 암말 같았다.

"나가, 이년아, 그동안 데리고 살아준 공도 모르고."

할머니는 그렇게 악을 썼으나 기세는 약했다. 인호가 말을 이었다.

"누워 있는 내내 생각했어. 낫기만 하면 어딘가로 가버리겠다고."

그렇다면 항구로 내려가겠다는 것인 줄 알았는데, 그는 거기가 아니라고 대답했다.

"그럼 어디로?"

"멀리 배를 타러 갈 거야."

"그렇지만 통과시켜주겠다는 말을 어떻게 믿어?"

나는 삐라를 들어 보이며 말했다.

"탈출하는 사람들은 경고도 안 하고 쏴버린대."

"그래도 이런 것을 뿌릴 정도면 거짓말은 아닐 거야."

"……"

"여기서 죽는 거보다는 도망치다가 죽는 게 더 나아. 같이 갈래?"

나는 천천히 고개를 저었다.

"밥을 할게. 밥 먹고 가."

"그래."

어쩌면 인호가 항해사가 되는 것은 더 빨라질지도 몰랐다.

이별은 생각지도 못할 때 찾아오곤 한다. 고등학교 이학년 때 이런 이별이라는 게 가당찮은 일은 아니었지만 이런 판국에 어떤 일인들 일어나지 않겠는가. 말없이 죽어버린 영기도 있는데. 그러니 바다로 가버리는 게 훨씬 나을 것이다. 배를 탄다 하더라도 당장 항해사가 되기는 어렵겠지만 말단 갑판원부터 시작하면 되는 거 아닌가. 바다에서는 최소한 이런 일은 일어나지 않을 테니까.

하다못해 밀항을 한다 하더라도 이곳보다는 괜찮을 것이다. 인호가 자랐던 구항에서는 일본으로 밀항하는 사람들에 대한 소문이 늘 있었다. 밀항하다 걸리면 총살당한다는 말은 한 번도 못 들어봤다. 설사 풍랑에 목숨을 잃더라도 아군의 총에 맞아 죽는 것보다는 낫지 않겠는가.

내가 밥을 하는 동안 그는 가방 하나를 싸놓았다. 쌀은 좀 남아 있었으나 곤로의 석유는 거의 바닥이었다. 우리는 마주 앉아서 밥을 먹었다. 반찬이 떨어져서 마가린과 간장에 비벼 먹었다. 다 먹고 나서 그가 말했다.

"라디오는 두고 갈게."

"고마워."

나는 배터리를 등에 업고 있는 라디오를 보면서 대답했다. 아바 노래가 나온 뒤로는 한 번도 틀어보지 않았었다. 싸움이 끝나 할머니는 방 안에서 조용했고 벙어리 여자는 마루에 앉아 있다가 가방을 든 인호와 나를 번갈아 바라보았다. 그녀가 무슨 말을 하려는 것 같아 우리는 서둘러 바깥으로 나왔고, 며칠 전 군인들이 총을 갈겨놓은 길을 따라 걸었다. 총탄 자국이 무수한 양품점과 만화방

244

을 지나쳤고 검게 불타버린 자동차 뼈대를 지나 우리는 동쪽으로 걸어갔다.

우리가 가는 곳은 몇 시간 동안만 지나가는 것을 허락하겠다고 삐라에 적힌 그곳이었다. 도시 외곽으로 갈수록 한산하고 조용했다. 외형상으로만 보면 그동안 이런 일이 일어났는지 모를 정도였다. 인호는 간혹 나를 힐끔거렸고 나도 그의 얼굴을 힐끔거렸다. 무슨 말인가 하고 싶어도 머릿속에 떠오르는 게 없었다.

인호처럼 도시를 빠져나가려는 사람들은 많았다. 가로수가 길게 나 있는 도로로 접어들자 사람들은 하나둘씩 불어났다. 그들도 말이 없었다. 그저 걸었고 걸을수록 사람 수가 자꾸 불어났다. 오르막이 시작되자 사람들은 자꾸 주변을 돌아다보았다.

그도 그럴 것이, 그동안 이렇게 도시를 빠져나가려는 사람들은 있어 왔고 그리고 고스란히 죽어버렸던 것이다. 군인들은 산 속에 숨어 있다가 자신들이 정한 임의의 선을 넘는 사람들을 저격했다. 자동차를 몰고 고속도로로 빠져나가려 했던 사람도, 자전거로 국도를 달리던 사람도 총소리를 듣는 것과 동시에 고꾸라지거나 허공으로 피를 뿌리며 중앙선으로 뒹굴었다. 군내버스마저도 총을 쏘아대서 한꺼번에 죽기도 했다.

산 중턱의 바위나, 참나무숲이나 개울 너머 언덕배기 같은 곳에서 총알이 날아올 것 같아 우리는 움찔거리며 걸어갔다. 오르막이 끝날 때쯤 산 중턱의 터널이 나왔다. 터널만 지나면 도시를 빠져나가는 내리막이었다.

사람들은 터널 입구에 모여 섰다. 입구 위로 교목숲이 있어 누군가 숨어 있기에 맞춤이었고 그들이 터널 입구에 임의의 경계선을 그어놓았을 것 같기 때문이었다. 아무도 터널 속으로 들어가지 못하자 사람들의 수는 터널 입구에서 점점 불어났다.

한 사람이 재빠르게 터널 속으로 뛰어들었다. 우리는 마른침을 삼키며 총소리가 나기를 기다렸다. 그러나 총소리는 나지 않았고 그는 터널 속에서 어서 오라고 이쪽을 향해 손짓을 했다. 처음에는 주춤거리던 사람들은 급기야 빨려들어가듯 터널 속으로 몰려들어갔다. 군인들은 어딘가에서 사람들의 저런 모습을 지켜보고 있을 것 같았다.

우리도 터널 속으로 들어갔다. 주위가 급격하게 어두워져서 분간이 쉽지 않았다. 그저 앞사람의 희미한 뒤통수만 보고 걸었다. 깊이 들어갈수록 발자국 소리가 울려퍼졌다. 터널 천장에서는 물방울이 뚝뚝, 떨어졌다.

우리는 중간쯤에서 마주 보고 섰다. 사람들이 우리의 어깨를 치고 지나갔다. 이런 경우 먼저 말을 꺼내기가 쉽지 않았다. 이렇게 쉽지 않은 경우, 말은 떠나는 자의 몫이었다.

"이제 갈게. 얼른 돌아가."

"네가 빠져나가는 것 보고 갈 거야."

"내 나이프도 주고 갈게."

그는 가방에 손을 넣었고 나는 고개를 저었다.

"그것은 네 거야."

"이곳이 위험해서 그래."

"칼로 무얼 하겠어. 대신 너는 멀리 가잖아."

칼은 먼 길을 가는 사람한테 더 필요한 물건이었다. 우리는 그렇게 조금 더 서 있었다. 많은 사람들이 우리 옆을 스쳐갔다. 우리를 돌아보는 사람도 있었다.

"이제 진짜 간다."

그는 손을 내밀었고 나도 그랬다. 그의 손과 내 손이 다리처럼 연결되었다.

"건강하게 잘 지내."

"너도."

"죽지 말고."

"너도."

살아만 있어. 세상에서 가장 끝까지 지켜야 할 약속은 그거 하나였다. 그가 무슨 생각으로 떠나기로 했는지 나는 몰랐다. 그도 자세히 설명하기는 어려울 것이다. 싫은 것은 싫은 것이니까. 좋은 것은 무작정 좋은 것처럼 말이다. 그것보다 더 큰 이유는 없었다.

그는 돌아섰다. 머잖아 사람들 사이로 그의 자취가 사라졌다. 그러자 모든 사람들이 다 인호처럼 보였다. 나도 뒤돌아서서 터널을 빠져나왔다. 도시를 빠져나가려는 사람들의 얼굴과 만나며 나는 산을 내려왔다. 영감도, 아주머니도 있었다. 청년도, 학생도, 심지어 포대기에 쌓인 갓난아이도 있었다. 반대편으로 멀어지는 사람들의 얼굴을 계속 보며 걸어가는 것은 이상한 일이었다. 다들 말없이 걷고만 있어서 더욱 그랬다. 마치 죽으러 가는 사람들 같기도 했는데, 그래도 끝내 총소리는 들리지 않았다. 인호의 판단이 옳았던 것이다.

많은 사람들이 떠났지만 더 많은 사람들이 도시에 남아 있었다. 무장한 지프와 트럭이 돌아다녔고 여전히 사람들은 동그랗게 모여 누군가의 발언을 듣고 있었다. 영기는 없었다. 어느 병원으로 옮겨 갔다고 어떤 사람이 말했다. 나는 병원 이름을 외웠다.

헌혈 차량은 몇 배로 늘어나 있었다. 대부분이 버스였고 거기에 '헌혈'이라고 써놓기만 한 거였는데 사람들은 그 앞에 줄지어 있었다. 나도 줄을 섰다가 버스 안으로 들어갔다. 사내들이 의자에 앉은 채 바늘이 꽂힌 팔을 내밀고 있었다. 하얀색 티셔츠를 입은 여자가 내 팔에 바늘을 꽂았다. 악력 운동을 하자 붉은 피가 투명 링거 줄을 타고 길게 빠져나왔다.

오백 시시를 채우고 나서 주먹밥 두 개를 얻어먹었다. 이번에도 광주리에는 어느어느 부녀회 일동, 이라는 글자가 적혀 있었다. 헌혈을 먼저 했더라면 주먹밥을 몇 개 더 얻어 인호에게 줄 수 있었을 것이다.

아예 트럭이 헌혈 희망자들을 싣고 대학병원으로 달려가기도 했다. 그러나 분위기는 뒤숭숭했다. 그동안 광장에서는 대학생으로 보이는 청년들이 꽹과리를 치고 춤도 추곤 했는데 그런 모습이 보이지 않았다. 바닥에는 수많은 유인물만 뒹굴었다.

나는 광장 귀퉁이에 앉아 그런 장면들을 바라보았다. 아는 얼굴이 하나도 없었다. 영기가 죽고 인호가 떠나버린 것처럼 박정화도, 진숙이도, 생물교사도, 범이도, 진구형도, 쌍절곤도 모두 떠나버린 것만 같았다. 나만 이곳에 홀로 남아 있는 것 같았다. 모두가 같이 떠날 때에는 나도 같이 떠나버려야 했다고 생각했다.

그런 생각을 하다보니 어떤 충동적인 마음이 일어나서 나는 다시 헌혈차로 달려갔다. 이번에는 커트머리 여자가 내 팔뚝을 보더니 혹시 조금 전에 헌혈하지 않았느냐고 물었다. 나는 아니라고 대답한 뒤 피를 뽑고 주먹밥을 두 개를 더 먹었다.

버스에서 나오자 행렬이 지나가고 있었다. 며칠 전에 보았던 청바지 입은 여자가 승합차 위에 앉아서 마이크를 들고 있었다. 목소리는 쉬어 있었으나 여전히 많은 사람들이 그녀의 연설을 들으며 뒤따르고 있었다. 나는 그 행렬을 따라다니며 시간을 보냈다. 수많은 삼거리와 사거리를 지나는 동안 날이 저물어갔다. 그러는 동안 사람들은 조금씩 줄어들었다. 무장한 차량도 공연히 바빠 보였다.

터미널 오거리에서 행렬을 이탈한 나는 천천히 걸어서 집으로 돌아왔다. 그사이 밤이 깊었다. 대문 앞에 누군가 앉아 있었다.

나는 멈칫했다. 그러나 군인으로 보기에는 몸집이 너무 작고 가녀렸다. 고개를 숙이고 앉아 있는 것으로 보아 시체도 아니었다. 설사 시체라고 해도 그다지 놀랄 일은 아니었다. 우리가 가장 많이 본 것은 군인이고 그다음은 시체였다. 그 둘만 놓고 고른다면 군인보다 시체가 편했다. 내가 다가가자 그 사람은 고개를 들었다. 진숙이였다.

"언제 왔어?"

진숙이는 대답 대신 물어왔다.

"어디 갔다 와?"

"그냥 여기저기."

"혼자서?"

나는 고개를 끄덕였다.

"인호는?"

"갔어."

"어디로?"

"잘 몰라. 멀리 갈 거래."

"죽은 것은 아니지?"

나는 그렇다고 대답하고 오늘 도망칠 기회가 있었다고 덧붙였다.

"아까 바래다주고 왔어."

"넌 왜 안 갔는데?"

딱히 대답할 만한 말이 없던 나는 인호가 넘어간 산 쪽을 바라보았다. 어둠에 묻혀 그곳은 보이지 않았다. 나는 진숙이를 데리고 방으로 들어갔다. 밥은 먹었느냐고, 그런 것밖에 물어보지 못했다.

친구가 죽었다는 것과 애인이 죽었다는 것에는 어떤 차이가 있을까. 친구는 여럿이지만 애인은 한 명이었다. 여럿 중에 하나가 죽었다는 것은 여럿이 남아 있다는 소리이기도 했다. 하지만 진숙이는 단 한 명뿐인 애인이 죽어버린 것이다. 그런 생각을 하고 있는데 그녀는 가방에서 무언가를 꺼냈다. 동그란 모양의 탁상시계였다.

"영기 거야."

"……"

"아줌마가 그만 가래."

"그동안 영기 방에 있었니?"

"응."

우리는 한동안 말이 없었다. 서로 마주 보지도 못하고 그렇다고 완전히 다른 곳을 바라보지도 못했다. 째깍, 째깍. 탁상시계의 초침 소리가 들렸다. 초침은 한 칸, 한 칸씩 분명하게 움직였다.

"군인들이 다시 오고 있습니다. 도와주세요, 여러분. 군인들이 다시 오고 있습니다."

우리의 정적을 깬 것은 확성기 소리였다. 나는 차 위에서 마이크를 들고 있던 청바지 여자를 떠올렸다. 그녀의 목소리는 가까이 왔다가 멀어졌고 그리고 다시 가까이 들려왔다.

진숙이가 또 뭔가를 꺼냈다. 새마을담배였다.

"가게에 거북선이 없어."

"그럴 거야."

"다른 것도 다 떨어지고 이 담배밖에 없대. 오십원짜리래."

"……"

"피우려고 샀어. 한 갑을 모조리 다 피우려고. 그런데 피워지지가 않아."

"……"

"네가 피워."

나는 한 개비를 뽑아 피웠다. 연기가 천장으로 올라갔다. 일 년전, 우리 넷은 라면을 끓여 먹었고 진숙이는 저 수돗가에서 설거지를 했다. 나는 그때 펌프질을 하면서 우리가 어른이 되어 있다는, 행복한 기분이었다. 그런데 지금은 이렇게 단 둘만 남아 있게 된 것이다.

"우리를 도와주세요, 여러분. 군인들이 오고 있어요."

여자 목소리가 다시 지나갔다.

"술을 마시고 싶어."

진숙이가 말했다. 그러지 말라는 말도 할 수 없었다. 내가 먼저 술 마시자, 말하고 싶기도 했었다. 나는 흉년에 쌀 떨어진 집안의 가장처럼 어금니를 깨물고 바깥으로 나갔다. 그러나 모든 가게는 문이 닫혀 있었다. 공터 너머의 구멍가게도, 교회 너머 상회도, 역 광장의 커다란 가게도 모두 닫혀 있었다. 거기까지 가는 도중에 사람도, 차도, 심지어는 강아지 한 마리조차 보이지 않았다. 찢어진 유인물과 삐라만이 뒤엉킨 채 길바닥에 달라붙어 있었다.

도시는 거대한 초식동물조차 말라 죽어버린 초원 같았다. 기차가 다니지 않는 철길만큼이나 적막했고, 천년 동안 지속된 침묵 같은 풍경이었다. 도시가 죽었다는 것은 생필품을 구할 수 없다는 소리 이기도 했다.

나는 역 광장의 가게 문을 두드렸다. 십 분 넘게 계속 두드리자 주인 남자가 겁먹은 얼굴로 문을 열었다. 그는 좌우를 살피고 나서 물었다.

"무슨 일이야?"

"술 좀 줘요."

"술이고 뭐고 다 떨어졌어."

"그러지 말고 한 병만 줘요. 꼭 필요해서 그래요."

"진짜야. 한 병도 없어. 나 마실 것도 없어."

하긴 그럴 것이다. 도시가 외부와 격리된 지 열흘이 되어가고 있었다. 술이 없다는 소리가 쌀이 없다는 소리보다 무섭고 서운하게 들렸다. 정말이야, 믿어줘, 하는 표정으로 그는 문을 조금 더 열어 가게 안을 내가 볼 수 있게 해주었다. 소주와 라면 따위를 쌓아두 었던 진열대가 텅 비어 있었다. 그는 나를 밀어내고서 문을 닫아걸 었다.

내가 진숙이에게 해줄 수 있는 유일한 것은 원하는 대로 술을 마 시게 해주는 거였다. 나는 시장 안으로 달려갔다. 시장 안도 사정은 마찬가지였다. 어물전도, 야채점도, 포목점도 모두 불빛 한 점 없이 닫혀 있었다. 너무 어두워서 시장은 처음부터 존재하지 않았던 것 같았다. 포장마차가 있는 천변은 시장 중간쯤에서 골목으로 이어져 있었다.

거기는 생물교사와 피신했을 때 봤던 상태 그대로였다. 장갑차에 의해 넘어진 그 모습 그대로였고, 나머지는 밧줄에 아직도 묶여 있 었다. 나는 줄을 풀고 들어가 술이 있을 만한 곳을 뒤졌다. 어느 포 장마차나 양념 종지와 젓가락, 빈 그릇과 소주잔 따위만 어수선했 고 술은 나오지 않았다. 나는 낙담을 하다가 문득 주인 할머니를 떠 올렸다. 할머니라면 분명히 숨겨놓은 게 있을 것 같았다. 가장 필요 한 것은 의외로 가까운 곳에 있는 법이다.

집으로 돌아온 나는 다짜고짜 주인 할머니 방으로 들어갔다. 할 머니와 벙어리 여자는 이불 속에 누워 있다가 화들짝 놀라 일어났 다. 트로트 가수가 노래 부르고 있는 흑백텔레비전 흐린 불빛만이 무겁게 방 안을 비추고 있었다.

"무슨 일이야, 이 밤중에."

"술 좀 주세요."

"술은 무슨 술."

"할머니가 술 여러 병 사놓고 있는 거 다 알아요. 그중 한 병만 줘요."

"없어."

"거짓말 마요."

"학생이 무슨 술을 마시려고 그래?"

"할머니 남편은 열일곱에 장가도 왔잖아요. 전 열여덟 살이에요."

"그러긴 하다만 왜 갑자기 술을 달라고 난리야?"

"아, 한 병만 좀 줘요. 주기 싫으면 팔아요."

"왜 무섭게 이러는데."

아마도 내 눈에서는 어떤 것이 번뜩거렸을 것이다.

"오늘 시내에서 피를 두 번이나 연속으로 뺐어요. 술이라도 좀 마셔야 될 것 같아요. 그러니 당장 한 병 내놓으라고요."

나는 악을 질렀다. 벙어리 여자는 이불 속으로 움츠러들었고, 할머니는 비틀거리며 일어나 벽장에서 소주병을 꺼냈다. 반쯤 들어 있는 되들이 큰 병이었다. 나는 그것을 빼앗듯이 낚아챘다.

"돈은 나중에 줄게요."

나는 방문을 쿵, 소리나게 닫고 돌아왔다.

"오래 기다렸지?"

"너무 안 와서 걱정했어."

"문을 연 가게가 있어야지. 뭐 하고 있었어?"

"시계 보고 있었어."

째깍째깍, 시계의 초침은 여전히 움직이고 있었다. 나는 플라스틱 물컵에 소주를 반 정도씩 부었다. 지프를 타고 도와달라고 외치고 다니던 여자의 목소리가 다시 들렸다.

"우리는 저들과 싸우러 갑니다."

나와 진숙이는 그녀의 말을 들었다.

"우리를 잊지 마세요. 우리를 기억해주세요."

여자의 목소리가 점점 멀어졌다.

"여러분들을 사랑합니다. 영원히 우리를 잊지 말아주세요."

마지막 말은 조금 떨리고 있었다.

"어떻게 잊겠어요."

진숙이가 대답했다. 하지만 잊지 않는다는 말은 오래 산다는 말이었다. 그럴 자신이 없어서 나는 이렇게 대답했다.

"죽기 전까지는 안 잊을게요."

우리는 마셨다. 나는 약간의 진저리를 쳤으나 진숙은 마치 물을 마시는 것 같았다. 그리고 소금을 약간씩 혀에 댔다. 그것이 신호처럼 타탕, 총소리가 시작되었다. 그들이 돌아온 것이다. 나는 다시 한 모금 더 마셨다.

"저 총에 맞아 지금 누가 죽고 있겠지?"

"그러겠지."

"그 사람을 위해 건배해."

우리는 다시 마셨다. 타당탕. 총소리는 계속 울렸다.

"또 죽고 있어. 다시 건배."

한번 시작된 총소리는 서로가 서로를 끌어들이며 더욱 커져갔다.

총소리가 도시를 뒤덮자 그때마다 건배하는 게 별 의미 없이 되고 말았다. 우리는 음악을 듣듯 한동안 총소리를 들었다. 술병은 어느새 반 정도 줄어들어 있었다. 마실 때마다 진저리가 일었으나 취하지는 않았다. 흐려진 머릿속이 맑아지지도 않았다. 그저 곤약 같았다.

"너, 그 팔목."

그녀는 내 팔목을 바라보았다.

"담배빵 한 거지?"

나는 대답을 못 했다.

"나도 그거 해줘."

"하지 마."

"할 거야. 해줘."

"다 좋아. 그것만은 안 돼."

"안 되는 이유가 뭔데?"

"……"

"저 총소리 들리지?"

진숙이는 자신들을 기억해달라던 여자처럼 목소리를 떨었다.

"사람들이 계속 죽어가는데 나는 살아 있어. 영기도 죽었는데 나는 살아 있단 말이야. 그게 못 견디겠어."

"진숙아."

"너는 되고 나는 안 되는 이유를 단 한 가지만이라도 대봐."

진숙이가 담배를 꺼내는 것도, 술을 마시는 것도 처음 봤지만 이처럼 표독스러운 얼굴이 되는 것이야 말로 처음 보는 거였다.

"잘난 척하지 말고 빨리 해주란 말이야. 이거라도 하지 않으면 미처버릴 것 같으니까."

나는 이유를 대지 못했다. 너는 착하니까, 고운 여학생이니까, 공부만 하는 모범생이니까, 이런 게 무슨 소용이 있다는 말인가. 이 도시는 그동안 중요하다고 배웠던 모든 것들이 한순간에 아무 짝에도 소용없는 곳이 되어버렸다. 그러니 인호처럼 매질의 수를 외우거나 이렇게 몸의 일부라도 불에 태우려 덤비는 게 고작 살아 있다는 증거였다.

나는 새마을담배 한 개비를 꺼내 불을 붙여 빨다가 말했다.

"손 이리 내."

진숙이가 손을 내밀었다. 깨끗하고 흰 손이었다.

나는 진숙이의 손을 잡았다. 부드럽고 따뜻한 감촉이 작년 봄에 만져봤을 때와 같았다. 그때를 생각하면 그녀의 손목에 담뱃불을 지진다는 것은 상상도 못 할 일이었다. 그런데 세상에는 이렇게 상상도 못 할 일들이 계속 일어나고 있었다. 내가 머뭇거리자 그녀가 재촉했다. 나는 친척의 손가락을 부러뜨려준 군인처럼 충동적으로 담뱃불을 눌렀다. 진숙이는 순간 움찔하며 힘주어 내 손아귀를 그러쥐었다. 파란 핏줄이 도드라졌다.

"불이 꺼질 때까지 가만있어야 돼."

내가 말했다. 연기가 났고 살이 타들어갔고 타는 냄새도 났다. 그러나 그녀는 눈을 꾹 감고 불이 꺼질 때까지 자세를 그대로 유지했다. 내가 할 때는 몰랐는데 다른 사람에게 하고 보니 시간이 제법 걸리는 것 같았다. 불이 꺼지고 필터를 떼어내자 손목에 붉게 탄 자국이 생겼다. 나는 거기에 소주를 발라주었다. 그녀는 숨을 몰아쉬며 한동안 감고 있던 눈을 떴다.

"너도 이렇게 했어?"

나는 고개를 끄덕였다. 이제 진숙이의 담배빵 자국은 영원히 사라지지 않을 것이다.

'사람이라면 절대 해서는 안 되는 게 있다. 그것은 죽을 때까지 사라지지 않는 상처를 다른 사람에게 주는 것이다.'

생물교사가 했던 말이다. 그의 말대로라면 사령관이 우리에게 하고 있듯, 나도 진숙이에게 영원히 사라지지 않을 상처를 준 셈이었다. 나중에 진숙이가 자신의 팔목을 들여다보며 후회를 하게 될지 아닐지는 알 수 없었다. 그녀도 짐작하지 못할 것이다. 우리는 다시 술을 마셨다. 밤이 깊어갈수록 총소리는 더욱더 심해졌다.

"사람이 죽으면 어딘가로 간다잖아. 영기는 어디로 갔을까."

그녀가 물었다.

"몰라."

"영기는 이제 무엇이 될까?"

"몰라."

"너는 아는 것이 하나도 없구나."

진숙이는 나를 쳐다보았다.

"그래, 없어."

다시 시간이 흘렀다. 우리는 더 마셨고 그저 총소리만 들려왔다.

"너하고 영기 찾으러 간 게 너무 후회돼. 그 모습을 안 봤어야 했어."

"……"

"그랬으면 지금도 영기를 살아 있는 사람으로 생각하고 있을 거야. 저 시계 좀 봐. 영기의 시계는 저렇게 지금도 한 칸씩 가고 있잖아."

진숙은 고개를 숙였다. 머리가 흔들렸고 침이 흘러내렸다. 그녀는 침을 닦고 말을 이었다.

"한마디 말도 없이 죽어버리다니…… 정말 나쁜 놈이야."

"맞아. 나쁜 놈이야. 근데, 말할 기회가 있었다면 무슨 말을 했을까."

"글쎄, 뭘까, 무슨 말을 하고 죽었을까?"

"봐, 너도 잘 모르잖아."

나도 몸이 흔들렸다. 진숙이는 입을 틀어막고 토했다. 아무것도 없이 쓴물만 넘어왔다. 나는 걸레로 그것을 닦았다. 그사이 담배빵 자국이 벌겋게 부풀어올라와 있었다. 그녀는 신음과 구토와 기침을 되풀이하다가 서서히 쓰러졌다. 나는 몇 대째 새마을담배를 피웠다.

시간이 더 지나자 총소리가 급격하게 줄어들었다. 그것은 이상한 공포를 가져왔다. 이제는 거대한 폭탄이라도 하나 터질 것 같은 기분이었다. 진숙은 쓰러진 채 신음했다. 머리카락은 제멋대로 엉클어졌으며 셔츠 단추가 풀어져 젖가슴 위쪽이 드러났다. 손처럼 거기도 뽀얗고 깨끗했다. 나는 자꾸 눈이 거기로 가서 고약한 기분이 들었다. 스스로 뺨이라도 한 대 후려갈기고 싶었다.

마침내 총소리는 더이상 들리지 않았다. 그것은 더이상 싸울 사람이 없다는 뜻이었다. 정적이 찾아오자 탁상시계의 초침 소리가 다시 들리기 시작했다. 떠나버린 친구들과 지금 막 죽어간 사람들과 진숙이의 젖가슴과 시계의 초침 소리가 뒤엉키며 혼란스러웠다. 아침이 될 때까지 잠들 수 없었다.

항구에 다녀오다

석유가 다 떨어졌다. 곤로에 불을 붙여도 그을음만 잔뜩 생겼다. 할머니에게서 연탄 몇 장을 얻었고, 물을 많이 넣어 죽처럼 밥을 끓였다. 방이 따뜻해졌다. 나는 간장에 비벼 먹었으나 진숙이는 거의 먹지 않았다. 그녀는 영기의 시계만 계속 쳐다보았다.

오후가 되어서야 공터에 나가 소식을 주워들을 수 있었다. 공터에 모인 패거리들은 예전의 활력이 사라지고 없었다. 군인들을 환영하는 입장이었던 영식도 별말이 없었다. 되돌아온 군인들과 밤내내 전투를 벌여 많은 사람들이 죽었다고 했다. 진구형은 마지막까지 저항을 하다가 항복했다. 죽지는 않았다. 살아 있는 채 잡혔으니 앞으로 수없이 얻어맞게 될 거라고 그들은 말했다. 살아 있는 이상 끝은 없었다. 그들은 그렇게 몇 마디 주고받다가 돌아갔다.

라디오에서 나오는 뉴스에서는 영기나 진구형 같은 사람이 나라의 질서를 해치는 나쁜 사람이 되어 있었다. 그들을 물리치고 질서를 완벽하게 회복했다고 아나운서는 거듭 말했다. 가게가 문을 열었고 버스와 택시가 드물게 다니기 시작했다. 전화가 개통되자마자 집에서 내려오라는 전화가 왔다.

"오늘부터 기차가 다닐 거래."

내가 말하자 진숙이는 고개를 저었다.

"타고 일단 내려가자."

"난 못 가겠어."

"……"

"나 여기 좀 있어도 되지?"

나는 진숙이를 항구의 자기 집으로 데려갈 생각이었다. 그녀의 집에서도 진숙이를 애타게 찾고 있을 것이다. 하지만 그녀의 거부에 더이상 입이 열리지 않았다. 그것도 일종의 무기력 같은 거였다. 생각해보면 내 방은 영기 하숙방을 제외하고는 그의 체취가 남아 있는 유일한 곳이었다. 그들은 지난겨울 이 방에서 입을 맞추기도 했었다.

"그럼 얼른 갔다 올게."

진숙이는 누운 채 나를 바라보기만 했다.

"반찬을 가지고 올게. 그때까지만 기다려."

나는 철조망을 통해 역사로 가서 기차가 오기를 기다렸다. 언제 오는지는 역무원도 헷갈려했다. 삼십 분 뒤에 온다던 기차는 한 시간 이십 분, 그리고 두 시간 삼십 분 뒤로 미뤄졌다. 방으로 돌아가는 것도 어색해서 나무 벤치에 앉아 내 방 옥상을 바라보았다. 거기는 내가 자주 올라가 도시와 그리고 이곳 역사를 내려다보던 곳이었다.

내가 있던 자리를 다른 사람처럼 바라보는 건 이상한 일이었다. 자세히 살펴보면 그곳에 내가 있는 것 같았다. 그 아래, 방 안에는 진숙이가 누워 있는 것 같지 않고 나와 인호가 싸움연습을 하고 있을 것만 같았다. 모든 게 길고긴 꿈 같았다.

어둑어둑해서야 완행열차 하나가 온다고 역무원이 말했다. 기차를 기다리던 사람들이 표를 사기 위해 매표구 앞에 줄을 길게 섰다. 노인들이 많았고 그다음이 학생들, 그리고 아이 딸린 아주머니들도 있었다. 그들은 표를 사기 위해 기다렸던 그 긴 시간 동안 아무도 입을 열지 않았다.

나는 다시 철조망 아래로 내려왔다. 기차가 느릿느릿 도착했고 한동안 서 있다가 다시 움직이기 시작했다. 나는 뛰어 기차에 올라탔다. 기차 안은 사람들로 빽빽했다. 거기에서도 사람들은 아무 말이 없었다. 아주 많은 사람들이 아무런 말을 않고 있는 경우가 인류 역사에서 몇 번이나 될까.

나는 객실 통로에 서 있었다. 마을이 하나씩 나타나면 어느 정도의 사람들이 내렸다. 그들은 내리면서도 말을 하지 않았다. 새로 타는 사람은 거의 없어서 객실은 조금씩 여유 공간이 생겼다. 차장이 한번씩 나타나기는 했지만 어느 누구에게도 차표를 보자는 소리를 안 했다. 그도 그저 아무 말 없이 천천히, 그것만이 자신의 유일한 일거리인 것처럼, 다가왔고 멀어졌다.

갈대가 많은 마을에 기차가 섰을 때 빈자리가 났다. 나는 창가

자리에 앉았다. 달이 떠 있었고, 달빛이 자그마한 하천 위의 수면을 밝혔다. 마을 안의 가로등 불빛도 포근해 보였다. 이 마을은 범이의 고향이었다. 범이가 어떻게 되었는지 나는 전혀 모르고 있었다. 가방을 찾겠다며 버스정류장 쪽으로 걸어간 게 그의 마지막 모습이었다.

맞은편에 앉은 사내가 담배를 피웠다. 나는 한 대만 달라고 했다. 그는 잠깐 망설이다가 한 개비를 건네주었고 조금 더 망설이다가 불도 붙여주었다. 담배연기는 창문을 따라 올라갔다가 저 위에서 사내의 것과 뒤섞였다. 저절로 그렇게 되었다. 보통의 경우, 고등학생이 어른에게 담배를 달라고 하면 얻어맞거나, 아니면 일부러 시비를 걸 때나 쓰는 방법이었다. 기차는 오래도록 흔들리다가 항구에 닿았다.

항구의 밤은 낯설었다. 군인도, 총도, 불탄 자가용도 없어서 다른 나라 같았다. 나는 걸어서 집으로 갔다. 잠들어 있던 가족들은 나를 보고 놀라서 일어났다. 그들은 내가 살고 있는 도시에 무언가 큰 일이 벌어졌다는 것을 알고 있었다. 알고 있는 건 단순했다. 국경 너머에 있는 적군과 내통하고 있는 이들이 부랑자와 깡패 들을 동원해서 폭동을 일으켰다는 것.

도시에서 본 것을 말했으나 아버지는 믿지 않는 눈치였다. 나는 말하기를 포기하고 고개 숙여 밥을 먹었다. 밥을 먹고 있자 진숙이가 생각났다. 내가 두고 온 것은 약간의 쌀과 간장, 마가린이 전부였다.

항구에서 가장 먼저 한 일은 인호 집을 찾아가는 거였다. 인호 어

머니는 나를 한번 스윽 쳐다보고는 그대로 있었다. 인호 어머니에게
는 누구라도 먼저 말을 걸어야 했다. 내가 막 입을 열려는데 방문을
젖히며 인호 아버지가 나타났다. 그는 방에서 술을 마시고 있었다.
오, 너 왔니? 그가 과장되게 반겼고 나는 고개 숙여 인사를 했다.

"우리 인호 어디 갔는지 아니?"

나는 모른다고 대답하며 인호가 왔느냐고 되물었다.

"오기는 했는데 오자마자 돈 달라더니 나가서 아직 안 들어온다.
너한테 안 갔어?"

"예, 전 오늘 새벽에 내려왔어요."

"근데 거기서 난리가 났다며?"

인호가 항구까지는 무사히 왔다는 것은 확인되었다. 그는 나에게
다가오라고 손짓을 했다. 나는 다가가서 마루에 걸터앉았다. 그는
빈 병을 들고 인호 어머니를 바라보았다. 인호 어머니는 소주 한 병
을 어디선가 가져다가 내려놓고 원래 있던 자리로 돌아갔다.

"인호 이 자식은 물어봐도 대답을 안 해줘서 말이야."

"전쟁 같은 게 일어났었어요."

"텔레비전 보니까 그렇더라. 총을 들고 군인들하고 한바탕했다던
데?"

"……"

"넌 괜찮은 모양이구나. 아 글쎄, 내가 죽지만 않는다면 전쟁은
레크리에이션이라니까."

그는 나에게도 한잔 마시라고 했다. 나는 고개를 젓고 서둘러 빠
져나왔다. 인호 집은 여전히 이상했다.

그다음 찾아간 곳은 영기네 집이었다. 걸어가는 동안 걸음이 자꾸 느려졌다. 늦게 걸어도 영기네 집에 도착하고 말았다. 그러나 초인종을 여러 번 눌러도 아무런 반응이 없었다. 영기 어머니가 하는 옷가게도 굳게 닫혀 있었다.

"아들이 무슨 일을 당한 모양이더라. 부부가 같이 올라갔단다."

옆 가게 아주머니가 말해주었다. 아마 그랬을 것이다. 전화 개통이 되었을 때 영기 부모님도 하숙집으로 전화를 해보았을 것이다.

"친구인 모양인데 도대체 무슨 일이니?"

나는 영기의 시신을 옮겼다는 병원 이름을 적어주며 전화가 오면 알려달라고 말했다.

"병원이면 혹시?"

"저는 병원 이름만 알아요."

"설마, 그 착한 아이가……"

아주머니는 입을 막으며 말끝을 흐렸다.

"그럼요. 착했죠. 씩씩하기도 하고요. 그런데 그런 게 무슨 소용 있겠어요."

나는 대답하며 뒤돌아섰다.

집이 있을 만한 곳을 다섯 바퀴나 돌았으나 진숙이 집은 찾을 수 없었다. 그도 그럴 것이 동네 이름 말고는 내가 알고 있는 것은 아무것도 없었다. 진숙이 부모도 한 번도 본 적이 없었다. 우연히 만나서 알아본다 하더라도 이런 말을 어떻게 할 것인가. 살아 있어요. 근데 영기가 죽어버렸어요. 그래서 술을 마셨어요. 담배빵도 하고 토하기도 했어요. 지금 제 방에 있어요……

나는 현숙이라는 여자 아이가 죽었던 잔교까지 갔다. 선창가 식당에서는 사내들이 욕을 하고 있었다. 바다 쪽으로는 여객선 하나가 묶여 있고 죽은 쥐가 떠 있고 생선 대가리를 가지고 몇 마리의 갈매기가 싸우고 있었다. 낚시하는 아이도 둘이 있었다. 내가 총에 맞았다고 느꼈을 때 떠올랐던 풍경 중의 하나였다. 여러 척의 어선이 들어오고 나가고를 되풀이했다. 인호가 정말로 밀항했을까, 했다면 저런 배를 타고 저 먼바다로 넘어갔을 것인데, 라고 생각하며 몹시도 배가 고파질 때까지 그곳에 서 있었다.

이틀 뒤 나는 말했다.
"올라가겠어요."
아버지가 대꾸했다.
"뉴스에 무기한 휴교라고 하는데 뭐 하러 올라가냐."
"가야 해요."
"쓸데없는 소리 말고 여기서 그동안 하지 못한 공부나 해라."
아버지는 나를 노려보다가 올라가서 공부 열심히 하겠다는 말을 듣고서야 설교를 시작했다. 그게 끝나자 나는 약간의 돈과 반찬을 받아가지고 터미널로 가서 버스를 탈 수 있었다. 기차는 시간이 맞는 게 없었다. 버스는 두 시간 만에 도시에 닿았다. 도시에 막 접어들었을 때 버스가 섰다. 안내원이 문을 열자 세 명의 군인이 올라탔다. 그들은 착검한 자동소총을 들고 있었다. 그들은 맨 앞에서부터 한 명씩 살피며 다가왔다.
"너, 너, 그리고 너. 내려."

나는 마지막에 지목되었다. 두 사람은 젊은 청년이었다. 길가에
세 대의 군용 버스가 서 있었다. 우리는 각자 떨어져 군용 버스에
올라갔다. 버스 안에는 위장복을 입고 위장 크림을 바른 군인들이
있었다. 담배를 피우거나 가죽으로 대검을 갈고 있는 이도 있었다.

"전 고등학생인데요."

나를 데리고 올라온 군인에게 말했다. 그러자 맨 앞자리에 있던
군인이 몸을 날려 내 배를 걷어찼다. 나는 운전석 옆모서리에 등을
부딪치고 반탄력으로 통로 쪽으로 튕겨 나왔다. 나는 대번에 위축
되었다. 멀지도 않고 낯선 곳도 아니었지만 아주 멀고 낯선 곳에 와
있는 기분이었다.

"고등학생?"

그게 사실이라는 것을 알리기 위해 뒷주머니에서 학생증을 꺼냈
다. 두 명의 군인이 그것을 들여다보았다. 하지만 그 속에는 사진이
없었다.

"야, 이리 데리고 와."

버스 뒷자리에서 그런 소리가 들렸고 나는 뒷자리 구석으로 끌려
갔다. 그곳에는 계급이 높아 보이는 군인들이 있었다.

"고등학생이라고?"

나는 힘주어 그렇다고 말했다. 그중 하나가 가소롭다는 표정으로
웃었다. 그는 자신의 군복 상의를 조금 벗었다. 가슴 부분에 무언
가에 맞은 상처가 나 있었다. 그는 내 뺨을 넉 대 때리고 나서 명령
했다.

"소지품 다 꺼내."

난 가방과 호주머니 속에 든 것을 주섬주섬 꺼내놓았다. 김치와 멸치볶음, 김, 약간의 지폐와 동전, 볼펜 따위가 나왔다. 그들은 그것들을 군홧발로 툭툭 건드려보았다. 그리고 머리박기와 엎드려뻗쳐 따위를 시켰다. 나는 머리를 박고 있다가 다음번 청년이 잡혀와서야 풀려날 수 있었다.

도시 외곽이라 집까지 걸어가는 데 시간이 오래 걸렸다. 주변이 컴컴해지고 나서야 나는 이틀 전에 떠났던 남쪽 역에 도착했다. 교회에는 불이 켜져 있었다. 벙어리 여자가 달려나와 불에 덴 망아지 울음소리 같은 것을 냈다. 그녀가 손으로 가리키는 것은 내 방이었고 방문 앞에는 진숙이 운동화가 그대로 있었다.

할머니는 아예 나와 보지도 못하고 있었다. 두 눈이 쑥 들어간 모습이었다. 나를 향해 뭐라고 중얼거리기는 했으나 전혀 알아들을 수 없었다. 조금 있다가 죽는다고 해도 전혀 이상할 게 없었다. 사람이 죽는 것은 아무런 뉴스도 되지 않았다. 진짜 죽는다 해도 엉겅퀴가 운동화에 밟히는 정도로 여겨질 것 같았다. 죽음도 유행이 되면 개성이 없어지는 법이다.

진숙이가 덮고 있는 검정색 꽃무늬가 있는 붉은 담요는 예전에 영기와 잘 때 덮었던 이불이었다. 옆으로 누워 있던 진숙이는 내가 들어서는 것을 알아차리지도 못했다. 볼이 쑥 들어갔고, 머리카락은 함부로 삐쳐 있었다. 왼손이 고개 아래에 깔려 있었는데 손목에는 내가 만들어놓은 담배빵 옆으로 비슷한 상처가 두 개 더 있었다. 그리고 머리 위로 반 갑쯤 남은 새마을담배와 성냥이 있었다. 밥 먹은 흔적은 없고 조금 남았던 술도 그대로였다.

이름을 여러 번 부르고 나자 그녀는 반쯤 눈을 떴다.

"왔어?"

가냘픈 목소리여서 말이 뼈 사이에서 나오는 것 같았다. 나는 손목을 잡아올렸다. 손에 힘이 없었다.

"왜 이랬어?"

"그냥."

"……"

"괜찮아 난. 근데 너 얼굴 어떻게 된 거야?"

"그냥 좀 맞았어."

"군인들?"

나는 고개를 끄덕이고 나서 그녀를 바라보았다.

"너희 집을 찾아갔는데 못 찾았어."

"……"

"걱정하실 거야."

"영기 집에는 갔어?"

"갔었어. 근데 벌써 알았는지 이리로 올라왔냐고 하더라."

나는 붕대와 빨간약을 꺼내 진숙이 손목을 소독했다. 내가 만들어놓은 곳에는 고름이 생겼고, 그녀가 만든 곳에는 아직 물집이 잡혀 있었다. 고름을 짜내고 물집은 터뜨린 다음 붕대로 감았다. 그녀가 내 손을 잡으며 말했다.

"생각을 오래, 오래 했어."

"……"

"종일 생각만 하고 또 했어."

"무슨 생각."

"전부 다."

"……"

"모든, 세상 사람들이 하는 모든 생각들."

철커덕철커덕 기차가 느리게 지나갔다. 그 소리는 마치 세상이 원래 상태로 돌아갔다는 신호처럼 들렸다.

"사람은 왜 생각을 할까, 도 생각했어."

나는 아무런 말이 나오지 않았다. 누가 나를 흔들어서 말을 모두 털어내버린 것 같았다.

"밥을 할게."

"아니, 하지 마. 갈 거야. 너 오면 가려고 했어."

"……"

"영기도 안 오고 인호도 안 올 테지만 너는 올 거 아냐. 그래서 기다렸어…… 누군가를 기다릴 수 있다는 건 좋은 거야."

우리는 손을 잡은 채 가만히 있었다. 밤이 깊어지고 공터 쪽에서 풀벌레 울음소리가 들려왔다. 그녀는 천천히 몸을 일으켰다.

"이제 갈게."

"밤인데?"

"괜찮아. 갈 수 있어."

"바래다줄게."

"싫어, 정말 싫어. 혼자서 차 타고 갈 거야. 따라오지 마."

우리는 불도 켜지 않은 방에서 마주 보고 섰다. 창으로 들어온 가로등의 희미한 불빛이 그녀의 얼굴에 스며들었다.

"안녕."

진숙이는 나를 바라보다가 얼굴을 가까이 댔다. 그리고 내 입술
에 입을 맞췄다. 입술은 말라 있었고 거칠었다.

"나오지도 마. 조용히 갈게."

나는 말을 잃어버린 것처럼 동작도 잃어버리고 있었다.

"넌 죽지 마."

방문이 열렸다 닫히고, 아줌마 그동안 죄송했어요, 인사말이 들
리고, 병든 암말 소리도, 대문 닫히는 소리도 들렸다. 그리고 그녀
가 간 곳에서 다시 철커덕거리며 기차가 왔다. 집이 흔들렸다.

오래지 않아, 사령관은 대통령이 되었다.

내 기억은 거기까지이다. ■

작가의 말

나는 '희망'이라는 말을 믿지 않는다. 그것은 누렇게 삭아버린, 한 번도 지키지 않았던 생활계획표 같은 것이다. 내가 믿는 것은 미움이다. 미움의 힘이다. 우리가 이렇게 앓고 있는 이유는 사랑하지 않아서 생긴 문제보다, 미워할 것을 분명하게 미워하지 않아서 생긴 게 더 많기 때문이다.

말(語)이 빠져나가기를 오랫동안 기다렸다. 무성한 잎 모두 떨어진 겨울나무처럼 산 채로 풍장을 겪은 셈이다. 이 소설을 쓰면서 엘레니 카라인드루(Helene Karaindrou) 음악을 자주 들었다. 그녀의 음악을 듣고 있으면,

다른 곳에서, 처음부터 다시 시작하고 싶어졌다.

2011년 여름 한창훈

문학동네 장편소설
꽃의 나라
ⓒ 한창훈 2011

초판 인쇄 | 2011년 8월 12일
초판 발행 | 2011년 8월 19일

지은이 한창훈
펴낸이 강병선
책임편집 백다흠 | 편집 이경록 조연주 | 디자인 엄혜리 유현아
마케팅 신정민 서유경 정소영 강병주 | 온라인 마케팅 이상혁 한민아 장선아
제작 안정숙 서동관 김애진 | 제작처 영신사

펴낸곳 (주)문학동네
출판등록 1993년 10월 22일 제406-2003-000045호
주소 413-756 경기도 파주시 문발동 파주출판도시 513-8
전자우편 editor@munhak.com | 대표전화 031)955-8888 | 팩스 031)955-8855
문의전화 031) 955-8890(마케팅) 031) 955-8864(편집)
문학동네카페 http://cafe.naver.com/mhdn

ISBN 978-89-546-1576-1 03810
* 이 책의 판권은 지은이와 문학동네에 있습니다.
  이 책 내용의 전부 또는 일부를 재사용하려면 반드시 양측의 서면 동의를 받아야 합니다.
* 이 책은 (재) 서울문화재단 문학 창작활성화 지원을 받아 발간되었습니다.

* 이 도서의 국립중앙도서관 출판시도서목록(CIP)은 e-CIP 홈페이지(http://www.nl.go.kr/ecip)에서
  이용하실 수 있습니다.(CIP제어번호: CIP2011003271)

www.munhak.com